René Daumal

1 9 0 8 — 1 9 4 4

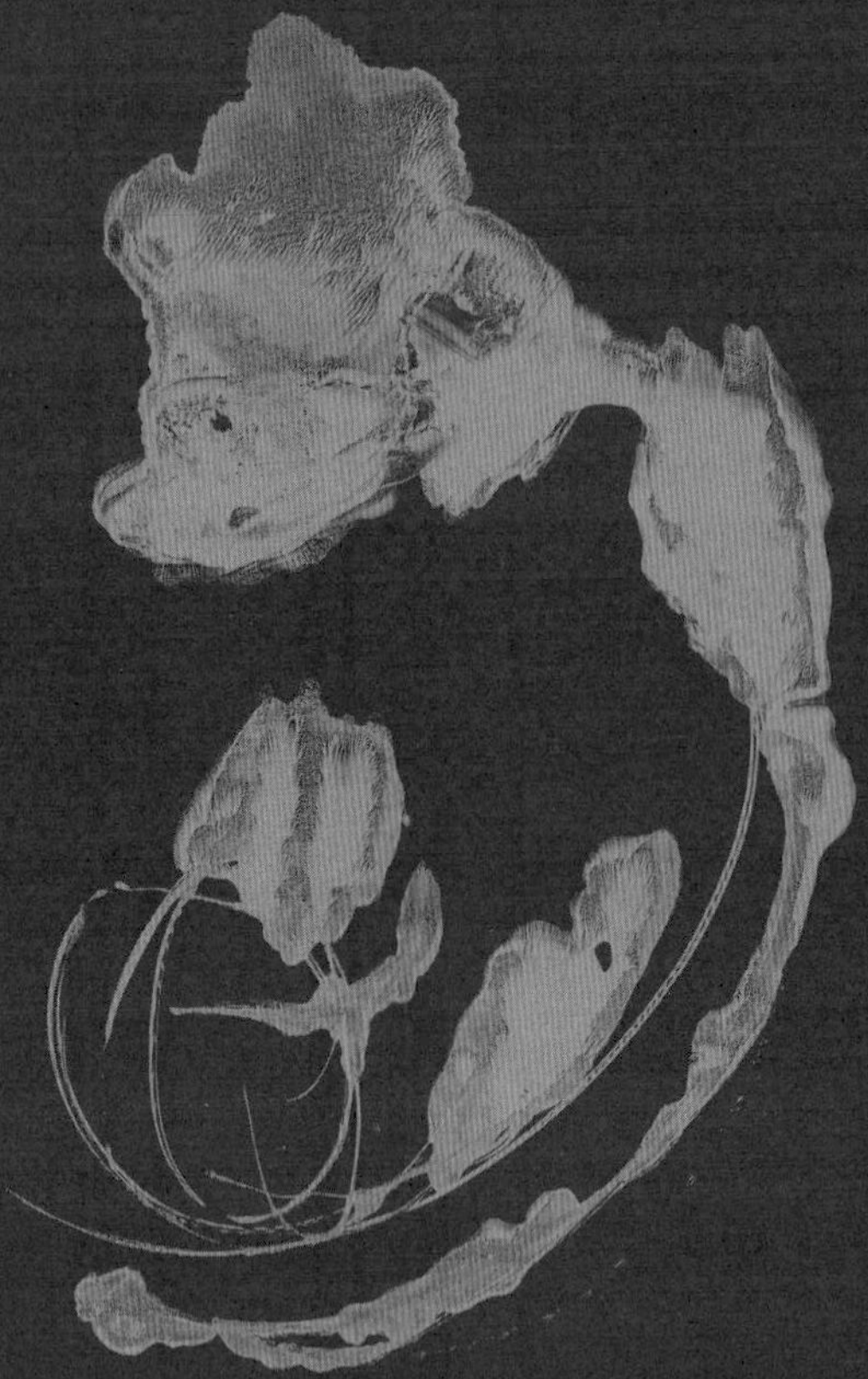

シュルレアリスムの25時

ルネ・ドーマル

根源的な体験

谷口亜沙子〔著〕
TANIGUCHI Asako

水声社

目次

序章

光

いと高き梢にありて、
ちいさなる卵ら光り、
あふげば小鳥の巣は光り、
いまはや罪びとの祈るときとなる(1)
——萩原朔太郎「卵」

だが自分の詩を読み返しながら思うことがある。
こんなふうに書いちゃいけないと
一日は夕焼けだけで成り立っているんじゃないから
その前に立ちつくすだけでは生きていけないのだから
それがどんなに美しかろうとも(2)
——谷川俊太郎「夕焼け」

ポエジー

ご専門は？　と聞かれたら、「詩」と答えるほかはないのだけれど、それは必ずしも、あの行分けされたりされなかったりしてページの上に黒い文字で印刷された「詩篇」を専門にしているということではなく、ふだん自分が向き合っているものは、ソネットや自由詩よりも散文のほうがはるかに多いのだし、つまり、詩といっても「ポエム」ではなく「ポエジー」のほうなんです、と言い訳のように言葉を続けてみようかとも思いながら、たいていの場合には、なんとなくそうすることができずに、そのままになってしまう。それは、きっと言っても通じないかもしれないという恐れのようなものからではなく、そもそも詩《ポエジー》なんていうものを「専門」にすることなんてできやしないんじゃないか、という、もうひとりの自分がささやく声が聞こえてくるからである。

フランス語のポエジー poésie という語や、西欧諸語のそれに類する語には、文学ジャンルとしての「詩」

だけではなく、ひろく「詩的なるもの」や『詩的体験』などを意味する働きがある。たとえば、いつも見慣れていたはずのものが、ふいになにかはるかなものとしてその姿を顕すように思える瞬間が「詩的瞬間」と呼ばれたり、「生きられた詩」と呼ばれたり、あるいは単に「詩」と呼ばれたりしている。日本語の「詩」にも、もちろんそのような意味がないではないが、西欧諸語においては、そうした「詩」の使い方がずっと一般的に、より無理のすくない状態で広まっているといえる。たとえば英語圏の絵本『詩ってなあに?』(ミーシャ・アーチャー著)では、「詩ってなんのこと?」とたずねてまわるダニエル少年に、公園の動物たちが、さまざまな答えを返す。「たぶん　おひさまで　あたためられた　すな　のこと　じゃないかしら」とカメは答え、「それを　じゆうに　とぶための　しずかな　つばさも　詩だとおもうよ」とフクロウは答える。動物たちは、それが動物たちであるからこそ、「ことば」にかかわるような答えを決して返さないが、ダニエルは彼らの答えを通して、ついに自分自身の「詩」を見出すことになる。(3)

わたしにずっとわからなかったのは、それにしてもなぜそうしたものが、ほかならぬ「詩」と呼ばれているのか、ということであった。ある風景に、ある色彩に、ある舞踏に、誰かのふとしたしぐさに「詩」がある(「詩である」、「詩的である」等々)と言われるとき、なぜそれが、狭義においては、あくまでも言語的なものである(言語的なものでしかない)「詩」であってかまわないのか——なぜそれがたとえば「音楽」であったり、「美」であったりしないのか(実際にそういうこともあるけれども)。わたし自身は「詩」でいいし、むしろ「詩」でないといけないのだが、なぜみんなも「詩」でいいのかが、やっぱりよくはわからないような気がした。

もちろん「ポエジー」の語源が、「創造(ポイエーシス)」というギリシア語であることを知らないわけではない。つまり、無ではなく、なにかが生成するということ、ものであれ、感情であれ、思考であれ、あるいはなにかの関係性や運動であれ、なにかがふいに芽吹くように現れでるということが「詩」というもののそもそもの本質にあるのだということを知らないわけではない。だから「ポエジー」という語が、狭義においてはひとつの芸術ジャンルを意味する単語となってきた一方で、その語の本来の意味もまた、その命脈を保ってきたのだ、という説明でとりあえずは納得するべきなのかもしれない。

けれども、しばしば西欧の作家たちですら、やはりいくらかのもどかしさをもって、自分がいちばん心にかけているものは「詩」であるのだが、それは「詩だということを認めるのに目さえあれば十分であるたぐいの詩」[4]のことではないのだということをわざわざ断ってみたり、「詩人である」ということは、詩を書く人間のことだけをさすわけではないのだということを、あらためて強調したりしている。

だから、愚かしくみえるかもしれないけれど――というのも、こうした問いについて考えてきたひとは、これまでにもうたくさんいたわけだから――、最初に告白してしまいたい。あるひとつの全体的な体験、それもおそらくはもっともすぐれて全体的な体験が問題となっているにもかかわらず（あるいはだからこそなのか）、なぜそのような未分化なものを、ほかでもない「詩」という、言語にかかわる名前で呼んでもかまわないのか。「ルネ・ドーマル」をめぐって書き継がれたこの小著に、もしなにかひとつの不器用な問いがあったとすれば、それは、おそらくはそのような問いであったのだということを。

日本における「ルネ・ドーマル」

ルネ・ドーマルに関する書籍は、翻訳も含めて、日本ではこれが三冊目になる。だが、本書で初めてドーマルのことを知る読者もいると思うので、まずは簡単な紹介をしておこう。

ルネ・ドーマルは、一九〇八年生まれのフランスの詩人で、二大戦間に活動した短命な前衛グループ〈大いなる賭け〉の創始者として知られている。十四歳の時にランスのリセに転校し、のちに詩人として知られるロジェ・ジルベール＝ルコントや、のちに作家として名を成すことになるロジェ・ヴァイヤンと知り合い、「サンプリスト兄弟」を結成した。この少年たちがパリに出て、新しい仲間を集めながら、一九二七年から一九三二年まで〈大いなる賭け〉というグループとして活動した。〈大いなる賭け〉のメンバーには、画家のジョゼフ・シマや、詩人で批評家のアンドレ・ロラン・ド・ルネヴィル、挿画家のモーリス・アンリや、写真家のアルチュール・アルフォなどがいた。〈大いなる賭け〉は、同名の雑誌『大いなる賭け』を第三号まで刊行したが、第四号の資金繰りが行き詰っていた一九三二年秋に、メンバーの政治的な態度の違いをめぐる内紛をきっかけに、解散することになった。

〈大いなる賭け〉の解散に先立つ一九三〇年の秋頃、ドーマルはアルメニア出身の神秘家グルジェフの弟子アレクサンドル・ド・ザルツマンと出会い、彼を「師」と仰ぐようになっていた。だが、一九三四年にザルツマンは他界し、その後は、ザルツマン夫人ジャンヌのもとで、〈大いなる賭け〉の参加者でもあった伴侶のヴェラ・ミラノヴァ(5)と共に、真理の探究のための修行を続行した。第二次世界大戦中には、ユダヤ人であったヴェラを連れての逃亡生活を余儀なくされ、極度の物質的貧困と結核による衰弱のなかで執筆を続けた。一九四四年五月二十一日、遺作となる『類推の山』(未完、一九五二)を残して、三十六歳で死去した。

著作としては、象徴的な冒険小説である『類推の山』と、その前篇とも位置付けることのできる、寓意的な風刺の書『大いなる酒宴』(一九三八)がもっともよく知られている。そのほか、唯一の詩集『反＝天空』(一九三五)、思索的・哲学的なテクストをまとめた『不条理な明証性』および『言葉の力』が死後に刊行されている。サンスクリット語を独学でマスターし、古代インド思想の解説・翻訳をおこなった東洋学者としての一面も持ち、この方面でのテクストは、死後『バーラタ』にまとめられて刊行されている。

ドーマルの略歴はざっと以上のようなものになるが、この〈大いなる賭け〉というグループがアンドレ・ブルトン率いるシュルレアリスムの運動との接触をもっており、実際に、幾人かのメンバーは〈大いなる賭け〉の崩壊後にシュルレアリスムに参入したという事情もあることから、グループの創立者であるドーマルも、なにかとシュルレアリスムとの関連において語られることが多かった。

またそのような傾向は、フランス本国やアメリカにおいてよりも、とりわけ日本において、いっそう顕著であった。フランスやアメリカにおけるドーマルの受容は、決してシュルレアリスムに関心を持つひとびとのあいだにだけではなく、むしろ、ドーマルが「神秘家グルジェフの初めてのフランス人の弟子」であったことから、グルジェフやニューエイジ・ムーヴメンツ、ドラッグ・カルチャー、オカルティズム、東洋思想、禅などに関心を持つひとびとのあいだに広がっている。(6)

それに対して、日本におけるドーマルは、何よりもまず「シュルレアリスム」という語を喚起するような存在であり続けている。時にはドーマル自身が「シュルレアリスム」だとみなされることさえあり、たとえば一九七〇年代から八〇年代にかけては、ドーマルは「神秘主義的シュルレアリスト」(7)と形容されたり、「シュルレアリスムの異端児」(8)と説明されたりしていた。また、ドーマルが日本に紹介され始めた頃の文芸誌では『ナジャ』について」や「アンドレ・ブルトンへの公開書簡」のような、シュルレアリスムとの関連を考えるうえでは重要なテクストであるにしても、ドーマルの作品全体を俯瞰した場合には、決して主要とはいえないものが率先して紹介される傾向もあった。

こうした流れにおけるひとつの決定打となったのは、一九七八年に『類推の山――非ユークリッド的にして、象徴的に真実を物語る登山冒険小説』が、白水社の〈小説のシュルレアリスム〉シリーズの一冊として翻訳されたことだろう。(9)巖谷國士の翻訳と解説による『類推の山』は、その後多くの読者を獲得し、一九九六年には河出文庫にも入っている。その裏表紙の解説文には、次のような言葉が印刷されている。「はるかに高く遠く、光の過剰ゆえに不可視のまま、世界の中心にそびえる時空の原点――類推の山。その『至高点』をめざす真の精神の旅を、寓意と象徴、神秘と不思議、美しい挿話をちりばめながら描き出したシュルレアリスム小説の傑作」。

思わず手にとって読みたくなるような美しい紹介文ではあるのだが、この解説文を目にしたひとが、てっきりドーマルのことを「シュルレアリスム小説」を書いた「シュルレアリスト」なのだと思い込んでしまうことは想像にかたくない。しかも、その傍らには、日本におけるシュルレアリスム研究の草分けである「巖谷國士」の訳者名があり、さらに、念を押すかのように、この文庫本の帯には「魔術的冒険小説。来るべき出会い、真の出会い。シュルレアリスムから生まれた珠玉の名作」（傍点引用者）とも謳われている。

こうした宣伝用のフレーズは、巖谷國士自身の解説や、とりわけ「文庫版あとがき」に引用されている澁澤龍彥の言葉から作成されたものなのだろう。〈小説のシュルレアリスム〉の宣伝用パンフレットにおいて、澁澤龍彥は、このシリーズのなかでただ一冊『類推の山』のみに言及して、こう述べていた。「人間が希望を失わずに生きてゆくためには、どうしても存在しなければならないと作者ドーマルの主張する、この時間空間の原点とも言うべきシンボリックな山の探求の物語に、私は初読の際、大きな感銘を受けたおぼえがある。ブルトンの説くシュルレアリスムの『至高点』という思想が、このような風変りな冒険小説の形で開花したということも、わが国ではほとんど知られていないことではあるまいか」（傍点引用者）。

のちほど詳述するように、ドーマルの「類推の山」とブルトンの「至高点」が同じひとつのものをさしているということについては、とくに異論はない。だが、このような書き方をすれば、ドーマルがその発想をブルトンの「至高点」に負っているかのような印象が生まれることは避けがたい。そしてそのような見取り図は、単純な事実関係からしても、時間的順序からしても、はっきりと誤っているのだ。また、そもそもブルトンの説く「至高点」という概念自体が、ことさらにブルトンに帰されるまでもないような、しごく古典的で、広く人類に普遍的な概念なのだともいえるのである。ドーマルとブルトンに違いがあるとすれば、ドーマルがその源泉のはるかな深みとそれをめぐる歴史を知悉していたのに対し、ブルトンはそれをシュルレアリスムの思想として掲げた点だろう。

そして二〇一三年、ドーマルの翻訳書としてはじつに三十六年ぶりに、もうひとつの代表作であり、生前に発表された唯一の小説である『大いなる酒宴』（拙訳）が風濤社より上梓された。ただ、その際にも、それは〈シュルレアリスムの本棚〉という翻訳シリーズの一角をなしたのである。コレクションのシリーズ名を提案したのは、ほかならぬわたし自身であったのだが、「シュルレアリスムの運動とさまざまな関係を取り結んだ書き手の作品を紹介することで、シュルレアリスムの多面性を浮かび上がらせる」という企画の趣旨から、「シュルレアリスム」の一語をシリーズ名に入れることは、ほぼ前提となっていた。また、もとよりドーマルの翻訳出版そのものが、そのような企画なしには実現されえないものだっただろう。

もちろん、巖谷國士による『類推の山』の訳者あとがきや、『大いなる酒宴』の訳者解説を読めば、〈大いなる賭け〉がシュルレアリスムとは別個に誕生し、シュルレアリスムと接触をもちながらも最後までシュルレアリスムに合流しなかったことこそがその特徴であるようなグループであることは、はっきりとわかるはずだ。だが、本の帯や叢書名のみを目にするひとは本の中味を読むひとの数よりもつねに多く、とりわけ、インターネット書店などが存在する現在では、ひとは書物を手にとることすらなく、その書物についての一定の情報やイメージを得ることができる。かつて批評家のジェラール・ジュネットが「パラテクスト」と名付けた、テクストとテクスト外のものをつなぐ言葉――タイトルや帯や叢書名や推薦文といった、テクストをどう読めばよいかという「方向性」を指し示す言葉――は、日に日にその影響力を増している。かくして、二〇一九年現在、

「ドーマルは若くしてシュルレアリスムの活動を開始したが[10]」というような言葉が、書評欄やブックレヴューなどでごくふつうに見かけられる状態となっているのである。

こうした事態が起こる原因は、もちろん「シュルレアリスム」という語が、なんであれ風変りなものをひとまとめにして呼ぶための便利な符牒となってしまっているという「シュルレアリスム」の側の問題もあるし（「シュルレアリスム」という語の射程や受容をめぐる問題）、その「便利な符牒」が、それでも書物を市場に送りだし、本を手にしてもらうという戦略的かつ商業的な努力のなかで、これまで一定の成果をあげてきたという（それはそれで無視することのできない、切実な）事情のためでもである。だがそれは、ドーマルの作品にとっては、やはりやや残念なことでもあった。というのは、「シュルレアリスム」という語が一種の刷り込みとなることによって、作品の読解にバイアスがかかりやすくなるからである（「よくわからないけれど、それがきっとシュルレアリスムなんだろう」といった類の）。また、そこには「シュルレアリスムは肌にあわない」と感じているようなひとを遠ざける効果もあったかもしれない。だが、ドーマルは、やや乱暴な言い方をするならば、むしろシュルレアリスムとは肌があわないように感じているひとにこそ楽しんでもらえる作家である。

たとえば、一九八八年の植田実による『類推の山』評は、〈シュルレアリスム〉という「刷り込み」にもかかわらず、非＝シュルレアリストとしてのドーマルの特質を明快に言い当てたものである。「シュルレアリスムの領域に一応は入っているらしいドーマルの作品は、その想像力をそそる平明さという点では、どのシュルレアリストの仕事と比べても特異に思える[11]」。

いうまでもなく、「シュルレアリスム」という概念は、それじたいが境界や外縁のあいまいなものであり、とりわけ、誰がシュルレアリストで誰がシュルレアリストでないのか式の安直な議論が生産性に欠けるものであることは再三確認されてきている。また近年では、個別のアーティストたちをめぐる精緻で理論的な研究を通して、シュルレアリスムの可能性がその豊穣さと多様性にあるということが次々と明らかにされてもいる。そこでは、「シュルレアリスム」を遠くから一面的にとらえようとしたりすれば（たとえば「シュルレアリスムと肌が合うひと／合わないひと」というような無意味な切り分けをしたりすれば）、たちまちにして足をすくわれるような、成熟した議論の土壌が整ってきている。

だが、そうであるにしても、こと〈大いなる賭け〉に関しては、「シュルレアリスムの亜流」「シュルレアリスムのエピゴーネン」といった評価がつきものであったがゆえに、シュルレアリスムと〈大いなる賭け〉が本質的にどれほど違うのかを言語化するという作業は、やはり必要なことであった。ただ、そうである一方で、〈大いなる賭け〉の研究者が、そのことをほとんどひとつのミッションのようにして力説すればするほど、ますます〈大いなる賭け〉がシュルレアリスムの磁場にとらわれ、シュルレアリスムを抜きにしては〈大いなる賭け〉を語れないかのような、どこか逆効果にも似た状況が醸成されてもいたのである。

かくいう本書もまた、〈シュルレアリスムの25時〉の新シリーズに軒を借りるようなかたちで刊行される運びとなったわけだが、そのような積年の事情もあり、今回はむしろ、ドーマルをできるだけシュルレアリスムの文脈から引き離し、なるべく別の補助線を引き、なるべく別の回路をなるべく数多く開くことにしたい(12)。それらの補助線は、互いに交錯し、遠くから響き合いながら、最終的には、シュルレアリスムすらをもう一度引き寄せるようなかたちで、ただひとつの同じ点へと収斂してゆくことになるのかもしれない。だが、まずは、ドーマルの探求が、シュルレアリスムよりもはるかに古く、はるかに伝統的で、はるかに普遍的な「なにか」へと向かうものであったことを確認することにしたい。

ドーマルの肖像

作業に入るための準備運動として、ドーマルがどんなひとであったかという、一連の顔写真のようなものを見てゆくことにしよう。ドーマル（図1）を知るひとたちによる年代順の肖像画である。

――ドーマルは、足腰のしっかりした頑健な少年でした。とても静かで、とても落ち着いていました。下唇が突き出しているのが特徴的で、不機嫌なのか、なにか不満でもあるみたいにも見えましたが、それは彼の集中力の高さと、内的な真面目さのあらわれでした。[13]

（シャルルヴィルの中学校での級友リュック・ペラン）

――じっと動かない面差し、簡素な所作、簡潔な言葉づかい。ドーマルは、仏陀を思わせました。[14]

（ランスの高校の級友ジャン・デュフロ）

――ルネ・ドーマル……。彼については、変わらない表情と、無口で、謎めいた顔のことばかり覚えています。インディアンのようでもあり、少しこわくもありました。ぼくのような平凡な生徒には、ほかの同級生とつきあうほうが気らくだったのです。[15]

（アンリ四世校の級友エティエンヌ・ボルヌ）

――ドーマルはあまりひとと話さなかったから、ドーマルと一緒にいることはぼくたちの誇りだった。ぼくたちはドーマルのなかに入り込み、目を閉じていても、彼の考えていることが読み取れるようになった。

彼のなかにどれほど素敵な宝物が隠されているのかを、ぼくたちは知っていた。信じられないほど頭の回転が速いことも、ものすごい注意深さがつねに彼の精神を目覚めさせていたことも。(16)

（〈大いなる賭け〉の詩人ピエール・ミネ）

――ドーマルは二十歳を少しこえたくらいだったが、私はまず、そのじっと動かない美しい楕円形の顔に目をうたれた。なにを言うわけでもなく、態度もごく控え目なのだが、けたはずれに優れているという印象を与えた。ごく凡庸な仲間たちは、ドーマルと接するときに、ある種の気遅れを感じるようだった。確かに、ドーマルの姿を目にしていると、ふと、こちらの仮面まではずされてしまったような気持ちにならずにはいられなかった。ドーマルと話しながら、自分自身に対して、また彼に対して、誠実にならずにいるということはできなかった。(17)

（〈大いなる賭け〉の詩人アンドレ・ロラン・ド・ルネヴィル）

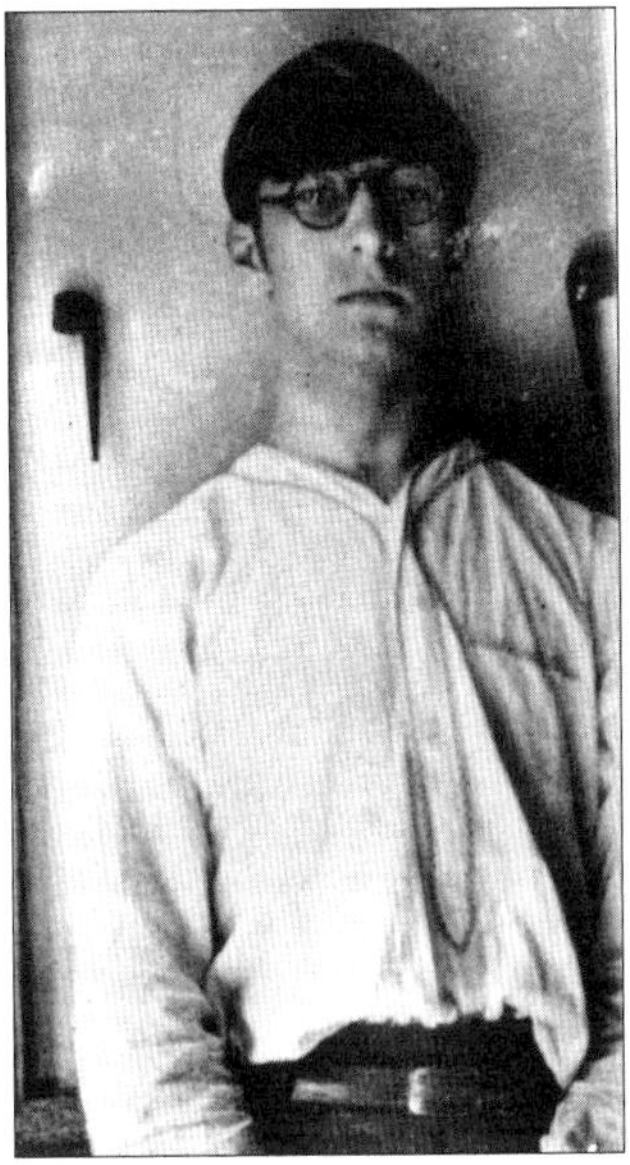

図 1　1925 年頃のドーマル

――彼は口をあけずに笑いました。咳ばらいのような、喉の奥からの笑い。ドーマルはなんでも面白がりました。彼の目を逃れられるものはありませんでした。冗談をいうのが大好きで、生きることを愛していました。〔……〕ドーマルのそばにいるとき、私は、ちょっとふつうではない状態になっていました。完全な幸福の状態にあったのです。私たちは、言葉をかわすことなく、わかりあっていました。[18]

（〈大いなる賭け〉の写真家アルチュール・アルフォ）

――彼はコートの下に翼をかくしていた。天使の翼を。鷲鳥の羽毛でできた翼を。[19]

（チェコの詩人リハルト・ヴァイネル）

――私はルネ・ドーマルと知り合い、彼の見事な才能に感服し、その才能が表現になったものを追いかけていました。献辞つきの『反＝天空』も、『大いなる賭け』のコレクションも、ドーマルからもらった手紙も、すべてはドイツ軍の占領期間中に盗られてしまったので、彼のものも、ロジェ・ジルベール＝ルコントのものも、なにひとつ手元には残っていません。ルネは、我々のような人間に顔をあげさせるために、いつまでも我々の空に輝きつづけるべき、秘められた星団のなかの星でした。[20]

（作家ジュール・モヌロ）

――ドーマルは聖人だった。寡黙で、穏やかで。でも、なにかたずねられれば、いつでも、どんなひとにでも、きちんと答えていた。[21]

（〈大いなる賭け〉のメンバー、モニ・ド・ブリ）

――印象的なのは声でした。ひどく個性的な、変わった響きの声（ドーマルが口にする言葉は、文章に書かれた言葉と同じくらいきちんとしていました）。眼差しには、疑いようもなく、なんらかの確信が読み取れました。しずかに結ばれた、覚悟をきめたような唇。彼という人間のありかた全体に、どこか感動的な、ひとの心を奪うようなところがありました……。もってまわったところのない、素早い話し方のせいで、そっけない印象を与えることもありましたが、それは彼の深い慎みと、めったに見られないほどの、対話者への敬意の表れでした[22]。

（東洋学者ジャック・マジュイ）

――彼は異世界の住人のような外観をしていた。だが、その一方で、非常に気さくで、愛情深くさえあり、友人を慈しんだ。そのことは、彼の作品からは感じ取りにくいが、彼の書いた手紙を読むとわかる[23]。

（哲学者ランザ・デル・ヴァスト）

――おふたりのそばで過ごした最後の晩のことです。苦痛にあえぐドーマルのベッドの横で、夕飯をいただきました。そのときの彼のことで忘れられないのは、道徳的な完成ということです。それこそが目指すべきものであることは疑いをいれません。ドーマルはそのことを知っていました。彼は、自分の裡にほのかな明かりを灯しながら、その明かりに導かれるようにして進んでいたのです[24]。

（『カイエ・デュ・スュッド』誌編集長ジャン・バラール）

――ドーマルは最後の瞬間、もう死ぬのだということを悟って、ごくわずかな間、心が苦しくなったようでした。「ぼくとは、結局、なんなのだろうか?」と言い、それが最後の言葉になりました。そう言うと、また落ち着きを取り戻し、静かに息をひきとりました[25]。

（ドーマルの死から二日後、アンドレ・ロラン・ド・ルネヴィルからジャン・ポーランへの手紙）

かつて作家のロジェ・ニミエが言ったように、ドーマルは詩人であり、彼の人格や人柄がどのようにすぐれていたとしても、彼がどれだけ文学的に重要な作家であるのかは、その著作を読めばわかる。[26] 証言や書簡の類に頼る必要はない。それは正しい。だが、これらの証言がそれにもかかわらずやはり重要なものであるのは、ほかでもない「詩人」としてのドーマルのありかたが、また彼の「詩学」が、生きた人間としてのドーマルのありかたを、いついかなる瞬間にも、徹底的に、毎瞬ごとに、容赦なくかかり合いにするものだったからだ。「人間とは、ひとつのものだ」とドーマルは語っていた。「どれほど見事に構築された哲学であっても、それをつくりあげた人間が、卑怯であったり、裏切り者であったり、強欲であったと知ったならば、ぼくの目にはその哲学はおぞましいものとなる。スピノザの著作は、そのような非難からはまぬがれている。スピノザの人生は、スピノザの哲学の構成要素だったからだ[27]」(「スピノザの非＝二元論」)。

このような言語観・文学観は、ある意味では、ひどく素朴で無邪気なものにみえるかもしれない。「ひとりの詩人をその〈人間〉や、友人の証言で評価するのなどは、愚劣きわまることなのです[28]」とプルーストがサント＝ブーヴに反論し、この路線を継承して六〇年代に構造主義が流行して以来、とりわけ文学批評の世界では、書き手の実存的な生と作品とをいったん切り離し、言葉によって書かれたテクストをひとつの自律的な対象として分析する方法が確立されてきた(テクストと書き手のあいだに関係が「ない」とみなすのではなく、その関係をいったん括弧に入れることによって、テクストそのものを対象とする方法を洗練させてきた)。いや、もっとごく一般的にいっても、書き手の生活態度と「書かれたもの」は、ひとまずは「別」のものだと割り切ることこそが、成熟した読者が身につけるべき大人の「作法」なのかもしれない。

だが、ドーマルにとっては、どうしてもそれは「別」であってはいけなかったし、「別」であるべきでもなかった。実際にそういうことはありうるし、また実際にあるのだが、どうしてもそれは「嫌」なのだった。ものを書く自分と、そうではない自分が別々に存在するわけにはゆかなかったし、そんな抜け道が可能だと思うこと自体を自分に許さなかった。文章においても、日常生活においても、ドーマルは自分が口にしたり、書きつけたりしたことを、いつかどこかで裏切ってしまうことこそを――そのあまりのたやすさこそを――何よりも恐れ、嫌悪したひとだった。

だから、ドーマルの友人たちの証言がことごとく聖者伝の趣を帯びてしまうのも、ただ早世してしまった友を美化しているためではない。たとえば、一元論を唱えた古代の哲学者プロティノスが、柔和で、辛抱強く、彼の攻撃者たちにすらその魂の偉大さを讃えられたように、あるいは、やはり二元論を乗り越えようとしたスピノザの生活態度が、彼の哲学から生じた、そうであるほかはない結果であったように、ある種の思想、ある種の世界観は、真にそれを感得したものにとってほかのありようを許さない。

ドーマルもまた、プロティノスと同じく、いっさいの区分を超脱した原初の「一なるもの」を確信し、一元論的な（非＝二元論的な）世界観を抱いていた詩人だった。それゆえ、ドーマルにとっても、言葉と行動、思想と身体、書く自分と書かない自分は、切り離しうるものではなかった。

だが、そのことは「ひとつのもの」であり続けることが、ドーマルにとってたやすかったということを意味するわけではない。穏やかで、仏陀のようだったと伝えられるドーマルにも、「怒り狂って、大声をあげて、なにもかもをぶち壊したくてたまらず、それがなんにもならないとわかっている」[29]激しい悲しみや怒りの時はあった。「いつだって難しいのは、いくつもの生を同時に送ることです。というよりも、たったひとつの中心にある生の光に照らされるようにして、一瞬一瞬の、あらゆる小さな生を生きることです。そんなことは、ほとんど不可能です。それでも、このほとんどという小さな一語にこそ、人間にとってのあらゆる希望がひそんでいるのです」[30]。『類推の山』が与える感動のひとつは、真理への情熱に燃え、高次の世界の探索へと向かう「不可能号」の乗組員たちですら、四六時中それだけを考えていられたわけではないことがはっきりと書かれているところである。「だが、欲望を燃え立たせ、思考を照らし出す火は、けっして数瞬間以上つづくものではなかった。むしろそれ以外の時間に、その瞬間を思い起こすように努めていたのである」[31]。

生きる、ということには、つねにさまざまな局面があり、ひとがひとり生きてゆくためには、実にこまごまとした雑多なことに、たえず向き合ってゆかなければならない。ドーマルのように、不治の病に見まわれたわけでなくとも、ナチス・ドイツ占領下のフランス領をユダヤ人の妻を連れて逃亡しなければならなかったわけでなくとも、生きるということは、ただそれだけで十分に複雑なことであり、いっそのこと出家をしたいとか、山にこもってしまいたいとか、旅にでも出ればなにか変わるのではないだろうかといったことを、ぼんやりとでも思いえがいたことがあるひとは少なくないだろう。だが実のところ、「たったひとつの中心にある生の光に照らされるようにして、一瞬一瞬の、あらゆる小さな生を生きること」がもしもできるのであれば、どこかにひきこもったり、なにか特別なことを始めたりしなくても、今すぐ、たとえばこうして、このような文章を目でたどりながらであっても、自分が望むような、単純で深い生き方ができるはずなのだ。

以下につづくページでは、ドーマルが「中心にある生の光」と呼んだものが、実際のところどのようなものであったのか、彼はいかにしてそのような「光」を求めるようになり、いかにしてその「光」に照らされながら――あるいは照らされようとしながら――それ以外の「一瞬一瞬の、あらゆる小さな生」を生きていたのかを、できるかぎり明らかにしてゆきたい。

第1章

不可視のもの

原初のゲームが
身を起こし、骰子を投げるのを見るために
ぼくの眼で
眼というものが見る権利のないものを観察するために
そしてぼくの皮膚の上に
ぼくの皮膚がけっして体験する権利のないものを感ずるために(1)
――ル・クレジオ『物質的恍惚』

生きた「真理」それ自体を目観《もくと》すること(2)
――井筒俊彦『神秘哲学』

「音」という不可視

ルネ・ドーマルは、一九〇八年三月十六日に、北フランスのベルギーと国境を接するアルデンヌ地方の小村ブルジクールに生まれた。父のレオン・ドーマルは反教権主義者で、高い教養を備えた師範学校の教員だったが、社会主義的な活動のために、師範学校から小学校の教員に降格され、のちに税務省の徴税官となった。

この父レオンが、アルデンヌ地方の社会主義運動のいわば草分け的人物であった事実を、のちにドーマルは、自分の出自における重要な点だと考えるようになる。「ぼくが生まれたのは夕方の六時で、隣の工場の労働者たちが群れをなして出てくる時間だった。彼らは大声で話したり、論じたりしながら、ぼくの生まれた窓のすぐ下を通っていった。当時、フランスの田舎では、社会主義運動が急速に高まっていた。そんなわけで、ぼくは、社会的な出自、聴覚的な出自ともに、燃えさかる恒星の光暈のようなプロレタリアの赤ベルト地帯に生まれ落ちたのだった(3)」(「プロレタリアの赤ベルト地帯」とは、一般には、労働者階級が多く住み、伝統的に共産党の勢力が強いパリ周辺の郊外地区の呼び名)。

単に父親が社会主義活動をしていたとか、家が工場の隣にあったとかいうことではなく、誕生の瞬間に自分の「耳」は労働者たちが論じ合う声を聞いていたはずだという視点をここでは記憶しておこう。

一九一四年に第一次世界大戦が勃発した際、ドーマル一家は戦禍を逃れるために、サルセル、コレーズ、パリ、ラングルと転々と居住先を変えた。一九一五年、六歳のドーマルはパリで空襲に遭い、地下の酒蔵で爆撃の音を聞く。

四歳で本を読めるようになり、科学的探究心が旺盛で、「実験」を好む少年だった。「生物は親なしに無から生じる」という「自然発生説」の話を聞いて、自分でもさまざまな混ぜ物をつくって家じゅうに異臭を漂わせた。またカタツムリが単性生殖だと知れば、ブルゴーニュ産のカタツムリを飼育し、単体で卵を産ませるまでに至った。

そんなドーマル少年をとりわけ夢中にしたのは、ギリシア神話に登場するミダス王の物語であった。穴の中に埋めたはずの「王様の耳はロバの耳」という秘密が、やがて生えてきた葦によって繰り返され、風にのってひとびとの耳に届いてしまう、というあの有名な寓話である。この寓話を聞いたドーマルは、さっそく「音の保存」という「課題」に取りかかり、すでにフォノグラフなるものが発明されていると知ったときには、たいそうがっかりしたという。

だが「音」や「声」への興味は後年に至るまで続いた。『類推の山』に登場する架空の植物「ものいうやぶ」は、果実が共鳴箱となって、人間の言葉をその通りに反復する含羞草《おじぎそう》の一種であり、この例などは、ミダス王の「葦」の影響がもっとも顕著にあらわれたものといえる。そのほかにも、たとえば『大いなる酒宴』では、トトシャボ老人が呪文のような単語を唱えると、その瞬間にギターの弦がはじけ飛ぶという場面があったり、技巧に長けた演奏家が弾くヴァイオリンの一音によって、クリスタルガラスが割れてしまうという話などが語られている[4]。

こうした物語はすべて、「目」で見ることのできない「音」が、しかし確かに物理的に存在し、遠く離れた地点にまでその作用を及ぼしうるということに対する素朴な驚きを変奏したものである。ドーマルはのちに霊的な存在や目に見えない世界などに関心を抱くようになるが、ドーマルにとっての最初の「不可視の存在」とは、「音」や「声」というごく日常的なものであった。

サンプリスムの誕生

第一次世界大戦が終結し、一九二〇年にドーマル一家はアルデンヌ地方へ戻った。十二歳のドーマルはシャルルヴィルのリセに入り、一九二二年三月、第三年次の途中で、ランスのリセ・デ・ボンザンファンに転校した[5]。一九二二年におけるランスがどのような性格を持つ街であったかについては、多少の補足が必要だろう。ランスは、パリから見て東北東約一三〇キロに位置する交通の要所で、一九一四年に第一次世界大戦が勃発した際には、いちはやくドイツ軍の集中砲火の的になった。空襲はその後も一九一八年まで繰り返され、一九一九年十一月に戦争が終わったときには、街の八割以上が破壊され、黙示録的な光景が広がっていた。リセ・デ・ボンザンファンの校舎も、戦火を浴びていた。「リセは爆撃を受けて燃え落ち、壁しか残っていませんでした。教室はどれも波打ちのトタン板をかぶせて屋根にしただけの急ごしらえのもので、窓にはガラスもなく、油紙が張ってありました。電気もなく、暖房は、廃材をあつめて塹壕用の古ストーヴで燃やしていました[6]」(ロベール・メーラ)。「でも、雪が降ると、詩的なほど美しかった」(同級生ジャン・デュフロ)。

ドーマルが転校した一九二二年には、すでに街の復興も進んでいたが、まだいたるところに瓦礫が残っていた。ダダが第一次大戦中の無風地帯のスイスの首都チューリヒに誕生し、シュルレアリスムの誕生が大戦によるトラウマ患者をブルトンが目のあたりにしたことをひとつのきっかけとしているとするならば、〈大いなる賭け〉もまた、大戦によって焼け野原となったランスの街をその原風景に持っていた。第一次世界大戦は、機関銃や塹壕戦による集中砲火、毒ガス兵器や空からの爆撃などの新しい戦闘形態により、それまでにはなかったタイプの負傷兵やトラウマ患者を生んだ戦争であった。そして当時のフランスで、新たな戦争の惨禍を象徴するイコンとして絵葉書などに大量に印刷され、敵軍に対するプロパガンダとしても利用されていたのが、爆撃をうけて炎上するランスの大聖堂の姿であった[7]。この大聖堂については、一九一八年八月に同郷のジョルジュ・バタイユが「ランスの大聖堂」を執筆したことでも有名だが、バタイユや初期のシュルレアリストたちよりも一世代若い〈大いなる賭け〉の起源にもこの戦争による災厄の記憶があったことは強調しておきたい。

転校生のドーマルは一学年飛び級をしていたため、ほかの同級生よりも一歳年下だった。「ほとんど一学期のあいだ、ドーマルは、まったく目立たない存在でした[8]」。だがやがて「ラテン語作文がうまいだけのお堅い優等生[9]」かと思われたドーマルは、「真面目な顔つきでおかしなことを言い、何食わぬ顔でユーモアたっぷりの冗談を飛ばす、まったく素敵なクラスメイト[10]」であることが判明する。

とりわけ、三人の早熟な生徒が、ドーマルを仲間に引き入れた（図2）。リーダー格で、優美な顔立ちをしたロジェ・ルコント（ミドルネームのジルベールを苗字に加えて、ロジェ・ジルベール＝ルコントと名のるようになるのは一九二八年以降）。資産家の息子でルコントに憧れる内気なロジェ・ヴァイヤン。堕天使のように不敵で大人びたロベール・メーラ。三人はすでに一九二一年から、詩の同人誌『アポロ』（第一シリーズ第六号ののち第二シリーズ第一号まで）を刊行し、学年末の表彰式でモリエールの古典喜劇を上演するような仲だった。「ドーマルがやってくる前まで、ぼくたちは、ただ一緒にふざけあっているような三人組でした。ドー

図2　上から，ルコント，メーラ，ヴァイヤン，ドーマル。

マルがぼくたちの精神を接近させ、グループの触媒になったのです。ドーマルのおかげで、ぼくたちは、物事を深く見られるようになりました。ちょっと見たところはのろまで眠たげなのに、ドーマルは、ぼくたちよりもずっと先を見通し、深く考えていました」[11]（メーラ）。

四人の少年たちは、互いの部屋で議論にふけり、書簡を交わし合った。ロートレアモン、ボードレール、マラルメ、ポーなどの「呪われた詩人」を愛読し、ランボーとジャリを偉大な先達と仰いだ。スウェーデンボルグ、アヴィラの聖テレサ等の神秘家、神智学、インド思想、東洋思想、古代哲学のほか、オカルティズムや悪魔信仰の書なども貪欲に読みあさった。自転車や球技なども共に楽しむ一方で、アルコール、喫煙、夜遊びにも手を染め、大人たちが眉を顰めるような奇抜な服装をして街を歩いた[12]。だが、彼らは学期末の「最優秀賞」や「優秀賞」を総なめにするほどの優等生でもあり、成績優秀者の奨励会から呼び出されたルコントが、同じ日のうちに素行勧告委員会からも呼び出されたことはのちの語り草になった[13]。

四人は仲間うちだけで通じる特殊な言葉づかいをし、特殊な綽名で呼び合っていた。ロジェ・ルコントは「ココ・ド・コルシド」もしくは「ロギヤール」[14]。ヴァイヤンは、本名のミドルネームである「フランソワ」、または「ダダ」。メーラは「ストリージュ」（赤子をさらう吸血で翼有の怪物）または「ガーゴイル」といった調子だった（部屋にノートルダム大聖堂の怪物《ガーゴイル》の彫刻をした雨樋の写真が貼ってあった)。そしてドーマルは、ルコントが「弟子」と呼んだことから「ナタニエル」になった。「ナタニエル(またはナタナエル)」とは『ヨハネの福音書』に登場する十二使徒のひとりの名で、彼はイエスからただひとり賛美をうけた「弟子のなかの弟子」として知られる人物である(「見なさい。彼こそが真のイスラエル人だ。彼のうちには偽りがない」一章四十七節)。また「ナタナエル」とは、当時多くの若者に読まれていたアンドレ・ジッドの『地の糧』に登場する架空の聞き手の名でもあった(「ナタナエルよ、君に情熱を教えよう」「ナタナエル、君に瞬間のことを語ろう」……)。

ドーマルは、この「ナタニエル」という綽名をつけられたとき、それまでずっと「勉強熱心で、暗くて、お行儀がいいだけの生徒」だった自分が、「脱皮をして」新たに生まれ変わったように感じたという[15]。『類推の山』の一場面には、登山メンバーたちがファーストネームで呼び合うようになるシーンがあり、その変化は次のように分析されている。

この小さな変化は、単なる親密さから生まれたものではなかった。〔……〕私たちはめいめいの古い人格を脱ぎすてはじめていたのだ。かさばる道具類を海岸に残してゆくのと同様に、私たちはまた、芸術家や、発明家や、医師や、学者や、文学者としての自分を捨て去るための用意をしていた[16]。

四人の少年たちが架空の聖人「聖《サン》プリスト Saint Pliste」の加護をうける「サンプリスト兄弟 Phrères Simplistes」を名乗るようになった時期については、正確なところがわかっていない(Frère と書くべきところが Phrère とずらされているのは、言葉遊びへの好みと古代ギリシア哲学への目くばせ)。この「サンプリスト」という名の由来は、四人の哲学教師であった「デア先生[17]」の口癖「これではあまりにサンプリストだ〔単純にすぎる」」からきているともされる（その通りなら「サンプリスト」の結成は、哲学クラスの始まった学年、一九二三年から一九二四年あたりにみるべきだろう）。四人は、本来ならば批判的に使われる「サンプリスト」という語を、単純《サンプリスト》大いにけっこう、我々はあくまでも単純《サンプル》に行くのだ、とひっくり返してみせたのである。

ドーマルはのちにモーリス・アンリへの手紙で述べている。「サンプリスト。この語に求めるべき意味なんてない。けれど、おそらくそこには、ぼくたちが求めていた幼年時代の状態、すべてが単純で、たやすい、神学者が恩寵と呼ぶような状態へのアナロジーがあったといえるだろう(18)」。嬰児や、原初の人間のように、単純《サンプル》で、恩寵と叡智に満ちた存在。それこそが彼らの理想とするものだった。サンプリストたちの架空のマスコット「ビュビュ」が嬰児の姿をしているのはそのためである。言語を持たない存在である赤ん坊は、語によって分割される前の「名辞以前」の世界を生きており、サンプリストたちもまた、その世界に遊ぼうとした。まん丸の顔に毛が一本、胴や手足は描かれないことが多く、頭部から直接羽が生えた、天使のような、赤子のような姿で表される「ビュビュ」は、ドーマルが生み出し、ほかの三人が育てていったものだ。「ビュビュ」という名の由来は「ユビュ」（ジャリの創造したアンチ・ヒーロー）だとも言われるが、ビュビュが「単に太っているというより、巨人のように大きな赤ん坊(19)」（ルコント）であるならば、その源泉はラブレーの生み出した巨大児にして大酒飲みの「ガルガンチュア」かもしれない。ビュビュ Bubu は、boire（飲む）の過去分詞 bu を二つ重ねたもの（J'ai *bu*, j'ai *bu*.「飲んだ飲んだ」）のようでもある。

当時の同級生ジャン・デュフロは「四人のなかではドーマルがいちばんサンプリストらしく思えました」と回想している。「ドーマルがいちばん誠実だったからです。ドーマルは、なにかのふりをするということがありませんでした。自分らしくないことは決してしなかったのです。ルコントはダンディを気取っているところがありました。メーラにも、狂人や悪魔的な人物を演じているようなところがありました。ヴァイヤンは自然な感じでしたね。でも、四人のなかでいちばん自分自身だったのはドーマルです[20]」。

ロシアン・ルーレット

サンプリストたちの親密さは、「危険な遊び」にふけることによっても深められていった。手の平をナイフで深く切り付けたり、ろうそくの炎の上に手をかざして誰が最後まで耐えられるかを競ってみたり、何日も睡眠をとらないでいるとどうなるか知るために不眠の実験をしたりしていた[21]。ドーマルがとりわけ好んでいたのは、目隠しをされた状態で友に片手をあずけ、瓦礫の残るランスの街をどこまでも歩いてゆくことだった。

彼らがこうした遊びに興じていたのは、個人を境界づける身体というものの限界を試すことによって、「自己」や「存在」の神秘に迫ろうとしたためである。そこには、のちに〈大いなる賭け〉が「実験形而上学」と呼ぶものへの萌芽があった。「実験形而上学」とは、物理学《フィジック》（自然学）ならば「実験」で確かめることができるが、形而上学《メタフィジック》は、本来、実験で確かめるすじのものではない、という通念をひっくり返した表現である。

サンプリストたちの危険な遊戯のなかでも、とりわけ有名になったのは「ロシアン・ルーレット」である。これは、サンプリストたちの親密さが互いの生命を預け合うほどのものだったこととの例証として紹介されることの多いエピソードである。だが、それは、半分正しくもあるし、半分間違ってもいる。以下に、彼らが興じたロシアン・ルーレットの「実際」を明かしておくことにしたい。

四人がこの遊びに興じたのは、ただ一度きりのことであった。使われたリボルバーは同級生から借りた25口径の五連発式。メーラの証言によれば、舞台は公園のなかの林間地であった。メーラが弾倉に一発だけ弾を込め、シリンダーを回転させた。ドーマル、ルコント、ヴァイヤン、メーラの順で引き金を引くことが決まる。

ドーマルは落ち着きはらっていた。ルコントはこれで死ねるなら本望だと言い、ヴァイヤンは躊躇していた。メーラは、ドーマルに拳銃を渡す直前に、こっそり銃を傾け、弾を抜いておいた。ドーマルはこめかみに銃口を当てた。だが「できない。メーラ、君がぼくを殺してくれ」と言って、メーラに銃を渡すと、その場にひざまずいた。メーラはドーマルの額に銃口を当て、神妙な顔をして引き金を引いた――。が、当然のことながら、銃は乾いた音を立てただけだった。ドーマルは表情ひとつ変えずに立ち上がり、ルコントに銃を渡した。ルコントはシリンダーを回転させると、自分のこめかみに銃をあて、二発続けて引き金を引いた。そして苛立った様子で銃を投げ捨てた。メーラは銃をヴァイヤンに差し出した。ヴァイヤンは辞退した。そこでようやくメーラは、空っぽの弾倉を見せ、あらかじめ弾を抜いておいたことを告白した。「いやもう責められたのなんのって、さんざん非難されましたよ[22]……」

つまり、彼らは、本当にロシアン・ルーレットをおこなったわけではなかったのである。だが、メーラをのぞく三人は、主観としては本当にロシアン・ルーレットをおこなった。そして現在の地点から考えるならば、このときのエピソードには、その後の四人の運命を予言していたようなところがある。すなわち、死を前にしてひるまなかったものの、そのために「仲間」を必要としたドーマル。過剰なまでに、まっすぐに、二度にもわたって死へと直進しようとしたルコント（ルコントは薬物中毒によって夭折した）。一度きりの絶対的な賭けに――「大いなる賭け」に――最後までつきあうことができなかったヴァイヤン（ヴァイヤンは後述する「シャトー街の会合」を経て〈大いなる賭け〉を脱退する）。そして、最初からその「賭け」に加わろうとすらしなかったメーラ。メーラはサンプリスムが〈大いなる賭け〉に発展した頃にはグループから距離をおき、医学の道へ進むことにしたのだった。

ルネ・モブラン

そんなサンプリストたちにも、親しくしている大人がひとりいた。リセの哲学教師「ルネ・モブラン先生」である。このきわめて興味深い人物が、当時まだ十四、五歳だった少年たちに与えた影響は決して無視できないものがある。まずは、いくつかの誤解されやすい点を明らかにしておきたい。

ルネ・モブランがランスに滞在したのは、一九二一年から一九二二年にかけての一年あまりであり、一九二二年十一月には社会学者のセレスタン・ブーグレの要請によって、高等師範学校社会資料館の古文書管理官に任命されている。したがって、当時第二学年（哲学の授業が始まる学年）だったサンプリストたちに、直接に講義をしたことはなかった。モブランは、学年末の優等賞授与式のためのモリエールの『町人貴族』の演劇指導を担当した際に、まだ第三学年（日本でいう中学三年生で、ドーマルの転校前）だったルコントたちに出会った。そして彼らの圧倒的な「記憶力のよさ」と「完璧な発声法」に衝撃をうけ、いつもどんな本を読んでいるのかと尋ねたところから、交流が始まった[23]。

ルネ・モブランは、日本の「俳諧」をいち早くフランスに紹介し、広めた「ハイカイの使徒」として知られている。モブランから薫陶をうけたルコントとヴァイヤンは、モブランがランスを去ってパリに行ってからも、季節ごとにフランス語の俳句や詩を書き送っており、モブランは俳句に関する読むべき論文を彼らに送っていた。

そして、一九二三年、戦後のランスにおける重要な文化的サークル「セヴィニェ会」の指導者であり、そのサークルの機関誌『葡萄の枝《ル・パンプル》』の編集委員でもあったたったモブランが、同誌のハイカイ特集号（第十／十一号、一九二三年）にルコントとヴァイヤンの俳句を掲載した。たとえばルコントの一句では、「霧の中のカテドラルは／うずくまる双頭のスフィンクス／夢のジャングルの中で」と、爆撃で破損したランスの大聖堂が、鼻の欠けたスフィンクスの威容と重ねられている。

　俳句の実践をフランスに広めようとしたモブランの最大の関心は「俳句によって広く人々の感性を目覚めさせ、磨き、もっとも本質的な感覚を抽き出すこと[24]」にあった。つまり、個々の作品の出来不出来よりも、句を詠むという心の構えを日常にもつことによって、五感が研ぎ澄まされることこそが重要だったのである。影響関係というものは、いずれにせよ特定や実証ができるような性質のものではないが、「文学作品は興奮剤または触媒である[25]」（ヴァイヤン）という〈大いなる賭け〉の文学観、すなわち「書くこと」を「目的」とせずに、あくまでも「手段」とみなすという立場は、モブランとおこなっていた俳句実践にもそのルーツがあるかもしれない。また、ジルベール＝ルコントの有名な言葉「ほんのわずかしか書かないことによって、ぼくは本質だけしか書かないことを決意する[26]」にも、最大限に簡潔であることによって最大の暗示力を得る俳句の手法の痕跡を認めることが可能だろう[27]。

〈大いなる賭け〉は、古代インドの哲学や東洋思想に深く共鳴した運動として知られるが、そのメンバーたちがごく初期に出会った最初の「東洋」が俳句の実践であったことは示唆的である。なぜなら、主張も論証もなく、ただ「そうなのだ」という「気づき」のみによって一気に完結することのできる「俳句」というジャンルは、その根源に、「悟り」を含んでいるからである。世界に禅を広めた禅思想家の鈴木大拙によれば、俳句を理解することは、禅宗における「悟り」の体験と接触することに等しい[28]。「悟り」の体験とは「無意識を意識すること」であり、「無意識」のさらに下層にある無意識、すなわち「集合的無意識」とも「阿頼耶識」とも呼ばれる、一切の実在の原理であるようなものを直覚することである。

　当時のルコントやヴァイヤンが俳句を実践するなかですでにそうしたことを明確に意識していたかどうかはわからない。だが、〈大いなる賭け〉の探求の最終地点は、まさしく「悟り」にかかわるものであり、グループの創立者三人のうちのふたりまでが「俳句＝禅」によってその文学活動をスタートし、後年ドーマルが鈴木大拙の『禅仏教試論』（一九三二）を英語から翻訳していたことはあらためて注目されてよいだろう。

また、ルネ・モブランについては、その文学的、哲学的な影響だけではなく、政治的な影響も指摘されている。[29]というのも、モブランは、のちに反＝ファシズムの活動家として「大学人による国民戦線」の指導者となり、一九四四年にはアルジェの暫定政府の文部大臣に就任した人物でもあるからだ。レジスタンスの活動家ジャック・ドクールが死刑になった際、地下刊行の『ユニヴェルシテ・リーヴル』の主筆を引き継いだのはモブランであり、その後も、ジョルジュ・ポリツェル、ジャン・バビーらと共に冊子『マルクス主義講義』を刊行している。一方、サンプリストたちが実際に哲学の授業を受けていた「デア先生」はといえば、のちに左派からファシストへと転じ、ヴィシー政府の労働大臣となったマルセル・デアと同一人物である。つまり、サンプリストたちのごく身近にいたふたりの哲学教師は、それぞれ対独抵抗者と、対独協力者になったことになる。

サンプリストたちとルネ・モブランの関係については、より詳細な研究が俟たれるが、ここで単純化をおそれずに言えば、「ハイカイの使徒」としてのモブランは、簡潔で鋭いスタイルを持った詩人ジルベール＝ルコントへと引き継がれ、「マルクシストの対独抵抗者」としてのモブランは、のちにレジスタンスの活動員となり、コミュニスト作家として名を掲げるロジェ・ヴァイヤンへと引き継がれることになった。そして、この多彩な人物のもうひとつの顔、「網膜外視覚実験の先駆者」としてのモブランを引き継いだのが、ドーマルであった。

網膜外視覚の実験

ドーマルがモブランから「網膜外視覚」の実験に参加するように誘われたのは、高等師範学校の試験準備のために、パリのアンリ四世校に登録した一九二五年頃のことである。「網膜外視覚」の実験とは、目（網膜）

を使うことなく、ものを「見る」実験である。そう聞いただけでは、なにやら荒唐無稽な実験であるのだろうと微笑みを浮かべたくもなるかもしれないが、この実験は、完全に科学的かつ医学的な見地からおこなわれていた。

網膜外視覚の実験に初めて本格的に乗り出したのは、物理生理学の学位所持者であり、一九二〇年には『網膜外のヴィジョンと視覚外知覚』という著書を刊行したジュール・ロマンである。一般には「ユナニミスム（一体主義）」の提唱者として知られる詩人ジュール・ロマンそのひとである。そのロマンが、文学上の友人であったルネ・モブランに、ある盲人の視覚外知覚の訓練を託し、その訓練に熱中したモブランが『視覚外知覚の教育――盲人による視覚的世界の発見』[30]（一九二六）という著作をまとめるに至った。

モブランがドーマルとヴァイヤンを網膜外視覚の実験に参加させてみたところ、ドーマルがきわだって優れた能力を示した[31]。実験の内容はときに応じて変化したが、おおよそのところ次のようなものであった。目を閉じて目隠しをされた被験者が長椅子に横たわり、胸の上に置かれたものを手で触知する。ただし、対象物はガラスの下に置かれたり、明かりのついた蓋つきの箱に入れられたりしているため、その形状や感触を指で知ることはできない。だが、ドーマルは指先を箱にあてながら、熱い、冷たい、何色である、等々、中の物体の印象を「描写」していった。明かりがない場合でも内部のものが「見えて」いたケースがあり、そうなると、網膜外視覚というよりは「透視」に近くなる。

皮膚による光や色の知覚をめぐるこの実験は、六〇年代に入ってから、ロシアやアメリカで「皮膚視覚」をめぐる研究が進められた際に、先駆的な仕事として注目を集めたという[32]。また二十一世紀に入ってからは、表皮にも明暗や色を受容するタンパク質があり、光を電気信号に変換する光受容システムがあることが医学的にレポートされている（ただし、それが「見えた」という「知覚」につながっているかについては証明されていない[33]）。

網膜外視覚以外にも、ドーマルには、ふつうの人間には見えないものが「見えて」いたという証言が多い。〈大いなる賭け〉のメンバーのうちで、神秘的なものに対してもっとも懐疑主義的であったモニ・ド・ブリが語る逸話を引いておこう。ある晩、ブリがドーマルをメトロまで送っていくと、ふいにドーマルが前を歩いていた男をさして言った。「あのひと、メトロの階段のほうに行こうとしているけれど、黒い、鉛みたいな、分厚い雲にとりかこまれている。たぶん、階段までは行かれずに、倒れてしまうよ」。はたして男は足を止め、がくりと膝を折った。うつ伏せになった男のまわりにはたちまち人だかりができ、ドーマルはそのまま帰っていった。ブリがふたたびメトロの階段をあがってくると、男はすでにこと切れていた。[34]

モブランとドーマルの実験は、トータルで七年にわたって続けられたものだった。そのうち、一九二七年から一九三〇年の三年間におこなわれた八十四回の実験については、モブランの報告書が残されている。[35]その一部を参照すると、はっきりと「見えて」いたように思われる回もある一方で、それほどともいえない回もあり、なんらかの結論を出すことは難しい。

いずれにしろ我々の興味を引くのは、ルネ・ドーマルにおける特殊能力ではなく、理知的で、理性的で、唯物論の支持者ですらあったモブランのような人物が、一種の超常現象のようなものにひとかたならぬ関心を寄せていたこと、そして、ドーマルがじつに七年ものあいだ、この実験に協力し続けていたことである。もちろん、理性と非理性の共存そのものはまったくめずらしいことではない。ルネサンスの昔から、ひとは、自然科学と神学に同じだけの真剣な興味を寄せることができたのだし、十九世紀の社会主義者たちのなかには、唯物論を採ることによる神の不在を補おうとするかのごとく、エゾテリスムやオカルティズムに接近した者たちが多くいた。

ではなぜドーマルは、網膜外実験にそこまで協力したのだろうか。おそらくは、それが「科学」と「非科学」の交点に位置するものだったからである。「王様の耳はロバの耳」の寓話における「音の保存」に衝撃をうけた少年期から、ドーマルの好奇心は、つねに、非科学的なものと科学的なものが交差する地点に向けられていた。人間の目には知覚できない紫外線や赤外線が確かに存在し、人間の耳に聞くことのできない低周波音や超音波が確かに存在するのならば、通常の知覚や、通常の理性によってとらえることはできなくとも、確かに存在する現象や次元があるのではないか？

ドーマルは、アルフォ宛の手紙のなかで、この網膜外視覚の実験について「ぼくは自分の皮膚を使って、科学に貢献するために働いている[36]」と述べていた。これを「科学」の側だとすると、その一方でモブランには「寓話」の側にあたる言葉を書き送っている。「ぼくは、かのひとが言ったような意味での、目明き（voyant）になるための訓練を、以前と同様に続けています[37]」。つまり、網膜外視覚の訓練は、ドーマルにとって、自分自身を「科学的」研究のサンプルとして差し出すものであると同時に、「かのひと」すなわち「見者 Voyant」であった詩人ランボーに続くための、詩的かつ神秘的な努力という側面も持っていた。

科学と寓話がついに出会うかもしれない場所として、ドーマルはルネ・モブランの自宅に通い続けていたのではないか。

皮膚という牢獄

「網膜外視覚」あるいは「皮膚視覚」とも呼ばれるこの実験に関して、もうひとつ指摘しておきたいのは、書簡であれ、詩であれ、哲学的なエッセイであれ、ドーマルのテクストには、「皮膚」というメタファーが頻出することである。それらの多くは「牢獄」あるいは「幻影」のメタファーであり、「形態」としての皮膚から脱することや、皮膚の内側における閉塞した自己意識から目覚めることが問題になっている。とりわけ、「幼虫」のように未熟な自己が「脱皮」するように古い自己を脱ぎ捨てるという喩え[38]は、真理に目覚めることと同義のものとして、数多くの詩篇で用いられている（詩篇「亡霊の皮膚」、「幼虫の登場」、「世界の皮膚」、「光の皮膚」など[39]。また『大いなる酒宴』末尾の「脱皮」の話）。こうした「脱皮」のメタファーは、原始仏典『スッタニパータ』の巻頭「蛇の章」で十七回繰り返される章句「蛇が脱皮をして旧い皮を捨て去るようなものである[40]」を思い出させるものだが、脱皮＝目覚め（新生）という連想は、むしろ仏典に限らず、ひろく人類に普遍的なものであろう（アステカ神話におけるケツァルコアトル、ドゴン神話におけるノンモ、旧約聖書における青銅の蛇、古代日本における蛇信仰等）。

だが、「皮膚」とは何であるのか。ふだんはあまり意識にのぼることがないが、人間はつねに、皮膚のどこかを必ず外界に接触させながら生活をしている。そして、この皮膚感覚に加えて、地球から不断の重力を受けることによって、世界の上下や自らの姿勢を認識することができる。では、皮膚感覚と重力感覚を同時に遮断してみた場合、いったい何が起こるのか。そのことを科学的に知ろうとした実験がある。一九五四年に神経生理学者ジョン・C・リリーが考案した「アイソレーションタンク」と呼ばれる、硫酸マグネシウム水溶液が満たされた装置である。

その装置のなかに裸で入ると、死海に入ったときのように、ふわりと体が浮き、皮膚になにかが触れているという感覚がなくなる。水溶液が体表温度に近いため、水と肌の境目——自己と自己以外のものとの境界——がわからなくなるのである。防音されているうえに、照明もないので、視覚、聴覚、触覚、一切の感覚情報が消滅する。すると、次第に「身体から自我が抜け出す」感覚や、「自我がずれる」感覚が生じるのだという[41]。

内壁がすべての音を吸収し、音の反響がゼロになるように設計された「無音響室」に入ると、距離の感覚や重さの感覚に狂いが生じ、「無重力」に似た感覚が生まれるというが、それと似たことを触覚と重力感覚でおこなった実験だといえるだろうか。触覚と重力感覚をゼロにすると、「自己」の自覚に変調が生まれ、「無自我」に似た感覚が生じるということのようだ。

いうまでもなく、被験者によって結果には差があるし、すべてを最終的には「単なる脳内幻想」とみなすことも可能だ。だが、少なくともこの実験からわかることは、「自我は物理的な身体の内部に存在している」というごく普遍的なイメージが、どれほど実際の「皮膚」や「重力」の感覚と密接に結びついているかということである。

そうであるならば、目隠しをされながら箱にのせた指先に神経を集中させ、七年間にもわたって網膜外視覚の訓練に励んでいたドーマルは、「自己を閉じ込める皮膚」に挑戦し、自己と世界との関係を変容させようとしていたといえるのではないか。サンプリスト時代に、目隠しをされたまま街を歩くのが好きだったというエピソードも、火のついた煙草がだんだん短くなり、指が焦げ始めてもそのままにしていられたという逸話も、すべては同じ文脈で考えることができる。皮膚という「鞘」からいかにして滑り出ることができるか。身体や知覚という個人（自我）を閉じこめる「閾」をいかに超え、いかに無化し、いかに世界と新たな関係を結ぶことができるか。ドーマルにとっての問いとは、おそらくそのようなものであったはずだ。

体外離脱と「昼盲症者ネルヴァル」

そのように考えてみたとき、初めて、ドーマルが取り組んでいたもうひとつの「実験」である「体外離脱」について真剣に考えることができるようになる。「体外離脱」とは、「自己」の境界を無化し、「重力」という絶対的な物理的条件を超越しようとするものだからである。

はたして、自我という非物理的なものは、身体という物理的なものの内側に存在しているのだろうか。普段はなんとなくそんな気がしてはいるものの、もしも、その感覚が皮膚感覚や重力感覚のような身体感覚によって生まれている（にすぎない）のだとすると、「体外離脱」（「自我がずれ出る」現象、あるいは感覚）が入眠時や睡眠時に起こりやすいとされていることの説明がつく。睡眠時には、視覚が遮断されるだけでなく、触覚や聴覚までもが弱められた状態になるからだ（触れられたり、呼ばれたりしても気がつかない等）。

『大いなる賭け』第二号に掲載された「昼盲症者ネルヴァル」によれば（「昼盲症」とは、夜に視力が効かなくなる「夜盲症」の反意語で、光の中でよりも暗闇でより視界が効くこと）はロベール・メーラに捧げられているが、それによると、ドーマルはランス時代に体外離脱の方法をマスターしており、しかもそれをメーラとふたりでおこなうことができた。

夜、ふつうのひとがやるように横になり、全身の筋肉を注意深くゆるめてゆく。ひとつひとつの筋肉が、なにものにも支えられず、筋肉それじたいへと完全にゆだねられていることを確かめながら、規則的で、長い、深い呼吸を繰り返し、ついには自分の体が自分にとって異質な、麻痺した塊となるまで、それを続ける。そうなったら、起き上がって服を着ている自分を想像するのだが――ぼくの真似をしようと思うひとに、尋常ではない勇気と集中力を要求せねばならないのはまさにこの点であり、この点こそがもっとも肝心なのだ――、その際には、ひとつひとつの動作を、きわめてわずかな細部にわたって、きわめて克明に想像しなくてはならず、たとえばズック靴を履くところを想像するためには、肉体をそなえた実生活において実際に同じ靴を履くためにかかるのと正確に同じだけの時間がかかったほどだ。さらに告白するならば、ベッドの端に腰かけるというただそれだけの動作ができるようになるまで、一週間にもわたって、むなしい努力を続けねばならなかったたし、訓練による疲労感が度を越して、しばらく訓練を中止しなければばならないこともあった。だが、そのような状態でなんとか持ちこたえられたときには、ある段階で、そう苦労せずに、ふっと投げ出されるのだった。外から見ているかぎり、ぼくは眠っているようにしか見えなかっただろう。実際には、何の努力もせずに――かつて死者であったことを記憶しているひとならばよく知っているあの絶望的な容易さで――、ぼくは戸外をさまよっていた。街の中の、それまで一度も行ったことのなかった界隈を歩きまわり、あるいはじっとしていてすら、同時に歩いている自分の姿を見ることができた。そして、そのぼくの横を、ロベール・メーラが歩いていた(42)。

このようにしてドーマルは、メーラと共に「一晩中、ひとけのない通りから通りへとすばらしい冒険をすることができた」という。そして翌日になるとメーラとドーマルは、ヴァイヤンやルコントに彼らの夜の散策の話をすることができたという。また、当時のドーマルからヴァイヤン宛の書簡を見ると「ジルベール〔ルコント〕の話では、エレン〔メーラ〕がこのあいだアストラル体になってぼくを訪ねたが、ぼくが返事もしなかったと残念がっていたらしい。家に帰ってから、ぼくも彼を訪ねてみたけれど、二、三回はどうにかつかまえられたものの、数秒間だけだった(43)」とあり、サンプリストたちのあいだでは、霊体となって友を訪問し合うことがごく日常的なことであったかのような様子もうかがわれる。

すでに述べたように、メーラは次第にサンプリスムから離れて医師となったが、後年、サンプリスト時代のことを問われれば、こころよく応じる貴重な証言者となった。「体外離脱」について尋ねられると「四十五年も経ってしまった今では、その時のことを客観的に語ることは困難です」と保留をしながらも、ドーマルが「昼盲症者ネルヴァル」に書いたことは「私が真実だと思うものについてのほとんど粉飾のない報告です」と答えている。また、ドーマル、ヴァイヤン、自分のあいだには「霊的な交流」があり、ほとんど「テレパシーの域」に達していたともいう。一方、どのようにして「体外離脱」を実践していたのかを問われると、それはプライベートなことであり、危険も伴うものでもあるから詳細は述べられない、会いたいひとがいるならば、壁を通りぬけたりなどせず、ふつうに会いに行ったほうがいい、と結んでいる。[44]

「体外離脱」というものが、脳内や無意識の層で起こる現象なのか、なんらかの客観的な事実を伴う現象なのかということは、ここでは問わずにおこう。だが、ドーマルにとって決定的だったのは、そのような体験をメーラと「ふたりで」おこなうことができた、という点にあった。メーラに捧げられた「昼盲症者ネルヴァル」の冒頭には「では、ぼくは見られていたのだ！　自分だけの幻想かと思いかねなかったあの世界、あの世界にぼくはひとりではなかったのだ！」という叫びがおかれているが、これはドーマルの人生の鍵ともいえる一文である。[45]

「私はいままで、自分こそあの山の実在を確信するただひとりの人間だと信じていたのです」と『類推の山』のソゴル師は語る。「今日、それがわたしたち二人になったわけで、明日は十人、いやもっと増えるかもしれない――そうなれば探検を試みることができるでしょう」。もっとも『類推の山』の意外なところは、それで黒澤明の『七人の侍』のように、ひとり、またひとりと探検隊のメンバーをリクルートしてゆくのかと思いきや、語り手とその妻を別にすると、探検隊のメンバーは全員ソゴル師の知り合いであったという、やや拍子抜けのする展開が待っているところなのだが、いずれにしろ、ドーマルの生涯は、自分の体験や自分の確信が、自分ただひとりのものではないということを確かめるための旅であった。

ドーマルが発見した文学史上の最大の「同士」は、ジェラール・ド・ネルヴァルであった。「シュルレアリストの神がロートレアモンだったとすれば、〈大いなる賭け〉の神はネルヴァルだった」[46]（ロジェ・カイヨワ）。とりわけネルヴァルの『オーレリア』は、ドーマルにとって別格だった。「決して、そう、決して、ぼくがぼく自身の手で生み出すいかなる本も、『オーレリア』ほど正確にぼくの血の色をしていることはなく、『オーレリア』ほどに切実にぼく自身の本となることもないだろう」。

だが、ドーマルはなぜそれほどにも「同士」を求めてやまぬようになったのだろうか。それを解く鍵は、十六歳の頃に起こったひとつの体験にある。次章では、「根源的な体験」と呼ばれるその体験について、詳しく見ていくことにしよう。

第2章

一なるもの

するといきなりジョバンニは自分といふものがじぶんの考《かんがへ》といふものが、汽車やその学者や天の川やみんないっしょにぽかっと光ってしいんとなくなってぽかっとともってまたなくなってそしてその一つがぽかっとともるとあらゆる広い世界ががらんとひらけあらゆる歴史がそなはりすっと消えるともうがらんとしたたゞもうそれっきりになってしまふのを見ました(1)

——宮沢賢治「異稿『銀河鉄道の夜』第三次稿」

木の葉にしろ、ガラスの破片にしろ、光っているものはすべて、そこに時間が、人の手も、銃も剣も触れえぬ永遠が、光耀という形をとって存在していることを明確に示していた。一葉の紅葉、ガラス片、紫金山、これらはいますべて同格であり、同質である。〔……〕しかし、この美は、人間が何者かに呑みこまれることによってしか出現せず、その光耀は、光りというものがつねにもつ温かさをではなく、むしろ氷のような冷たさや、肉体的な疼痛にも似たものを感じさせる(2)

——堀田善衛『時間』

「目が覚めてみたら死んでいた」

ドーマルの父レオンは、先にも書いたように「反教権主義者」であり、公教育をキリスト教から分離することを主張していた。そして、ドーマル家の教育においてもその方針を貫いていた。その結果、幼いドーマルはキリスト教の洗礼を受けなかっただけではなく、「天国」の話や、「死後の救済」などの話をいっさい耳にしたことがないまま成長した。そしてまさにそのために、自分は「死」の問題とじかに向き合うことになったのだとドーマルは語る。

> 六歳の頃、いかなる宗教教育も刷り込まれていなかったために、死の問題は、じかに、むきだしの姿でぼくに迫ってきた。ぼくは、「無」というもの、「それきりなんにもない」ということへの不安に下腹をえぐられ、喉元をつかまれるようにして、恐ろしい夜々を送った。(3)

この「死」への恐怖は、『類推の山』の第一章では、次のように変奏されている。

六歳の頃、眠っている人間を刺しにくるという蝿の話を聞きました。誰かが「目が覚めたときには、死んでいるのさ」という、あの冗談を言ったのです。その言葉は、ぼくの頭から離れなくなりました。(4)

この「眠っているあいだに人を刺す蝿」の話は、暴力や流血をともなうものでないにもかかわらず、死というものの持つ本質的な恐ろしさをよく表している。「それ」は、前触れもなく、理由もなく、避ける方法もないまま、どこからともなく、知らぬ間にしのびこんできて、我々に襲い掛かる。そして、この「死の恐怖」から、ドーマルは「自己」というものに対する問いを抱くようになった。

夜、ベッドに入って、明かりを消すと、死のこと、「それきりなんにもない」ということを、一生懸命思いえがこうとしました。自分の生活を取り囲んでいるものをひとつひとつ頭の中で消してゆくと、だんだんとせばまってくる苦痛の輪のなかに閉じ込められました。「ぼく」がもういない……。ぼくとは、このぼくとはいったい何だろう？　どうにも捉えどころがないもので、目の見えないひとの手から魚が滑り落ちていくように、それはぼくの思考からのがれ去ってしまい、それきり眠ることができなくなりました。(5)

この恐ろしさを克服しようとしたドーマルは、全身の力を完全に抜くという、一種のリラクゼーションのような方法を編み出した。だが、いったんは平穏を得たものの、その後ふたたび、恐怖の対象である死の貌そのものを、今度は真正面から見きわめたいと思うようになる。だが、実際に死ぬわけにはゆかないので、死に似たものである「眠り」を対象とした。要は、多くの子どもが一度は試みるように、いつ、どのようにして自分が眠り込んでしまうのかを、ぎりぎりまで意識を保ち続けたまま、見届けようとしたのである。

そして、十六歳か十七歳の頃、昆虫採集に使用していた四塩化炭素を吸引することによって、とうとう意識を保ったまま、「別の世界」へと投げ込まれることに成功した。「瞬間的だが永久的でもあり、現実性と明証性に燃える燠のようなその世界に、ぼくは火の中に落ち込んでゆく蝶のように、くるくると投げ込まれていった」[6]。のちに「根源的な体験」と呼ばれ、ドーマルの生涯を決定的に方向づけた体験として、繰り返し語られることになる形而上的体験である。

想像的なものと現実的なもの

その世界のなかで、ドーマルは刺し貫かれるようにして、生涯消えることのない、ある「確信」を得たという。「確信」という以上は、なにかに「ついて」の確信でありそうなものだが、それはただ、主語を欠いたまま「そうなんだ！」と直覚されるような種類の確信であった。だが、あえてその「確信」を言葉にするならば、それは「なにか別のもの、向こう側があるのだという確信、別の世界があり、別の種類の知があるのだという確信」であった。「その瞬間にぼくは〈向こう側〉をじかに知り、その生々しいリアリティに触れた」。

一九四三年に執筆された「根源的な体験」（付録に全文収録）によれば、その時ドーマルは、無数にあると同時に、たったひとつしかない点が、点であると同時にどこまでも伸び広がる円でもあり、その点であり円であるものの伸び広がりの運動が、永久に続きながらもただの一瞬のうちに無限回数繰り返されている——というような事態を見たのだという。点と円、一と無限数、瞬間と永遠、始まりと終わり、有と無、存在と非存在、

「ぼく」と「それ」とは、そこでは、矛盾するものでなく同一のものであった。

こうしたことを言葉の上で反復するのは、まったくおそろしいほど簡単なことだが、四角と丸が矛盾しないという事態を、もし本当に思いえがこうとすれば、確実になにかが混乱する。だから、ああ、これは「反対物の一致」だな、とか、ああ、これは、ニコラウス・クザーヌスによる「神」の定義だな、といったふうに、瞬時にラベリングをして片づけてしまう前に、この混乱の中味について今しばらく考えてみることにしたい。

対立物が矛盾しない地点、それは、ルネ・ドーマルとアンドレ・ブルトンが、さまざまな相違にもかかわらず、同じように目指していた共通の地点であった。ブルトンはそれを「至高点」と呼び、こんなふうに定義していた。「生と死、現実的なものと想像的なもの、過去と未来、伝達可能なものと伝達不可能なもの、高いものと低いものが矛盾したものだと感じられないような精神の一地点が存在することをどうしても信じざるを得なくなる(7)」。

だが、このブルトンの一節の読みどころは、対立物の解消という、それ自体としてはさしたる独自性をもつわけでもない発想それ自体にあるのではなく、「そのような精神の一地点が存在することをどうしても信じざるを得なくなる」という、その言い回しにあったのかもしれない。というのも、それは、「そのような地点(＝至高点)が存在するのだ」という「主張」や「意見」では(ですら)ないからだ。それはただ、どうしようもなく、そうではないか、まぎれもなく、そうではないか、という、主体の無力さと驚きの告白であり、誰よりもまず本人自身が深く当惑しながら、もうひとりの誰かに向かって、その驚きを報告する声である。

シュルレアリスム研究者の鈴木雅雄が「シュルレアリスムとは何よりもまず、私たちにとって重要なのは〔……〕想像的なものと現実的なものとの境界を見失ってしまう体験(8)」であると考える態度なのだ、と定義するとき、この「見失ってしまう」という微量の主観を含んだ日本語には、このブルトンの動揺が正確に反復されている。主体としての〈私〉が境界を「見失う」のではなく、客観的なものである境界が「見失われる」のでもなく、我にもあらず、しかし、我をゆるがすようなものとして、境界はつねに、見失われて「しまう」。シュルレアリスム的な事件とは「それが〈私〉の生み出した幻想か客観的な事実かをいえなくしてしまうような出来事[9]」なのだ。

不条理な明証性

それでは、そのような境界のゆらぎ、あるいは喪失を、ドーマルの「根源的な体験」はどのような用語で報告しているのだろうか。逆説的かつ徴候的だと思われるのは、ドーマルがこの体験を語る際、一貫してcertitude（確かさ／確信）という語を用いていることである。

それは、彼岸体験や神秘体験において「見る」という動詞が多用される事態といくらか似ているといえるだろうか。「あれほどはっきりと見たものを疑うことは、私にはできなかった[10]」（『オーレリア』）というネルヴァルの言葉に典型的に表れているように、「見る（直観的に理解するという意味も持つ）」という動詞は、しばしば「不可視の世界」にかかわる報告において、特権的な用いられかたをする。[11]また、そこには、あれほどはっきりと「見た（直観的に理解した）」ものが、「今は」見えなくなっているという状況もあり、さらには、「目」が見たはずのものを「言葉」が語る（言語化する）ことがどうしてもできない、という苦しい状況も加わっている。そのような状況において、彼岸体験の報告者が「見た」という言葉を繰り返し用いるように、ドーマルは「根源的な体験」によって得た「確信」が「それについては首を賭けてもいい」ほどの、圧倒的なものであったことを繰り返し強調する。

ここで、この「確信」と訳したcertitudeという語が、同時に、「確かさ／確かなこと」とも訳しうる語であることに注意したい。つまり、それは「主体」の感覚としての内的な確かさであるのと同時に、「事実」の確かさでもありうるのだ。これがもしconvictionであるならば「確信」や「信念」となり、話は主体の意識の問題だけとなるが、certitudeの場合、ことは『事実』と「主体」の双方に属しうる。

たとえば、同じひとつの文字をずっと繰り返し書き続けていると、その文字がなにか不気味な線の塊のように見えはじめるという、いわゆる「ゲシュタルトの崩壊」という現象がある。あれは、文字であるはずのものが「単なる線の塊のように見える」という「主体」の内部で発生する違和感であると同時に、文字とはまぎれもなく「線の塊である」という厳然たる「事実」があらわになる一瞬でもある。

ドーマルの「根源的な体験」は、そうした事態が、いわば世界全体に対して起こってしまったケースである。「突然、事物も、言葉も、言葉の意味も、意味を失ってしまう。ちょうど、同じ言葉を何度も何度も繰り返しつづけたあげく、口にのぼらせてももはや何の意味も感じられず、違和感だけが残るようになったときのように」。ものの機能や意味は見失われ、ただそのものがそこにある、ということだけが、不気味なほどくっきりと知覚される。「ふつうの状態にあるとき、自分にとって〈世界〉であったようないっさいは依然としてそこに存在していたが、突如として、その実質が抜き去られてしまったかのようだった。〈世界〉は、同時に空っぽで、不条理で、正確で、ただそうあるほかのないものだった」。それは、不気味な感覚であると同時に、圧倒的な真実の啓示による「覚醒」の体験であった。

このような事態は、サルトルが後年『嘔吐』で語る、ものそのもの、存在そのものに触れてしまったと感じた際に覚えた「吐き気」や、写真家の畠山直哉が「ぺらぺらの景色[12]」と呼んだもの、あるいは、思想史家の市村弘正が「瀕死の眼[13]」に映る風景として語ったものに通ずる体験である。実際、ドーマルは「窒息あるいは不条理な明証性」という別のエッセイで、このような「覚醒」の体験をするためには、薬物のたぐいを用いる必要はまったくないことを告げている。それは「ただ、あらゆる存在の不条理さ――そのスキャンダラスなまでの理由のなさ――に打たれる[14]」体験である。そのような体験をするためには、「なぜ、なにものかが存在しているのか、なぜ、このものが存在しているのか、その永遠に答えのでない二重の問いの、答えのなさそのものに向き合うことから始めるだけでいい[15]」。

つまり、ドーマルが「根源的な体験」において直面した「不条理な明証性」とは、人間を含むこの世のすべての「存在」の、その度しがたい不条理さのことである。人間であれ、植物であれ、モノであれ、それを取り囲む大気であれ、それらすべてはどこまでも偶然的な、条理を欠いたばらばらな現れであり、その絶対的な有限性と偶然性を生々しく直覚したとき、体の芯がどこか心もとないようになる。あらゆる存在と自分という存在が「存在するということ」において、まぎれもなく同質のものとなるとき、自他の境界はあいまいになり、物質的、個別的な〈私〉の境界が消滅し、世界や事物の輪郭が一気に溶解する。

思想史家の井筒俊彦は、サルトルに「吐き気」を催させた、この「意味のなさ」にあたるものが、東洋の哲学的伝統においては必ずしも不快感を引き起こさず、むしろそれこそが「神あるいは神以前のもの」であるという点を指摘している。「例えば荘子の斉物論の根拠となる〈混沌〉、華厳の事事無碍・理事無碍の究極的基盤としての〈一真法界〉、イスラームの存在一性論のよって立つ〈絶対一者〉等々である[16]」。そして「……の意識」として措定される以前の絶対的に無分別なものに直面した際、いわゆる東洋の哲人がうろたえることがないのは、それを深層意識の地平からも同時に眺めることができるほど深層意識が拓かれているからだという。

そのような見取り図に立つならば、薬物を利用した「窒息」体験によって、世界の全一性を直覚したドーマルは、サルトルと同じ地点から出発しながら、ネルヴァルとルネ・ゲノン（後述）を経由して、東洋の哲人の方へと赴いた詩人だったということができるかもしれない。というのも、この体験に触れたテクストのうち、

「窒息あるいは不条理な明証性」や「大いなる詩の賭けのための小鍵集」など三〇年代の初めに執筆された文章では、「窒息」「苦痛」「不条理」などのネガティヴな側面が強調されているのに対し、一九四〇年代に執筆された長詩「メモラーブル（記憶すべきこと）」や「根源的な体験」では、その苦しみがより肯定的な面から語られているからである。「思い出せ、メダルには二つの面があるが、メダルそのものはただひとつの金属からできていることを」[17]という「メモラーブル」における対立の消滅のイメージは、そのほんの一例である。

「根源的な体験」

「根源的な体験」を語るドーマルの表現における、もうひとつの特徴は、「起こったことは語ることができない」という冒頭の書き出しに集約される。「それは何についての確信なのか？　言葉は重い、言葉は遅い、言葉はあまりに脆弱すぎるか、あまりに融通がきかなすぎる。いつも使っている語彙では貧弱すぎて、不正確なことを並べるのが関の山だ。あの確信は、ぼくにとって、正確さの原型のようなものだというのに」。

このような「語りえなさ」は、『宗教的経験の諸相』でウィリアム・ジェイムズが「神秘体験」の四つの特徴としてまとめたもののひとつめにあたる。すなわち、「一、言語化できず体験した本人にしかわからない」、「二、認識的性質つまり真理の深みを洞察する」、「三、暫時性つまり長時間続かない」、「四、受動性つまり自分の意志の働きがなく高貴な力につかまれているように感じる」[18]。ドーマルの「根源的な体験」は薬物の使用によるものであり、宗教的な神秘体験とは本質的に異なるという考えは当然ありうるが、その一方で、亜酸化窒素やエーテルなどの使用による恍惚境で啓示される真理と、神秘体験によって啓示される真理が酷似しており、それが体験者の人生に与える影響においても類似していることについては多くの文献に示されている[19]。

「神秘主義」とは、「ミスティシズム mysticism」の翻訳であるが、この語は語源的には「黙る」という意味のギリシア語、ミューオー（myo）に由来している。「すなわち、語られないもの、言葉に表されないもののうちに、重要な真実があるという考えが神秘主義の最も基本的な意味である」[20]。

もちろん「言語を絶する」という体験は、見神体験や彼岸体験に限らず、どのようなときにでも、どんなところにでも生じうるものである。たとえば、雨上がりの庭が陽を受けて光っているというただそれだけのことであっても、それを目にしたときに我々が覚えた感興を、もしもあますところなく言葉によって言い尽くしてみようと思うならば、その体験もやがて、ひとつの「言語を絶する」体験であったことが判明するほかないだろう。「感情、気分、洞察、空想――これらはみな私事であり、表象《シンボル》を通してでなければ、また間接的にでなければ、伝達不可能である。体験についての情報はプールできるが、体験自体となると、これはできない」[21]（オルダス・ハクスリー）。だが、そうした日常の体験をいちいち「言語を絶する」体験として感知するのは例外的なことである。ひとは通常そこまでの言語的努力をおこなわないし、厳密さや包括性といったものは、日常生活を円滑におくるためには不要であり、むしろ邪魔にすらなるからである。

そのような意味で、「言語を絶する」という形容は、言語というシステムが元来不完全なものであることを露呈させうるようなあらゆる体験（したがってあらゆる体験）にあてはまるものだが、「神秘体験」においては、なぜ、そのことがもっとも尖鋭なかたちで感知されるのか。それは、神秘体験が単に「極端」で「圧倒的」であるから言語が追いつかない、というようなことではない。そうではなく、神秘体験というものが、本質的に「区切られない」現実を体験させるものであるのに対し、言語というものは、音韻にせよ、統語法にせよ、語彙にせよ、そのあらゆる水準において「区切る」ことをその本質としているからだ。

つまり、神秘体験においては、いかなるものも分節されず、分割されず、時間や空間ですら区切られるということがないため（点が円周であり、瞬間が無限であり、過去と未来は同じものとなる）、そのような全面的ですきまのない連続状態においては、言語システムそのものが機能不全におちいるのだ。

通常の世界においては、有と無、熱いと冷たい、高いと低い、精神と物質、生と死などが対立するか、少なくとも区別される。それは、我々が言語によって生きているからであり、言語というものが差異を本質としているからである。したがって、言語が介在した時点で、すべては少なくとも二元的な性質を帯びざるをえない。サンプリストたちが、「嬰児」をひとつの理想としたのも、それが言語以前の存在であるためだ。ドーマルは、薬物体験によって、この言語以前の世界を垣間見、それによって、それまでのいっさいの言語観と世界観が塗り替えられることになった。

「汝それなり」

したがって、ドーマルが得た「確信」は、本質的にはどこまでも言葉にできないものである。だが、それにもかかわらず、ドーマルがその「確信」をあえて集約する叫びとして、ふたつのフレーズをあげていることに注目したい。

それは、「そうなんだ！　こういうことなんだ！　C'est cela ! C'est donc cela !」というフレーズと、「ぼくなんだ！　これはぼくのことなんだ！　C'est moi cela ! C'est de moi qu'il s'agit !」というフレーズであり、ドーマルは、この二つのフレーズを同時に示している。つまりその体験は「それ cela」としか言いようのないものであると同時に、どこまでいってもかぎりなく「ぼく moi」でもあるような体験であったのだ。

これは、ウパニシャッド思想の精髄を集約した「汝それなり（タット・トゥヴァム・アシ）」（聖典『チャーンドーギヤ・ウパニシャッド』六・八・七／六・十三・三等）に通じる事態だといえるだろう。「それ」すなわち名付けられぬものであるブラフマン（万物の絶対原理）は、アートマン（内在する永遠の我、汝）に完全に一致する、いわゆる「梵我一如」の教えである。

「汝」が「それ」であるのは、あらゆるものが「ひとつ」であるからであり、したがって「汝」は「それ」であるのみならず、あらゆるものでもある。個々に分かれて存在するように見えても、「それ（＝ブラフマン）」は「決して分かれることなく、つねにひとつ」なのだ（『バガヴァッド・ギーター』十三章十七節[22]）。

〈大いなる賭け〉の詩人ルネヴィルは『詩的体験』において、このような神秘的体験と詩的体験の類似点と相違点とを比較して論じているが、そこにおいて問題となるのも、やはり「神」と「私」や、「真理」と「自分」の一致である。ルネヴィルの引用するノヴァーリスの『サイスでの弟子たち』には「サイスの女神のヴェールをはぎとったとき、〔求道者たちは〕そこに何をみたのか？　奇蹟中の奇蹟、自分自身の姿を見たのである」[23]とあり、エドガー・ポーの『ユリイカ』の末尾には、次のような一節が見られる。「この神の心臓とは――いったい何か？　それは我々自身の心臓にほかならない」[24]。

「汝」と「それ」の一致とは、内部と外部の一致であり、内部と外部の区別そのものをより高い次元で融合するような出来事である。というよりも、外部と内部は元来区別されないものであるという「事実」に、あるとき突然気がつくような事態といえるだろうか。

そこで改めて考えてみるならば、ポエジー poésie という語もまた、確信／確かさ certitude という語と同じく、外部の現実と内部の現実を同時に指向する傾向をもつ単語であることに気がつく。詩的体験（ポエジー）は、主体によって生きられるものではあるが、主体は、それを圧倒的な無力さのなかで、世界に襲われるようにして生きる。「体験としてのポエジー」とは、まさしく、ただそれだけの、「そうなんだ」という「事実」として立ち現れる現実にほかならず、だからこそドーマルはそれを、不条理な「明証性（エヴィデンス）」と呼んでいる。けれども、その一方で、その同じ現実を知覚しないひとはいくらでもおり、またそれが同一の主体であっても、その同じ現実を知覚せずに、やりすごしてしまう瞬間はいくらでもある。いや、むしろそうした状態のほうが通常の状態だといえるだろう。そのような意味においては、「ポエジー」もまた、外的世界に存在するものなのか、人間の内部に現れるものなのか、それともその両方であるのかをついに決めることができないものであり、その意味では、内部と外部との区別がなくなってしまう体験そのものが「ポエジー」なのだということができるかもしれない。

　そのような状態について、ジャン・ポーランは「日本人が〈悟り〉と呼び、神秘家が〈瞬間〉と呼び、スーフィー教徒が〈シルル〔名なきもの、謎〕の横溢〉と呼び、リチャード・バックが〈宇宙的意識〉と呼び、アラン・ワッツが〈それだ〉としか形容しようのないものと言ったものとほぼ同じもの[25]」だと述べている。そして、もし「啓示」や「覚醒」といった語が、なにか高度に形而上学的な事態を想起させがちであるのなら、それらを単に、ブレイクやジッドやプルーストと共に「瞬間」と呼んだり、十字架の聖ヨハネやフェヌロンと共に「しばしの間」と呼ぶこともできるだろう、と続けている[26]。

　ポーランのリストをもう少し続けてみるならば、それは、スウェーデンボルグが「照応」と名付けたもの、そしてボードレールが「底深き、暗黒の統一《ユニテ》」（「照応」）と呼んだもの、リルケが「存在の切なさ」と呼んだもの、ポーが「抗しがたい直観[27]」と呼び、バタイユが「内的体験」と呼んだもの、アルトーが「諸事物の深い統一の感覚[28]」と呼び、ヴェイユが「宇宙そのものと同一化すること[29]」と表現したものなどにも通じているだろう。「神秘家たちの経験は、弱い度合いのものであれば、我々各人も経験している」とポーランは言う。「兵士や、テント生活者や、単なる水浴者にも――奴隷や、囚人にすら――それは起こる。欠乏状態にあり、すべてのものから見放された状況にあって、ついにたったひとつの重要な真実に達したと感じるのだ。『極限に触れた』と彼らは言う。あるいは（戦士や夢想家の言い方をするならば）『本当に生きてるっていう感じだ[30]』」。

一方、そうした欠乏状態や生命の危機の瞬間にないときであっても、ひとは日常生活のなかで、ふいにそうした瞬間を持つことがある。ポーラン自身のケースでも、「それ」は、ある晩、自宅の寝室で生じた。電気の消えた真っ暗な寝室を、手探りで進んでいるときに、部屋の家具と自分とが、ふと「完全に同じ種族」のように感じられたのだという。

「糧を探して」

ドーマルの場合にも、最初の神秘体験こそ薬物によるものであったが、その後は、日々の生活において、いかにそのときの「確信」をふたたび見出せるのかを探るようになっていった。付録に全訳を掲載した「糧を探して」[31]は、そのことをきわめてシンプルに語ったテクストである。超越的な真理を直観する瞬間を「自分にあった食べ物」に出会うようなものだとすると、食べものの好みとは違って、精神の糧については、何が自分にあっているのかの予測はまったくつかない。なんということもない風景に、ふいに激しく感応するかと思えば、その同じ風景がなんの感興も引き起こさないということもありうる。だが、そのような感応の瞬間、「身体は宇宙的な秩序の統一《ユニテ》へと再帰し、魂は自分に合った食べ物をみつけ、自由に解放されて生きはじめる」。これは、ジルベール＝ルコントが、『大いなる賭け』の創刊号の序文で語っていたことと同じである。

> 我々の精神が探しているものは、何よりもまず食べることである。さまざまな知覚のなかから、滋養になるものを探し求める。美術館から図書館へとあてもなく彷徨してみても、飢えは癒されることがない。ところが、突然、一見なんでもないような光景が糧となることがある（柵とか、生きた牡蠣とかいったものが）。一瞬のうちに惑乱的な感覚が生じ、不安に満ちた彼の生は、突如として計り知れないほどの力であ

ふれかえる。[32]

精神の糧がどこに現れるのかは予測がつかない。『類推の山』のソゴル師はこう言っていたはずだ。「たとえわたしたちがまったく気づかないでいるとしても、理論的には、その山は、このテーブルのまんなかにだってじゅうぶん実在しうるのです[33]」。

そのような糧に意識的に出会うことは困難であり、同じものを二度も三度も味わおうとしたところで、うまくはゆかない。だが、そしてだからこそ、そのときに起こったことを「言語」という客観的なかたちで外部に提示することにドーマルは逆説的な意味を認めていた。なぜなら、そうすることによって、その体験との関係を「断つ」ことができるからだ。記録し、保存するためではない。そうではなく、どれほど霊感に満ちた、特権的な体験であっても、その体験に執着した瞬間に、そこでなにかが止まってしまうからであり、しかしそれを「書く」ことによって、むしろ自分自身はその体験を捨て去り、そこから離脱できるからだ。

先へと進むためには、特権的な体験ですら、後に捨てていかねばならない。「あらゆる詩の根底には、即時的な否定の行為がある[34]」（「大いなる詩の賭けのための小鍵集」十六節）。書くことによって対象とのかかわりに決着をつけ、自分自身はそれを書いた自分とは別のものへと変容する。したがってドーマルにとって、文章とは一種の「抜け殻」でもあった。「ぼくは自分が身を遂げた神を滅ぼす。一篇の詩は、その神の墓だ[35]」。

ドーマルが「糧」との出会いを報告するべきだと考えていたのは、もうひとつ、きわめて単純な理由によるものでもあった。同じものが別の誰かの糧になるとは限らなくても、そうしたことが起こりうると知っているだけで、そのことが「誰か」のたすけになるかもしれない。「類推の山」の大陸における唯一の価値ある貴石「ペラダン」は、探索することも、採集することも、きわめて困難な鉱石として描かれている。なぜなら「その石はあまりにも透明度が高く、その屈折率は、結晶密度の大きさにもかかわらず、空気のそれにごく近いため、予告をうけていない目にはほとんど知覚できない」[36]からだ。「精神の糧」や「ペラダン」との出会いは、主体の意志やコントロールが及ばないところで生じる。だが、「予告」をうけていることによって、やはり出会いのチャンスが高まるのではないかとドーマルは考えていた。

さまざまな「糧《ペラダン》」

ジルベール＝ルコントが「柵とか、生きた牡蠣とかいったもの」といい、ドーマルが偶然見かけた「葬列」[37]といったような「糧」との出会いには法則性がない。ワーズワースにとってのそれは、雲のように谷間を歩いていたときに突然目にした黄水仙の群れであったし、トマス・ハーディにとってのそれは、夕闇のなかで鳴く老いてやつれたツグミの歌声であった。[38]「悟りとは何か」と聞かれた趙州和尚は「庭前の柏樹子」と答え、「悟った心とは何か？」と聞かれた道元禅師は「すべてのものとの親密な心である」と答えている。[39]

こうした啓示体験の報告例を我々は思い出すことができるはずだ。

ジェイムズ・ジョイスの未完の小説『スティーヴン・ヒーロー』で「エピファニー」と定義されているものは確かにそれにあたるだろう。ふとした拍子に、小耳にはさんだ卑俗な会話の切れはしや、「港湾局の時計」のような、ごくありきたりなものに訪れる唐突な霊的顕現。ものの外皮を破って、そのものの魂である個別的な本質が、限りない輝きをまといながら姿を現してくる。ジョイスは、そのような瞬間をとらえることこそが、文学者の使命であると考えていた。[40]

ミシェル・レリスもまた、一見すると些細な、象徴的な価値すらもたないような出来事が「危機」と呼べるような瞬間や「生きられたポエジー」をつくりだすことについて繰り返し語った詩人だった。「内部からの督促に突如として外部が応答するように思われる瞬間、外部の世界が開き、自分の心と世界とのあいだに唐突な交流が生まれるような瞬間。〔……〕詩とは、そのような瞬間からしか引き出されえないものであり、そのような体験と等価のものを供給する作品だけが重要なのだ[41]」。

あるいは、ヴァージニア・ウルフの小説『ダロウェイ夫人』。主人公クラリッサは「わたしは確実に故郷の木の一部だし、あのつぎはぎだらけの醜い屋敷の一部だ。そして、まだ出会ったこともない人々の一部でもある」と語る。「近しい知人の間にわたしは靄のように広がり、靄が木の枝に支えられるようにその人々に支えられ、わたしは——わたしの生は——限りなく遠くへ広がっていく……」。自分がいたるところにいると感じるクラリッサは「『こことと、こことと、ここ』にいるだけじゃなく（と言って、バスの座席の背もたれを叩いた）、ありとあらゆるところにいるの——そう言って、シャフツベリ通り全体を手でなでるようにしながら、『わたしはあれ全部なのよ[42]』」と口走る。ウルフの小説『灯台へ』のラムジー夫人もまた、クラリッサと同じく、しばしば「編み物を手にしたまま、身じろぎもせずなにかを見つめ、じっと見つめているうちに、見ているものと同化してしまう[43]」。また、ウルフ自身も自伝的エッセイ『存在の瞬間』で、子どもの頃、玄関のそばの花壇の花を見つめていて、突然「あれが統一なのだ」と悟った体験を語っている[44]。その花は「現象の背後にあるなにか真実なもののしるし[45]」であり、その直観は、ウルフの人生における「物差し」となったのだった。そうした瞬間には「わたしたちが、そのもの自身なのだ[46]」。

また、ウラジミール・ナボコフの詩人宣言ともいうべき短篇「響き」の主人公が「ある朝」知った真実。「この世界のすべては、異なった種類の協和音からなるまったく同じような粒子の相互作用なのだ」。「そうしてぼくはパルィ・パルィチの中にすべりこみ、彼の内部でくつろぎ、皺のよったまぶたの膨らんだほくろや、糊のきいた襟の小さな翼や、頭の禿げた箇所を這い進んで行くハエなどを、言わば内側から感じたのだ。〔……〕

同じように軽やかな身振りとともにぼくは君の中にもすべりこみ、君の膝の上のガーターについたリボンを認め、さらにそのちょっと上のバチスト布のむず痒さを感じ取り、君の代わりに考えた。〔……〕そしてぼくは、すべてのもの――君、煙草、シガレットホルダー、不器用にマッチを擦っているパル・パルィチ、ガラスの文鎮、窓の下枠に横たわった死んだマルハナバチの――内側にいたのだ[47]」。

自己と他者、自己と事物がひとつになってしまうこと。これと似た悦楽を、ペンから流れるインクを介して味わっていたのは、『ボヴァリー夫人』執筆中のギュスターヴ・フローベールである。「書くというのはなんとも甘美なことですね。自分が自分自身ではなくなり、今語っている被造物の中をくまなく循環してゆくことなのですから。たとえば今日など私は、愛人たちの、男の方にもなり、同時に女の方にもなって、馬にまたがって森を散歩したのです。秋の午後、黄色くなりはじめた木々の下で、私は馬でもあり、木の葉でもあり、風でもありました。ふたりが交し合う言葉でもありました。さらには、愛に陶然となったふたりの瞼を半ば閉じさせる赤い太陽でもあったのです[48]」。

そして、そのような瞬間に「詩人は神秘な法則の糸から生まれ出る同じひとつの生命が自分からあらゆる事物へと流れてゆくのを感じる[49]」(「詩または神秘な法則」)と語ったのは、マルセル・プルーストである。また、ホフマンスタールは、「こうした瞬間には、とるにたらない被造物、犬とか鼠、甲虫、いじけた林檎の木、丘の上のまがりくねった馬車道、苔むした岩などが、生涯最良の夜に身も心もささげてくれるこのうえなく美しい恋人以上のものに思えてきます」と語る。「わたし自身の重苦しさ、つね日ごろのうっとうしさすらも何ものかに思え、自分の内部にも周囲にも、恍惚とするような、まさに限りないせめぎあいを感じます。これらのせめぎあう物質のいずれのうちへも、わたしは流れ込んでゆけるのです。〔……〕わたしたちは全存在に対して、予感にあふれ胸ふるわせるような新しい関係をもちうるのではないか、という気がするのです。

ですが、このふしぎな魔力が消えてしまうと、それについてはなにひとつ語ることができません」[50]（「チャンドス卿の手紙」）。

あるいは、ある日の夕方、白く塗ったヴェランダに出て、空を見ていたジョルジュ・バタイユのことを思い出してみてもよい。「私は、事象のやさしさがどれほどまで自分に浸み透っているかを感じたのだった」。バタイユはその交流の状態を「真正の内的体験」と名付け、「それはまるで、だれか別人が、私ならざる者がそれを体験したかのような具合であった」[51]と語っている。

事物と自分とのあいだの奔流のような交流について、書物一冊をまるごと捧げた作家もいる。『物質的恍惚』の著者ジャン＝マリ・ギュスターヴ・ル・クレジオだ。「存在するものは、ぼくとの関係において存在しているのではなかった。というのも、ぼくは、もはや自分の観測所に閉じ込められてはいなかったからだ。それは怖ろしいまでにひとつのバレエで、ぼくはそうと知らぬまま、それに加わっており、終わってしまった今となってから、そのバレエを生きたという確信があるだけだった。おぞましい、おぞましいさまざまな物体。すべすべとした、目も彩な表面の数々。ぼくがその一繊維だった柔らかな肉体。ガラスの灰皿、青い閃光、鋼鉄、壁紙、木の床の平べったさ、手に触れる空気の踊るような透明さ！　ぼくはおまえたちの中に、そしておまえたちはぼくの中にあった」[52]。

そのル・クレジオが傾倒していたアンリ・ミショーの証言をここで省くわけにはいかないだろう。五〇年代に幻覚剤メスカリンやその他の薬物実験をおこなったことで有名なミショーは、まさにこの種の言葉を誰よりも多く残したひとであったが、ここでは一例のみを引こう。「……わたしはいた、そしてわたしはいなかった、わたしは捉えられ、われを失い、最大の遍在状態《ユビキテ》の中に。幾千もの微かなざわめきは、無数の断片に切り刻まれたわたしであった」[53]。個性や過去をもつ存在としての自分が消滅し、世界へと飛散し、事物の輪郭や、事物と事物の境界が溶解する。それはリルケの言う、「私が〈愛する存在〉のうちに、自分自身の広がりを見る[54]」ような瞬間でもあるだろうし、ペーター・ハントケの言う、「イトスギがやさしく揺れながら一呼吸ごとにぐっと寄り、ついには胸の中にまで押し入ってくる[55]」瞬間でもあるだろう。

このような瞬間を語った古今東西のテクストの例は――人類史における幸福な遺産として――もちろん、まだまだいくらでも長くあげることができる（そして、言うまでもなく、そこには類似と同じだけ、差異もまた存在している[56]）。だが「真の詩人たちにおいて、こうしたヴィジョンの断片なりとも見出すことのできないことはまずなかった[57]」というドーマルの言葉への応答はある程度果たしたものとして、今は先に進むことにしよう。

融即の原理

「詩的に事物をみるとは、その事物になることなのだ。その事物に変貌することなのだ。変貌こそが、詩的状態の鍵である[58]」と、ジルベール＝ルコントは「詩の変貌」というテクストで述べている。この「詩的に事物を見る」ということを、ドーマルは「なにか形あるものを愛する」と表現する。「これまでずっと気が付いてきたことだが、人間の顔であれ、動物であれ、山であれ、なにか形あるものを愛するとき、ぼくはそのものになっている。ぼくは、ぼくの愛するものの性質を帯びてしまうのだ[59]」。

このフレーズの出典は、ドーマルによる、レヴィ＝ブリュルの『原始的心性』の書評である。ここでドーマルが「性質を帯びる participer de」という表現を使うのは、こうした変貌＝同一化＝詩的状態を、レヴィ＝ブリュルの語る「融即 participation」という概念に即して語っているためだ。

レヴィ＝ブリュルの理論とは、「未開人」の「原始的心性」は因果律や矛盾律を知らず、「融即律」によって、異なる事物や異なる生物のあいだに、神秘的な同一を認めることができる、とするものである。呪術やトーテミズムなどの実践もそれによって説明される。[60]

この「融即」の概念は、確かに、あらゆる存在の同質性を確信し、個別の事物の融合を探求した〈大いなる賭け〉の理念にぴったりと沿うものであった。そのため、ときにはあっさりと「〈大いなる賭け〉はレヴィ＝ブリュルによる〈融即〉の理論に大きな影響を受けていた」[61]（ロジェ・カイヨワ）とも解説される。だが、一方で、それが〈大いなる賭け〉の原動力ともいえるほど重要な原理であったからこそ、彼らは、その原理を「未開人の心性」のみに限定するかのようなレヴィ＝ブリュルの主張に、強い反発を示してもいたのである。

その反発がとりわけ強かったのがドーマルである。「なにか形あるものを愛するとき、ぼくはそのものになっているのだ。ぼくは、ぼくの愛するものの性質を帯びてしまう」と語るドーマルにとって、「融即」とは「融即の精神、すなわち愛[62]」と言いかえてもかまわないほど、基本的かつ決定的な概念にほかならなかった。だからこそ、それを「原始的心性」と「近代心性」とを峻別する原理だとみなすレヴィ＝ブリュルの主張は、とうていそのまま受け入れられるものではなかった。

確かに、合理化が進んだ近代西欧社会においては、「融即の精神」は忘れられがちな原理である。一九二九年にジルベール＝ルコントがおこなったブリュッセル講演「現代文学の諸党派」では、むしろその点が強調されている。だが、そんな西欧にも、「お守り」や「呪い」や「結婚指輪」のように、「融即」と同等の心性に源を発する実践がいくらでも存在してきたし、今もなお存在しているとドーマルはいう。いや、むしろ「融即」のような「神話的な思考」こそが、「人類における本来の、唯一の、生きた思考なのだ。〔……〕我々は、人間精神がひとつのものであることを知っている。バントゥーの思考もエスキモーの思考も、我々の思考なのだ[63]」。

文学の外で

「融即」の体験や「糧」との出会い、あるいは「神秘体験」についての考察は、しばしば列挙や並列的な引用を惹起する。マルティン・ブーバーによる『忘我の告白』（一九〇九）やオルダス・ハクスリーによる『永遠の哲学』（一九四六）がそうであり、ジョルジュ・バタイユによる『内的体験』も、過去の数々の神秘家たちの体験を参照しながら、みずからの身に起こったことを思考しようとした試みであった。

近年では、医学の発展に伴って、いわゆる「臨死体験」における体外離脱の報告は急速にその数を増しているが、それらの報告例は、国境を越えて共有されるようになっている。臨死体験者が生還後に語る身体感覚が、神秘家たちによる見神体験や薬物体験、あるいはすでみたような文学者たちによる体験と酷似していることは、多くの指摘があるとおりだが、それが現在では多様な文化や宗教的背景を超えて、地球規模で確認されはじめているのだといえるだろう。こうした報告例は確かに「結局は数に訴えるだけのことで、合理主義が別の方向で数に訴えるのと同じこと」（ウィリアム・ジェイムズ）であり、「数に訴えることは、論理的な力をもってはいない」。

だが、超常現象というものが本質的に「それを信じたい人には信じるに足る材料を与えてくれるが、疑う人が信じるほどの証拠はない(64)」という限界をもっているからこそ（ウィリアム・ジェイムズの法則）、あらかじめ打ち合わせをしたわけでもないのに、各時代の各地域において、宗教的記憶や文化的背景を共有しているわけでもないのに、類似の証言を残したひとたちがこれほどにもいるのだということが、せめてもの証拠のようなものとして列挙されることになる。

本書で強調したいのは、それらの証言の真実性ではなく、「根源的な体験」を経たのち、ドーマルもまた

「同様の体験を証言する書物」を求めてやまなかったということである。したがって、このリストを、あともう少しだけ長くすることは、ドーマルよりものちの時代に生きることになった我々が、ドーマルならばこれらの記述について、どのようなことを言っただろうかと想像するためにすぎない。

まずは、臨死体験の報告例を一例のみ挙げておこう。余命三十六時間の宣告ののち昏睡状態に陥り、覚醒後にきわめて短期間で末期癌から回復したことによって、医学界の注目を集めたアニータ・ムアジャーニの症例である。「臨死体験の最中、私は宇宙エネルギーと一つになっていたので、気づいていないものは何もありませんでした。まるで自分が全体を包み込んでいるかのように、すべてがはっきりとわかったのです。自分があらゆるものになり、あらゆるものの中に存在している感じでした[65]」。

また、六〇年代のアメリカに興ったニューエイジ・ムーヴメンツは、西欧資本主義の批判、ドラッグ・カルチャー、個人主義の相対化、東洋哲学や禅、チベット仏教への関心等々を特徴とする運動であり、もしもニューエイジ・ムーヴメンツがフランスで興っていたならば、〈大いなる賭け〉は偉大なる先達とみなされたことだろうが、ここでは、ニューエイジ・ムーヴメンツの火付け役となったシャーリー・マクレーンによる著作『アウト・オン・ア・リム』から「宇宙と一つになった経験」を語る一節のみを引いておこう。「私は存在するすべてのものの一部となっていたから、一枚の葉でも傷つけたくなかった。〔……〕私の存在が小さな一点に凝縮するかと思うと、同時に大きく広がり、宇宙になるような気がした。まるですべてが本当に起こっているかのような戦慄を体全体で感じた。私は自分の体から離れて舞っていたのだ。私は空気のように透明になって、浮かびながら流れていった[66]」。

ニューエイジ・ムーヴメンツは、現代の日本でも何度目かの社会現象となり、すでに一段落したかにも見える「スピリチュアル・ブーム」の起原ともなった運動である。それらの実践は、しばしば伝統宗教の聖典や教義を源泉とするものであり、そうである以上、用語や概念の上では、ドーマルたちの関心と重なるところもある。だが、その多くが商業主義的なものであり、しばしば「占い」や「自己啓発」や「セラピー」といった形をとるそれらの実践は、そのほとんどが現世的な欲望をかなえるとか、傷ついた自己愛を修復するとかいった、利己的な効果（あるいは目的）に終始するものであり、それらはつねに「私」が幸福になるための「私」の物語を語っている[67]。

だが、そうしたものと、ドーマルたちの実践がまったく地続きでないと言い切ることも、おそらくは違うだろう。それは、アメリカ超越主義の哲学者エマソンの『自己信頼』（一八四一）が、ときに「自己啓発書の元祖」という称号を送られてしまうような事態にいくらか似ているだろうか。エマソンの『自己信頼』には、たとえば次のような言葉が見られる。「穏やかな気持ちでいるとき、なぜかはわからないが魂のなかに実在の感覚——自分はあらゆるものや空間、光、時間、人間と異なるものではなく、一体であり、それらの命や存在と同じ源から生じているという感覚が沸きあがってくる[68]」。このエマソンの語る感覚は、近年「スピリチュアル」界で（あたかもそれがなにか新しい概念でもあるかのように）「ワンネス」というカタカナの言葉で呼ばれている体験と、型としては同一のものである。

エマソンもまた、ウパニシャッド哲学から深い影響を受けている思想家であり、「一なるもの」から生じる宇宙の原理に従うことこそが、自己の魂を高め、自由を獲得する道であるのだと確信していた。「すべてのものは祝福された〈一なるもの〉に帰する。これは今回の主題に限らず、何について論じるときも、すぐに導き出される究極の事実だ[69]」。

ドーマルの語る「根源的な体験」にしても、もしもその内容だけを取り出すのならば、書店の棚をにぎわしている「精神世界」の本が語ることと、なにも違わないのだと言えるのかもしれない。また〈大いなる賭け〉

が説いていた「断念の哲学」や「自己放棄」なども、どこかの「自己啓発本」のなかに、たやすく同工異曲のものを見つけることができるだろう。だが、ドーマルの探求がそうしたものと異なっているのは、彼がその体験を——その呼び名は、神との合一でも、悟りでも、ニルヴァーナでも、サマーディでも、無でも、空でも、無名でも、混沌でも、融即でも、あるいは至高点であってもよいが——、一貫して、詩（ポエジー）との関係において思考し続けていたことである。

言語表現のなかでも至高のものである「詩」においては、通常であれば区切られているはずのもの（たとえば音と意味、形式と内容など）が矛盾も対立もせず溶け合い、通常の意味での因果律や自同律を超越するような世界が展開される。同様に、詩においては、通常であれば結びつかないような単語と単語が結びつき、通常であれば許されないような飛躍や展開が可能となる。詩は、神秘体験とは別の迂路を通りながら、やはり対立物を消滅させ、矛盾が矛盾でなくなるような境地を実現するのである。

だからこそ、ジルベール＝ルコントは「ポエジー」を「神秘の世界の別名」と語り、アンドレ・ロラン・ド・ルネヴィルはその主著『詩的体験』において、「神秘体験」と「詩的体験」がいかにその本質を一にするものであるかを提示した。次章では、この「神秘体験」と「詩的体験」と結び合わせるものが、世界の「一元性」であり、それこそがドーマルおよび〈大いなる賭け〉の中心的なプログラムであったことを解き明かしてゆきたい。

第3章

神という語

一般に正しく言われているように、宇宙においては、なに一つ無関係なものがなく、なに一つ無力なものがない。たった一つの原子が一切を崩壊させることもあれば、一切を救済することもある(1)

——ネルヴァル『オーレリア』

わたしの一般命題とは、こうである——原初の事物の原始の単一の中に、その後のすべての事物の原因がひそみ、同時に、それらすべての不可避的な消滅の萌芽もひそむ(2)

——ポー『ユリイカ』

無限に多くのものが無限に多くの仕方で生じてくる神の概念はただひとつでしかありえない(3)

——スピノザ『エチカ』第二部・定理4

世界の単一性《ユニテ》

少年たちの内輪のグループであった〈サンプリスム〉が、〈大いなる賭け〉に発展した日は一九二七年六月二十四日、すなわち十九歳のドーマルとヴァイヤンが、三十六歳の画家ジョゼフ・シマのアトリエを訪問した日だとするのがもっとも一般的である。シマは、同郷のチェコの詩人リハルト・ヴァイネルに、自分の作品を支えているものは「世界の単一性《ユニテ》」であるのだと打ち明けたのだった。

物質《マチエール》はどれほど多様であろうとも、もともとはひとつのものなのだ。現実は、この一元性によって、予測不可能な次元を与えられ、その現実のなかでは、過去の記憶が現在の瞬間という鏡に反射し、透視図のように未来をうつしだすのだ。(4)

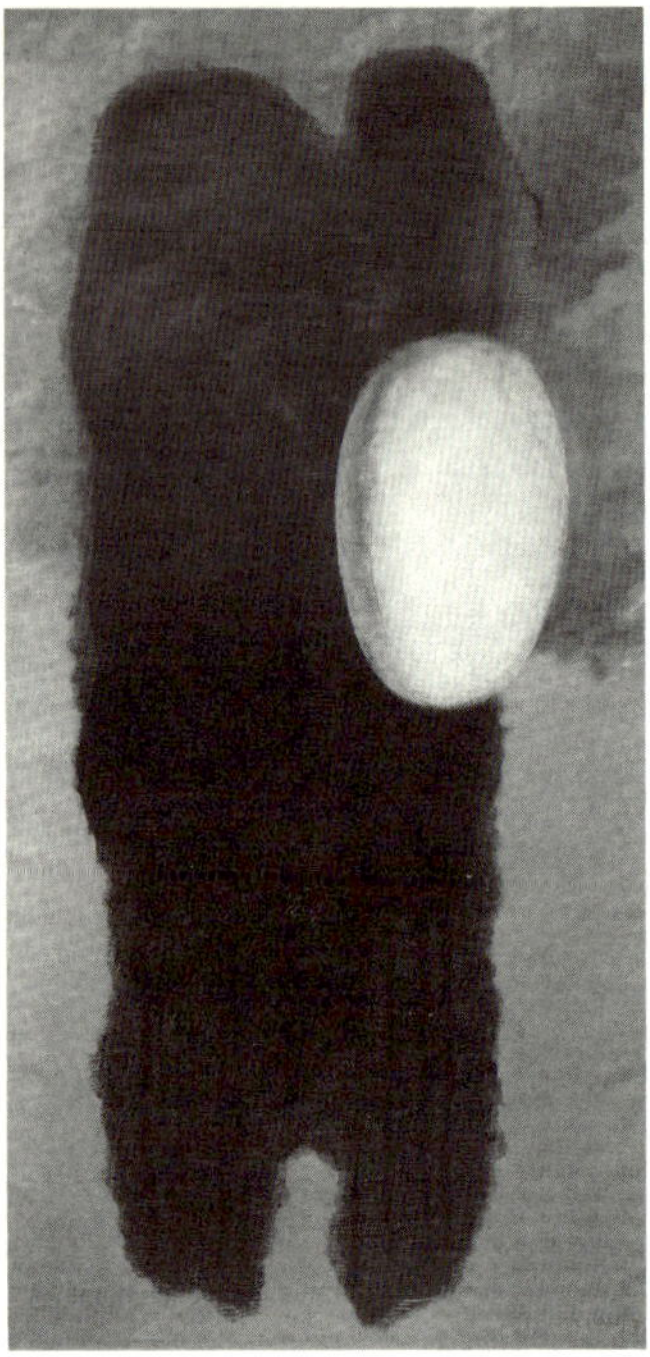

図3 Joseph Sima,« ML », 1927 © ADAGP, Paris & JASPAR, Tokyo, 2019 E3162

これを聞いたヴァイネルが、ちょうど最近知り合ったふたりの若者も同じようなことを言っていたといって、ドーマルとヴァイヤンをシマに引き合わせたのである。一九二〇年代から三〇年代にかけてのシマの画布は、すべてが気化もしくは液化したような後期の「光の時代」の作品にくらべると、「世界の一元性」を視覚化した作品であるということは感じにくいかもしれない。だが、卵やプリズム、なにか緑色の胎盤のようなモチーフが浮遊するこの時期の作品にも、「左右もなく、上下もない、空間の死点」[5]（ジルベール＝ルコント）と評されるような、不思議な「無重力」と「無音」の印象がある（**図3**）。すべてが等質で、すべてが浮遊しながら、今にもなにかが起こりそうで、それなのに永遠にこのままであるような世界。ドーマルたちは、この「空間の死点」、どこにも行かれず、どこにでも行けてしまいそうな、この永遠の宙吊りを可視化した作品に〈大いなる賭け〉の求心力を見出したのである。

その後、〈大いなる賭け〉が、挿画家モーリス・アンリ、写真家アルチュール・アルフォや、批評家レオン・ピエール＝カンなどを仲間に引き入れながら、雑誌『大いなる賭け』を刊行してゆく運動史については、すでに日本語でもたびたび紹介されているので、本書ではその詳細を追うことはしない。本書で明らかにしたいのは、〈大いなる賭け〉の源泉には、何よりもまず、この「一元論」への共感があったということ、そして、それにもかかわらず、その「一元論」への確信が雑誌『大いなる賭け』の紙上では、奇妙にも、周到に黙されているように見えることである。

黙された「一元性」

二十世紀の前衛運動といえば、「未来派宣言」、「ダダ宣言」、「シュルレアリスム宣言」などの「宣言（マニフェスト）」がつきものであるが、〈大いなる賭け〉は、「宣言」という身振りを自分たちのものとはしなかった。「宣言を出すことには、ぼくには非常に抵抗がある。そんなものは、すぐにやってくる限界を自分から設けるようなものだ[6]」（ヴァイヤン）。また「誓う人間は流れることをやめる[7]」と言ったドーマルは「誓いという名の砦のかげでぬくぬくと眠り込む卑怯さ[8]」こそを警戒していた。だが、「宣言」を否定した〈大いなる賭け〉にも、「宣言」的な位置におかれた雑誌の紹介文や、創刊号の「序文」といったものは存在している。そこには、次のような言葉が見える。

〈大いなる賭け〉は、ある絶対的で、直接的で、仮借ないエヴィダンスを唯一の探究とし、それ以外のあらゆる関心事が自らのうちでついえてしまった人間たちのグループである[9]。

〈大いなる賭け〉が結集するのは、言うべき言葉をたったひとつしか持たない人間たち、いつでも同じひとことを、倦むことなく、数限りない言語によって語る人間たちである。ヴェーダの聖仙が、カバラのラビが、預言者たちが、神秘家たちが、古今東西の偉大なる異端者たちが、そして——真の——詩人たちが

口にしてきた、たったひとつの同じことを。(10)

なるほど、彼らが「ある絶対的で、直接的で、仮借ないエヴィダンス（まぎれもない真実）」を探求していることはわかったし、それが「たったひとつの言うべきこと」、「たったひとつの同じこと」と言い換えられていることもわかるのだが、それがいったい何であるのか、その正体はいっこうに明らかにされない。ドーマルが執筆した『大いなる賭け』の「紹介文」においても、事情は同じである。

『大いなる賭け』は本質的なことしか探究しない。それは、本質的なこと、といったときにひとびとが想像するものとはなんの関係もない。西洋近代が忘却してしまった、あの限りなく単純な真実である。(11)

やはり「本質的なこと」や、「あの限りなく単純な真実」が、どのような真実であるのかは明言されない。いうまでもなく、それは、シマとドーマルたちを一挙に結び付けることになった「あらゆるものの一元性」のことにほかならない。「ヴェーダの聖仙が、カバラのラビが、預言者たちが、神秘家たちが、古今東西の偉大なる異端者たちが、そして――真の――詩人たち」が口にしてきた「たったひとつの同じこと」とは、あらゆるものは「どれほど多様であろうとも、もともとはひとつのものなのだ」（シマ）という真実である。

だが、その「自明の理《エヴィダンス》」は、そのことを了解しているひとびとにとっては「明白《エヴィダン》な」ことであっても、そのことを了解していないひとにとっては、おそらくほぼ見当のつかないものでもある。

そして、まさにこの点においてこそ、『大いなる賭け』の「序文」は過激なまでに非=宣言的なテクストであったのだ。およそ「宣言」というものは、それがどれほど一般的なものからの断絶をうたい、一般的なものに喧嘩を売るようなものであったとしても、やはりどこまでも一般に向けて発されている。だが〈大いなる賭け〉の「序文」や「紹介文」は、「わかっているひと」から「わかっているひと」へと差し向けられた結集の呼びかけであり、せいぜいのところが「わかりかけているひと」へと差し向けられた謎ときのようなものであった。それは、大衆の行きかう街路においてすばやくかわされる目くばせのようなものであり、いかなる意味でも、大衆へと向けてなされた「宣言」ではなかった。

だからこそ〈大いなる賭け〉という運動は、シュルレアリスムが持ちえたような大衆性を持つことがなく、またある意味ではそのためにこそ、グループが短命に終わりもしたのだろう。だが、話を急ぎすぎずに、〈大いなる賭け〉における「一元論」とは、どのようなものであったのかを、ひとつずつ確認してゆくことにしよう。

反＝個人主義

〈大いなる賭け〉が掲げた理念のうちでも、とりわけ明瞭に打ち出されていたのは「個人主義の愚劣さ」[12]（ジルベール＝ルコント）を弾劾する「反＝個人主義」の立場である。「我々は個人主義者ではない」[13]という言葉は「序文」にもみられるが、これは、西欧近代を貫くイデオロギーとしての個人主義、とりわけ個人の欲望と利己主義とを原動力とする巨大システムとしての資本主義に抵抗するものであった。「機械は科学技術を要する。科学技術は論理を要する。論理は夢の死を要する。しかるのち資本が個人主義を、すなわち、古き集団精神の死を要求した」[14]（ジルベール＝ルコント）。

だが、〈大いなる賭け〉における「反＝個人主義」はまた、自我を放擲することによって、自我を超えた大いなるものと一致しようとする「自己放棄」の理念でもあった。西欧近代がしがみついてきた「私」を消し、「私」を手放すことによって、自由裁量とは別の意味での「自由」を手に入れようとしたのである。

また、ここで補足しておきたいのは、〈大いなる賭け〉による「反＝個人主義」は、いかなる意味でもナチズムや日本型のファシズムのような「全体主義」へと向かうものではないという点である。個人と集団、という二分法にとらわれると、個人より集団に優位性を与える全体主義は、個人主義に「反する」ものであるようにみえるが（また実際に、その効果において全体主義は個人を圧殺するものであるが）、社会人類学者ルネ・デュモンが分析するように、ナチズムのような全体論（ホーリスム）は、むしろ悪しき個人主義が尖鋭化した結果として発生するものである(15)。

「反＝個人主義」の立場に立つ〈大いなる賭け〉の基本的政治態度とは、集団《マス》の運動としての共産革命に共感するものであり、「融合」を理想とする彼らの形而上学的立場からみても、社会階級の対立や分断は解消されるべきものにほかならなかった。そして、〈大いなる賭け〉が解体してしまった大きな理由は、もともとはむしろ形而上学的な探求の柱となっていた「反＝個人主義」が、あまりにも素朴なかたちで、実存的・政治的な局面においても同様に適用されようとしたことによる。

それが最初に可視化されたのが、一九二九年三月十一日の「シャトー街の会合」であった。「シャトー街の会合」とは、芸術活動と政治的共同の問題を論じるためにシュルレアリストが作家や知識人に対して呼びかけたものである。政治と創造をめぐる問いは、すでにシュルレアリスムの内部でも紛争の種となっており、すでに一九二六年には、政治的な共闘に積極的でなかったことにより、スーポーやアルトーの排斥という事態を引き起こしてもいた。いかにして、またどの程度まで、個人の創作活動と社会的・政治的行動が歩調をあわせられるかという問い、また、そのとき共闘することができるのは誰であるのかという問いは、一九一七年に初めての社会主義革命が成功し、台頭しつつあるファシズムにいかに抵抗するのかという問いを抱えたシュルレアリストたちにとって、確かに喫緊の課題であった。そこで、そうした問題についてどのように考えるべきかを問うアンケートが、会合に先立ってそれぞれの個人宛に送付された。

だが〈大いなる賭け〉は、まさにそのアンケートの返信にあたって、個人では答えずに、メンバーが合同で署名し、ただ一通の返書を送り返すという選択をおこなった。これは、「我々は、思想の領域においても、政治行動の領域においても、反＝個人主義の態度を貫くものであり、どのような水準においても、有効な活動とは、集団的《コレクティフ》なものでしかありえない[16]」という〈大いなる賭け〉の信条をいわばパフォーマティヴに示してみせたものであった。

だが、その署名者のなかに、シュルレアリスムへの参入をしかけたのち最終的に〈大いなる賭け〉に加わったふたりの若者、ピエール・オダールとアンドレ・ドゥロンがおり、さらには、シュルレアリストたちが「反共産主義的なディレッタンティズム」として批判していた『ディスコンティニュイテ』誌の創始者（モニ・ド・ブリ）も含まれていたことが、シュルレアリスム陣営からの反感を買うことになった。サドゥール、ティリオン、ユニック、メグレ、コーペンヌらは、すでにアンケートへの返信の段階で〈大いなる賭け〉名指しで批判している。

会合当日の様子についてはここでは詳述しないが、それがどこまでブルトンやアラゴンの当初からの意図であったかは措くとしても、とにかく結果的にはそれは〈大いなる賭け〉の公開処刑にも似たものとなった。とりわけ槍玉にあげられたのは、ヴァイヤンが偽名を使って、日刊紙『パリ・ミディ』誌に、国家権力の体現者とみなされていた警視総監キアップを賛美する記事を書いていた点である。この事実を知らされた〈大いなる賭け〉は、不意を打たれた形になり、そのような記事を書いたことは咎められるべきだとしても、自分たちは今後もヴァイヤンを仲間として認める（共闘する）と主張した。そのような恥知らずと共闘できるものかとする怒号によって会場は騒然となり、〈大いなる賭け〉は「いかなるときもグループとして行動する」という当初の立場を取り消さざるをえなくなる。そして、数カ月後にヴァイヤンは〈大いなる賭け〉から離脱することになった。

「神という語を使いすぎる」

だが、この時の〈大いなる賭け〉への批判のうち、のちのちまで尾をひくことになったのは、ヴァイヤンという一個人の断罪であるよりも、〈大いなる賭け〉に最初に向けられた「神という語を使いすぎる」という批判だったのかもしれない。ブルトンは「さらに深刻なこととしては、ある論考においては、それが確かに三位一体の唯一の神のことだとされているのだ」と言ったのである。

この「ある論考」とは、『大いなる賭け』第一号に掲載されたドーマルのテクスト「希望なき自由」の一節であるから、我々はまずこの点を検証しておくことにしよう。確かに、このテクストにおいて、ドーマルは「三位一体の神」という語を使用している。だが、前後の文脈を追うならば、これがキリスト教の教義における神のことでないことは明らかである。ドーマルは次のように言っていたのだった。「身体は自然へ、情熱と欲望は動物へ、思考と感情は人間へと与えねばならない。個人の形態を形成する一切のものは、この授与の行為をへることによって、存在の単一性へと還され、形態を超越する魂もまた――魂とは、まさにそのことによって魂であるわけだが――この同じ単純な献身の行為によって神的本質である単一性へと還元される。存在の単一性と本質の単一性のもとで、両者を結びつける行為の単一性がふたたび見いだされるとき、それを〈神〉と呼んでみよう。三位一体の神というわけだ[17]」。

〈大いなる賭け〉の研究者アラン・ヴィルモーとオデット・ヴィルモーは、ここでの「三位一体」が、キリスト教の教義におけるそれではなく、一種の皮肉を含んだ読者への目くばせであることは一読して明らかであるとし、ブルトンとアラゴンがこれほど明白なドーマルの意図を理解しそこねたとも考えにくい以上、ブルトンはすべてを了解したうえで、あえて言葉のあいまいな使用法に警告を与えたのだろうとしている[18]。

実際、シャトー街の会合では、「神」という語の使用について、それ以上の追求や攻撃はなされていない。だが、はっきりと追及されたのであれば、弁明の余地もあったところが、ごく曖昧なほのめかしにとどまったことによって、その一言は——あたかも〈大いなる賭け〉がキリスト教の神を信奉しているかのような誤解すら生みながら——その場に参集していたマルクス主義者たちに不信感を抱かせるのに十分なものとなった。共産革命のための共闘はどのような人間とであれば可能か、という問いが問われようとしている場で、あるグループを「形而上学的」で「神という語を使いすぎる」と批判することは、そのグループを観念的な思弁にふけるばかりで体を働かさず、無神論をむねとするマルクスの唯物史観を理解しているのかも怪しい輩として示すことに等しかった。

ナドーの批判

実際、アンドレ・ティリオンによる『革命なき革命家たち』(一九七二)を初めとして、〈大いなる賭け〉＝「神という語を使いすぎる」式の批判は、その後もシュルレアリスム陣営から繰り返されることになる。そのような批判のうち、もっとも影響力が大きかったのは、モーリス・ナドーによる『シュルレアリスムの歴史』だろう。この書は第二次世界大戦中に執筆が始められたというほど古いものでありながら、今日なおシュルレアリスムに関する基本的な文献あるいは資料として参照され続けている。

ナドーの主張をざっくりと要約するならば、〈大いなる賭け〉とはシュルレアリスムの「弟子」であり、せいぜいがシュルレアリスムの「二番煎じ」にすぎないが、自分たちのことをシュルレアリストよりも「上」にいるのだと「勘違い」していたグループである。また、シュルレアリストたちは〈大いなる賭け〉をさして重要視しておらず、いったんは彼らに期待をかけたものの、最終的には背を向けることになった、とある。また、ブルトン自身も、『シュルレアリスム第二宣言』では、〈大いなる賭け〉のようにオカルティズムや秘儀伝授に関心を寄せていることに触れ、「だが、それは〈大いなる賭け〉のような神の探索者たちとは一線を画すものだった」と結んでいる（どう一線を画していたのかの論証はない[19]）。

ナドーの記述のうち、今から見ても不当でないと言えるのは、〈大いなる賭け〉はシュルレアリストよりも「上」にいると考えていたという点くらいだろうか。〈大いなる賭け〉はシュルレアリストたちよりも、自分たちの方が「より遠くを目指している」と自負していたからである。だが、ブルトンとアラゴンがシャトー街の事件ののちも、〈大いなる賭け〉のめぼしいメンバー（ルネヴィル、ジルベール＝ルコント、ドーマル）のみをシュルレアリスムに引き抜こうと画策したあげく失敗に終わった経緯については、後年の書簡集の刊行などによっても詳細に追うことができるし、『シュルレアリスム第二宣言』でシュルレアリスムへの参入を誘われたドーマルが「ご注意なされよ、アンドレ・ブルトン。のちのち、文学史の教科書に掲載されることのなきよう」という預言的な一句を含む「アンドレ・ブルトンへの公開書簡」（『大いなる賭け』第三号）によってそれをきっぱりとはねのけたことも、すでに常識になっていると言ってよいだろう。

また、シャトー街の事件から一年後、アラゴンが相変わらず、ドーマル、ジルベール＝ルコント、ルネヴィルの三人に「アンドレ・ブルトンへのオマージュ」を捧げる雑誌を作りたいから、ぜひ君たちも参加してほしいという厚顔な依頼さえおこなっていたこともここで思い出しておきたい[20]。

だが、そうしたことは〈大いなる賭け〉に多少なりとも個別的な関心を持ったことのある者にとっては明白なことであっても、ポケット版で普及している『シュルレアリスムの歴史』の多くの読者にとってはそうではない。

　研究書の出版や展覧会の開催などによって、一九九〇年以降、〈大いなる賭け〉の再評価は着実に進んでいるものの、〈大いなる賭け〉を「オカルト的なものや神秘主義に傾倒していたために、シュルレアリスムから背を向けられた閉鎖的なグループ」というイメージでとらえるひとはいまだ研究者のなかにも存在する。アラン・ヴィルモーとオデット・ヴィルモーは、〈大いなる賭け〉についてのこうしたイメージを払拭するために、〈大いなる賭け〉の神秘主義な傾向は、のちに神秘家グルジェフに接近したドーマルただひとりに見られるものであり、これを安易にグループ全体の傾向とみなすべきではない、という主旨の主張を展開している。だが、確かに、メンバーのなかで神秘思想にもっとも精通していたのがドーマルであるにせよ、それを「神秘家グルジェフ」の名との結び付きによって象徴させるのは明らかに短絡的であるし、そもそもドーマルひとりが神秘主義的であり、〈大いなる賭け〉という運動がそうではなかったかのように語ることにも無理がある。

「神秘主義」の語は、〈大いなる賭け〉になる前のサンプリスムの定義にすら使用されていたものであり、サンプリストたちはアヴィラの聖テレサやスウェーデンボルクや一連のエゾテリスムの著作を愛読していた。ジルベール＝ルコントは「ぼくたちの〈融即の哲学〉の唯一の基盤となるべき実験形而上学（つまりは神秘思想ということだ）」[21]と書いているほどだし、『大いなる賭け』の第二号には、次のような言葉も見える。「人間は、神秘的と呼ばれるある種の方法によって、自己のどのような感覚によっても測ることができず、理性によっては理解がおよばぬ、もうひとつの宇宙を直接に知覚することができる」[22]（署名は〈大いなる賭け〉）。

　つまり、これ以上例証をあげるまでもなく、〈大いなる賭け〉は、確かに「神秘主義」的なグループであったし、ある意味では「神」という語を使いすぎてもいたのである。したがって、ナドーの言うように〈大いなる賭け〉を「神の探索者たち」として冷笑ぎみに一蹴するのも皮相な態度だが、アラン・ヴィルモーとオデット・ヴィルモーの言うように、〈大いなる賭け〉にはエゾテリスムや神秘主義への傾倒は「なかった」とまで言うのも強弁である。

問題は、攻撃するにしろ、擁護するにしろ、「神秘主義」（あるいは「形而上学」、あるいは「エゾテリスム」）という語に各自が勝手な色をつけた状態で議論が続けられていることであり、はじめから否定的な価値を担わされた「神秘思想」というレッテルを、どんなに貼ったり剥がしたりしてみたところで、〈大いなる賭け〉における「神秘思想」の実際はいっこうに見えてこない。

スピノザの神

したがって、問われるべき本当の問いとは、なぜあらゆるセクトやあらゆる教団をすべて破壊するべきだと主張した彼らが、それでもなお「神」という語をあえて使用したのか、また、そこにどのような意味が込められていたのか、ということであろう。

少し長くなるが、一九三〇年八月十九日の深夜に書かれたドーマルからモーリス・アンリ宛の手紙を引用したい。

そして、もしぼくが〈神〉という語に同意するとすれば、それは
「単一（ユニテ）」、いやむしろ、
いくつも存在することのないもの
〈二〉でないもの
を意味する場合である。それは突きつめていうならば、あらゆる愛の目的と完成のことを指すのだ（なぜ

なら、それこそが君がたどっている道であり、今まさにぼくがたどろうと必死になっている道でもあり、ほんとうの問題は、君にとってもぼくにとっても、単なる言葉遊びや言葉の上での類似物ではなく、ただ愛だけであるからだが——あらゆる愛の目的であり、絶対的な完成であるからだが——)。それというのも、愛とは、自分自身と、自分自身であるべき対象とを見分けようとしてもどうにも見分けがつかないときに抱かれる絶望的な感情のことであり、愛するものが、ただ愛されるものを所有したいと思うだけでなく、いっそ愛されるものになってしまいたい、自分の身の内に取り入れたいと思わせるような運動のことだからであり——、だからこそ、それは「単一(ユニテ)」の探求そのものでもあるのだが、ただし、その「単一」というのは、抽象的な単一性(数学的な概念としての数字の一)のことではなく、目に見える外観を突きぬけたうえで、多なるものとしての世界に打ち勝つことによって初めて獲得されるような「(大文字の)単一」のことなのだ。

ぼくがそれを「神」と呼ぶとするならば(もっともぼくは通常それを「それ Cela」と呼ぶ方が好きなのだが)、それに対する「悪魔」は、多数性、多様性、二元性、物と物を分けるもの、憎しみ、ということになるだろう。[23]

ここでドーマルの語っている「神」は、もちろんなんらかの宗教が掲げるような「神」ではないし、なんらかの意思を持った人間の似姿のような神でもない。「絶対的な現実のことを我々は神と呼ぶことがある。〔……〕神とは、あらゆる意識の限界状態のことである」[24](ジルベール=ルコント)という言葉からもわかるとおり、ドーマルや〈大いなる賭け〉における「神」という語は、基本的に哲学的な伝統に依拠した、超越的な存在をとりあえず名付けるものとしての「神」である。

たとえば、スピノザは、善と悪、生と死、有と無など、言語によって区別される対立が存在しないような境地を想定し、その呼びようのないものを「神」と呼んだ。ふつうスピノザは、汎神論の哲学者とみなされるが、ドーマルは、スピノザのエッセンスを「非＝二元論」にあるとみていた。「非＝二元 non-dualisme」という表現は、八世紀のインドの思想家シャンカラの弟子たちが、ヴェーダのテクストのもっとも包括的でもっとも深淵な解釈であるとして、自分たちの教説に与えた「不二一元論（アドヴァイタ）」という語をフランス語に直訳したものである。ドーマルが「神」を「〈二〉でないもの」と定義するとき、そこで念頭におかれているのは、スピノザにおけるような「神」あるいは、シャンカラにおける「不二一元論《アドヴァイタ》」である。岡倉天心による平易な注釈を引くならば「〈アドヴァイタ〉という語は、二ならざる状態を意味し、存在するすべてのものは、外観は多様であるけれども、実際には一つであるという偉大なインドの教義に適用される名前である。ここから、全宇宙がすべての細部に含まれており、一切の真理はいかなる一個の分化の中にも発見できるものでなければならないということになる。すべてがかくして、平等に貴いものとなる(25)」。

ドーマルは少なくとも一九二四年にはこの「不二一元論」の思想に親しみ、そこに西欧の堕落に対する最大の武器をみていた。以後、ドーマルにとってこの語が重要なキーワードであり続けていたことは、たとえば一九三〇年十月二十一日のジルベール＝ルコントへの手紙を「非二元的に君のことを考えている(26)」と結んでいることなどからも確認できる。ドーマルの「スピノザの非＝二元論」は、スピノザの思想がカバラの思想やシャンカラの思想につながることを指摘しながら、「非＝二元論」的思考の可能性そのものを語ろうとしている。「〈非＝二元〉という語は、それが真に理解されたならば、二元性、区別、矛盾律に支配された我々西欧の文化の老朽化した伽藍を吹き飛ばしかねないものである。〈二〉に対する〈一〉の闘いは、哲学の領分を横溢する。それは、概念においてだけでなく、身体において、情念において、社会的な制度において繰り広げられる戦いであるからだ[27]」。

したがって、ドーマルにとって、非＝二元性のチャンピオンであるスピノザは、ほかのあらゆる哲学者から区別されるものだということになり、「スピノザの非＝二元論」には「哲学へのダイナマイト」という副題がつけられている。「およそ哲学史というものにおいて（おそらく気がついているひともいるだろうが）、スピノザだけが必ず浮いてしまうのだ。どうにもすっきりしない。システムのなかにおさまらないのだ。スピノザの著作は、哲学という枠組みに限界づけられながらも、今にもその枠を打ち壊さんばかりであり、人類が二という数字の神話から解放され、もはや思考の二律背反と社会階級の対立において引き裂かれることのないような時代を予告している[28]」。

ドーマルによるスピノザ論が哲学的にどこまで有効なものでありうるのかということは、本書が論じうることの領域を超えている。だが、ここで確認したかったのは、〈大いなる賭け〉が「神」と呼ぶものが、キリスト教的な「神」のことでもなければ、なんらかの信仰の対象でもなく、まして意志をもった人格神のようなものではありえなかった、という事実である。ドーマルは、スピノザを「無神論者」と非難した神学者たちは「誤っていなかった」としている。「スピノザの著作に、繰り返し現れる〈神〉という語を見ても、彼らは騙されなかった。確かにそれは、彼らのいうところの〈神〉ではなかった。スピノザのいう〈神〉とは、〈存在〉のことであり、〈認識〉のことであり、認識であるような〈愛〉のことであった」。

だから我々もまた、騙されることなく、はっきりとさせておこう。ドーマルが〈神〉と呼んだものは、たとえば日本語における「神」が一般に想起するようなものとはなんの関係もない。それはむしろ、既成宗教における「神」はいっさい信じないという谷川俊太郎が、それでもみずからの信じる「神」を定義して「ビッグバンを始めた得たいの知れないエネルギーのこと[29]」と断じるときの「神」に近い。それは、アインシュタインが

「わたしはスピノザの神ならば信じる」と言い、「神はサイコロを振らない」と言うときの「神」と同じ神であり、すなわち「自然」あるいは「世界」とほぼ同義であるような、存在するあらゆるものの調和のなかに、みずから顕れ出るものとしての「神」である。ドーマルはそれを、ときに「それ」と呼び、ときに「愛」と呼び、ときに「詩」と呼んだのだった。

だから、我々は今後、〈大いなる賭け〉にとっての「神秘主義」が（真に伝統的なすべての「神秘主義」がそうであったように）、「存在するということそのものの神秘」にかかわるものであったということを忘れないようにしよう。彼らが「神秘」と呼んだものは、アンドレ・ティリオンが「水晶玉」だの「交霊術のターニング・テーブル」だのと言って冷笑を浮かべたようなものとはなんの関係もない。また、それは、十字架のヨハネや、アヴィラの聖テレサとのみ関係のあるものでもない。〈大いなる賭け〉のいう「神秘」とは、「私が今ここにいることの神秘[30]」にほかならず、なにかが（たとえば今、このひとが、このわたしの目の前に、このようにして）存在しているということの、その限りない神秘に限りなく向き合うことにほかならなかった（それを「形而上学」という）。

ドーマルの「窒息あるいは不条理な明証性」の一節をもう一度思い出そう。「なぜ、なにものかが存在しているのか、なぜ、このものが存在しているのか、その永遠に答えのでない二重の問いの、その答えのなさそのものに向き合うことから始めるだけでいい[31]」。

したがって、それは「神秘とは、世界がいかにあるかではなく、世界があるというそのことである[32]」（『論理哲学論考』六・四四）というウィトゲンシュタインの「神秘」に近い。あるいは、「詩」を定義した際にマラルメがいった「神秘」に近い。「詩とは、言語を言語自身のもつ本質的なリズムへと引きもどすことによって、実在するもののさまざまな顕れがもつ神秘的な意味の広がりを表現するもののことです。詩とは、そのようにして我々のこの世への逗留を嘘いつわりのないものへと変える、魂が果たすべきたったひとつの任務です」[33]。

プロティノス

スピノザにおける一元論（汎神論、ドーマル風に言うならば、非＝二元論）は、思想史的には、新プラトン主義の祖プロティノスが「一者 l'Un」と呼んだものに遡る[34]。古代ギリシア神秘哲学を大成したプロティノスは、いかようにも区切ることのできない存在を「一者」と名付け、そこから万物が流出すると考えた。だが、プロティノスにとっても「それ」をどう呼ぶべきかということは、ついに解きえぬ問題であった（「本当を言えば、一者には合う名前が一つもないのである」[35]『エネアデス』）。名前がつけられてしまえば、その時点で「それ」は「そのもの」と「それ以外」という区別を生んでしまうが、「一者」とは、そのような弁別そのものから逃れさるものだからである（また、この「一者」という語は、とりわけ「者」という漢字のために、哲学的な術語に慣れていないかぎり、なにか意識をそなえた主体的な存在のことをさすように思われる語だが、そういうことではない。「一なるもの」という表現もつかわれる）。

プロティノスの「一者」の思想が、〈大いなる賭け〉における「実験形而上学」の祖であるといえるのは、その思想内容のためだけではなく、とりわけその形而上学が四度にわたる神秘体験を得ることをとおして胚胎されているためである（弟子ポルフュリオスによる『プロティノス伝』二十三章参照）。プロティノスの『エネアデス』は、その美と至福に満ちた脱我体験を次のように語る。「私はしばしば肉体から脱して自分自身へと目覚め、他のすべてのものから脱却して私自身の内部へと入り込み、ただただ驚嘆すべき素晴らしい美を観たのである。その時ほど、自分が高次のなるものの一部であることを確信したことはない。その時の私は最善なる生を生き、神的なものと合一し、その内に据えられ、かの最善の生命活動を通して他の一切の知性的なものを超えたところに自らを据えていたのである[36]。

プロティノスの「体験 expérience」は、ドーマルやジルベール＝ルコントが試みたような、意図的な「実験 expérience」によって得られたものではない。だが、彼の形而上学があくまでもみずからの「経験 expérience」に根差すものであったということは重要である。また、そうであるならば、〈大いなる賭け〉における「実験形而上学 métaphysique expérimentale」という言葉の訳しかた（理解のしかた）についても、ここであらためて考えてみるべきだろう。

実際、彼らは薬物実験や幽体離脱の訓練をおこなっていた。それは確かに「実験形而上学」であった。だが、たとえば、ジルベール＝ルコントが「ぼくたちの〈融即の哲学〉の唯一の基盤となるべき実験形而上学（つまりは神秘思想ということだ）[37]」といったとき、その expérience expérimentale は、「実験形而上学」よりも、ずっと「経験形而上学」に近いものであった。彼らはこの「経験的な expérimentale」という形容詞を、「経験的に」確認しようのない事象を対象とする『形而上学』にかけることによって、形而上学こそが本来もっとも経験的なものであり、そして、それこそが神秘思想と呼ばれるものなのだと主張していたのである。

そのような知見は、神秘哲学の祖ともいうべきプロティノスが、まさに自己自身の経験にもとづいて形而上学を構築していたことから考えれば、とりわけ目新しいものではないかもしれない。だが、そこには、一般的に「非＝経験的」な領域を扱う、もっとも抽象的で理論的な分野だとみなされる形而上学こそが、本来はもっとも経験的なものであり、もっとも経験的なものであるべきだ、という転覆（＝確信）が含まれていた。これは、プロティノスのみならず、アリストテレスやプラトン、ソクラテス以前のギリシアの自然神秘主義に遡ったうえで「形而上学は形而上学体験の後に来るべきである[38]」と確言した井筒俊彦の立ち位置に近い。だからこそ、ジルベール＝ルコントは「実験形而上学（＝経験形而上学）」は、哲学者の伝統によって予感されていたのではなかったのか？」という問いかけを発しながら、「ピタゴラス、ヘラクレイトス、プラトン、プロティノス、グノーシス派、ティアナのアポロニウス、アレオパゴスのディオニシオ、ジョルダーノ・ブルーノ」の名前をあげ、最後には「スピノザですら、ヘーゲルですら」このグループに入るのだと結んでいるのである。[39]

　したがって、我々は〈大いなる賭け〉の謳った「実験形而上学」という語から、薬物実験や皮膚視覚の実験などのみを想起して、微笑みを浮かべるような態度をいっさいやめるべきだろう。そうした「実験」もまた、きわめて真剣におこなわれた形而上的探求の一端であったことは第一章で述べたとおりだが、彼らの「経験形而上学」は、古代ギリシアから途絶えることなく今に至るまで連綿と続けられてきた形而上学の一大系譜をあくまでも「経験的な」ものとして読み替えようとする試みでもあったからだ。

　そして、そのような「経験形而上学」における一元論的な世界観が、決して西欧的伝統にとどまるものでなく、大乗仏教の聖典や禅の思想とも相通じるものであることが次第に確認され、共有されていったのは、とりわけドーマルにおける東洋思想への熱心な接近によるものであった。たとえばプロティノスの思想が『華厳経』の思想ときわめて近いことは、我が国の思想史家たちによってもたびたび指摘されていることである。仏教学者の中村元は、むしろ華厳の思想の方がアレクサンドリアに伝わり、それが新プラトン派のプロティノスやプロクロスのような思想家を出現させたのではないかと推測している。[40]『華厳経』の思想は、仏教のもっとも古い教義のひとつである「縁起の理法」をその核としている。すなわち「縁って起こるという意味であり、いかなるものも孤立して存在しないということ[41]」であり、空間的にも、時間的にも、あらゆるものはあらゆるものにつながっており、したがって、どんなに小さなもののなかにも、偉大な宇宙が含まれているという考えである。

　そうであるならば、〈大いなる賭け〉の哲学的・思想的な基盤には、神秘的な形而上体験を核にもつ「一者の哲学」、「単一性《ユニテ》の教え」、「縁起の理法」等があることになる。そうした名前がもしどこかいかめしいものであるように感じられるならば、これらを「つながり」の哲学と呼びかえてしまったとしても、おそらくそう大きくは間違っていないはずだ。もちろん、このような言い方は、哲学的には厳密ではないだろうし、これらの思想のあいだにも、さまざまな差異が認められることは承知している。(42) そもそも、少し考えただけでも、あらゆるものが「ひとつ」であることと、ばらばらなものがすべて「つながっている」ことは、まったく同じことではなさそうな感じがする。

だが、それでも「一の教説」が我々に教えることとは、すべてはすべてにつながり、どのようなものも他のものと離れては存在せず、しかもそれは、いついかなる場所でも途切れたことがなく、これまでもこれからもまったく途切れたことがなく、この先もずっと途切れることがないのだろうという確信のような、約束のようなものである。そして、おそらく、そのことを深く認識すること、あるいは一瞬のうちに予感することこそが、詩《ポエジー》の体験であり、また愛の体験である。

一の教説

ここで〈大いなる賭け〉がいかに「一なるもの」を信奉する者たちによって導かれていたかを示す文章を三つほど並べてみたい。ただし、そのどれもが雑誌『大いなる賭け』とは別の媒体によるものである。まずは、一九二九年のルネヴィルの評論『詩人ランボー』についてのドーマルの書評、「ポエジーを前にした批評的態度について」の一節。

我々が愛するいかなる詩人、我々を腹の底から首筋にいたるまで震撼させるようないかなる詩人も、我々の呼吸を奪い去るようなどんな詩人にも、「一の教説 Doctrine-une」のスポークスマンでないような者はいない。(43)

ドーマルはここで、「我々が愛する」という限定をつけてはいるものの、要するに「詩人」たるものは、すべて「一の教説《ドクトリン》」のスポークスマンなのだと明解に断言している。そして、あたかもこの言葉に呼応するかのように、ルネヴィルはドーマルの死後、『類推の山』の初版への序文で、「詩」を次のように定義している。

我々〔〈大いなる賭け〉時代の仲間をさす〕の心をとらえ続けていたのは、詩とは、人間精神によって幾度となく忘れられ、ふたたび見出されてきた、ある〈教説《ドクトリン》〉の別名にほかならない、という自明の事実であった。(44)

そしてもうひとつ、これは公的なテクストですらないが、シュルレアリスムと〈大いなる賭け〉の関係を語るジルベール＝ルコントの言葉がある。

結局それでブルトンが大いに嘆くことになるのです。我々が特定の形而上学を信じているからです。けれども、それこそが我々がもたらすことのできる独自の貢献でもあるのではないでしょうか。／——これは絶対にここだけの話にしておいてください——〔……〕我々のグループの形而上的な土台を十全に意識できているのは、あなたとドーマルと私だけです。そのことは、あなたもよくご承知のことと思います。(45)

（ジルベール＝ルコントからルネヴィルへの書簡）

ジルベール＝ルコントが「特定の形而上学」「グループの形而上的な土台」と呼んでいるものこそが、「一の教説」（ドーマル）であり、「ある教説」（ジルベール＝ルコント）であることがよくわかる。その「一の教説」（神秘哲学）の膨大な歴史的厚みを、ドーマルやジルベール＝ルコントが、きわめて短期間に、一気につらぬきとおすようにして、知的にも、身体的にも理解していたのだとすると、ブルトンはそれを共有していなかった。あるいは少なくとも、同じ切実さでは共有していなかった。だが、それはブルトンだけでなく、〈大いなる賭け〉のほかのメンバーにすら、十全に意識されていないものだったのである。

次のマルク・ティヴォレによる指摘は、この「形而上的な土台」をめぐる認識と理解の差が、そのままメンバーたちの動向に反映していたことを理解させてくれるものだ。「シュルレアリスムと〈大いなる賭け〉を比較することは、見かけほど簡単ではない。というのも、〈大いなる賭け〉のグループとしての存在理由を、精神的にも実在のレベルでも、完全に生ききったといえるのは、ルコントとドーマルだけであり、ほかのメンバーはみな――ルネヴィルを別とすると――シュルレアリスムの引力も多かれ少なかれ受けていたからである(46)」。

しかし、とそれでもひとは思うかもしれない。「我々の唯一の教条《ドグム》は教条破壊《カス・ドグム》である(47)」と謳い（『大いなる賭け』第二号巻頭）、いかなる教説にも与せず、いかなる「イズム」も名乗らなかったことこそがその最大の特徴であったはずの〈大いなる賭け〉が、結局のところ「一の教説《ドクトリン》（＝一元論《モニスム》）」を信奉していたとは、なにごとであるのか、と。

それは、〈大いなる賭け〉における「教条破壊」の烈しさ（すなわち教義の否定）が、「一の教説《モニスム》」への深い共感と表裏一体のものであり、その否定の徹底性が、一元論のもつ論理的な必然性から生じたものだからである。一元論的な思想における最終的な真理は、いかなる定義（言葉）からもつねに逃れ去るものであるために、どこまでいっても否定によってしか表されえない（ウパニシャッドにおける「さにあらず、さにあらず」等）。だが、それは「表面的には否定の機能であるかのように見えるが、実はいっそう深い肯定のためになされた否定なのである」[48]（ウィリアム・ジェイムズ）。

「一の教説」にしろ「二元論」にしろ、他にどうしようもないからとりあえずそのように呼ばれているというだけであり、そこになにか数字の「一」から想像されるようなものを思い描くのであればそれはもう間違っている（それでは相対的な「一」にすぎないが、「一の教説」の「一」は相対的な一ではない）。ドーマル自身、「固定したシステムのなかで淀んだ思考を思わせる」[49]という理由で「一元論」という語を避け、ヴェーダーンタ派の用語である「非＝二元」という語を使用していた（だが、非＝二元にしたところで、どんな呼び名にしたところで、呼んでしまった時点で、本当にむき出しのなにかはもう消えてしまうのだ）。〈大いなる賭け〉がセクトや教団や教条はすべて破壊すべきだとしていたのは、この本来伝えるべき真実（「一の教説」）を、そうしたものが歪め、覆い隠し、伝えそこねてきたからである。一方で、その凝りかたまった形式を打ち壊しさえすれば、根底には同じもの（「一の真実」）が流れていることもまた彼らは確信していた[50]。「それらの宗教の係累を断ち切ってしまえるのならば、あらゆる宗教における偉大な神秘家は、我々の仲間であるだろう[51]」。

その意味で、〈大いなる賭け〉は、あらゆる宗教を否定したうえで、その実質においては、その実質においてのみ、あらゆる宗教を（すでに個別の名を失った宗教を）むしろ肯定する運動でもあった。したがって、彼らのテクストにおける「神」という語は、半分は形而上学的な神であり、半分は確かに宗教的な「神」でもあったのだ。またそれは、その本源に遡るならば、宗教的な「神」こそが、元来特定の宗教に限定されないような「神」であったという歴史的事実を思い起こさせもする。イスラム神秘主義者のイブン・アラビーは「真の賢者はいかなる信仰にもしばられない[52]」と言い、仏教においても「歴史的人物としてのゴータマは、その臨終においてさえも、仏教というものを説かなかった」（中村元）。ゴータマの教えをもとに「仏教という特殊な教えをつくってしまった」のは、後世の経典学者たちであり、ゴータマ自身が示したのは「いかなる思想家・宗教家でもあゆむべき真実の道」だったのだ。[53] マハトマ・ガンディーもまた説いていた。「すべての宗教にある宗教[54]」こそを求めるべきであると。

〈大いなる賭け〉の「一の教説」への依拠を示すものとして掲げた先の三つの文章が、すべて『大いなる賭け』の紙面上ではない、ほかの媒体によるものであったことを思い出そう。彼らが「一の教説」のことをそれほどあからさまに説かなかったのは、「名付け」による膠着や誤解を避けようとしたためだろう。『大いなる賭け』とは、「名付け」を徹底的に避けることによって、逆にさまざまな角度から「一なるもの」を語ろうとした雑誌だったのである。

抄訳を付録に掲載した「性生活のクロニクル——接触なしに生じる遺精の六つのケース」（『大いなる賭け』の第二巻）は、そのひとつの例証である。アヴァンギャルドの運動にしては「性的なもの」が希薄であり、シュルレアリスムのような「露出症的な[55]」（グザヴィエル・ゴーチエ）ところがないとされる〈大いなる賭け〉らしく、そこに集められた六人の男たちの特殊な性的嗜好には、暴力的な放縦さや、禁忌を侵すような激しさはない。だが、いかなる身体的な接触も経ることなく、性的な愉悦に達する六人の男たちの風変りな「性生活」は、失笑と苦笑を引き起こしつつも、「性」というものに対する我々の通念を確実に裏切ってゆく。一見すると単なるユーモラスな小話集ともみえる「性生活のクロニクル」には、生物としての人間の枠を超え、心身二元論が頓挫する地点をめざした〈大いなる賭け〉の一元論的プログラムが反映させられているのである。

第4章

四人の師

「今日は彼の口から教えが聞けるだろう」とゴーヴィンダは言った。シッダールタは返事をしなかった。彼は教えを知りたいとはあまり思わなかった。教えが彼に新しいことを教えるだろうとは、彼は信じなかった。ゴーヴィンダと同様に彼は、また聞き、そのまたまた聞きであるとはいえ、仏陀の教えの内容はくり返し聞いていた。しかし彼は注意深く、ゴータマの頭を、その肩を、足を、静かに垂れている手を見つめた。その手の指の一つ一つの関節が教えであり、真理を語り、呼吸し、匂わせ、輝かせている、と思われた。この人、この仏陀は、小指の動きに至るまで真実だった。〔……〕あのように見、ほほえみ、すわり、歩く人を、自分はまだ見たことがない、と彼は考えた。自分もあのように真実に見、ほほえみ、すわり、歩くことができるようになりたい。あんなに自由に、品位高く、あからさまに、幼児のように、神秘的に(1)

――ヘルマン・ヘッセ『シッダールタ』

ルネ・ゲノン

前章までに見てきたように、〈大いなる賭け〉の思想を支える基盤は「近代西欧批判」と「二元論」と「反=個人主義」という、相互に不可分な三つの理念であった。そして、これらすべての理念を説いていた、ひとりの思想史家がいる。ルネ・ゲノンである。

サンプリストたちと同郷だったロジェ・カイヨワによれば、ジルベール=ルコントはすでにランス時代から「ゲノンの『ヴェーダーンタによる人間とその生成』（一九二五）および『ヒンドゥー教義一般序説』（一九二一）を枕頭の書としていた」という[2]。また、ドーマルが「非=二元論（一元論）」をみずからのシステムの中核におくようになり、インド哲学に惹かれてサンスクリットを学ぶようになったのも、ゲノンの『ヴェーダーンタによる人間とその生成』を読んだことが大きい。

〈大いなる賭け〉の若者たちにとってのルネ・ゲノンは、シュルレアリストたちにとってのフロイトのような存在であり、ゲノンの著作は、彼らが直観していた世界観に、より強固で理論的な基盤を与え、その方向に進んでゆくことを励ますものであった。

ゲノンの思想をここでごく大雑把に要約しておくならば、それは「伝統主義」と呼ばれる思想である。ただし、ゲノンのいう「伝統」とは、通常の意味での「伝統」とは異なっている。ゲノンは、各国、各宗教における伝統的な教義は、根底においては同じ「ひとつ」のものだと説き、世界の諸現象や諸事物は、原初にある至高かつ唯一の原理「一者（ユニテ）」が「純粋精神」および「根本物質」に働きかけることによって生み出し、展開させているものとした。そして、その原理を知的直観によって認識し、それを保持・伝達しているものを「伝統」と名付けたのである。したがって「伝統」とは、この世界の単一性《ユニテ》を確信する〈一の教説〉を受け継ぐもののことである。だが、時代を経るにつれて、もともと「ひとつ」のものであった「伝統」は、各地で各民族に適合したかたちに歪められ、時には壊されていった。インド、イスラムなどの東洋思想や、ルネサンス以前の西欧文明では「伝統」は保持されていたが、近現代の西欧文明、とりわけルネサンスと宗教改革以降の時代では、人間的な尺度を超越した原初の原理を認めない社会が訪れ「伝統」が失われた、という。

ジルベール＝ルコントは『大いなる賭け』の創刊号でゲノンの『現代世界の危機』に触れ、次のように述べている。「我々はゲノン氏に対して宣言する。第一に、彼が打ち立てている理論は、その本質において我々のものであること。また、彼がその著作で語っている伝統こそは、我々が承認する唯一の伝統であること(3)」。さらに第二号ではドーマルが『ヴェーダーンタによる人間とその生成』を取り上げ、ゲノンは、多くの西欧の思想家とは異なり、西欧哲学に特有の要請に合わせるために、決してヴェーダの思想を裏切らない点を賞賛している。「ゲノンはヴェーダについて語るとき、ヴェーダのことだけを考え、ヴェーダになっているのだ。〔……〕彼は、現代世界における数々の偶像、たとえば論証的な科学、道徳、進歩、世界人類の幸福、個人の自律性、生活、美しく快適な生活、鉄や花崗岩のように我々の胸をおしひしぐ不条理に決して追随しない」[4]。さらにドーマルは『大いなる賭け』の第三号の「昼盲症者ネルヴァル」においても、ゲノンの『世界の王』への言及をおこなっている[5]。また、『世界の王』が「異なった諸伝統の正当性を保証する霊的中心、あるいは〈幾何学的中心〉の実在を断言する[6]」書として、『類推の山』の重要な発想源となったことは、物語の中でも暗示されている。「では、それは地下にある山なのでしょうか？　いくつかの伝説、とりわけモンゴルやチベットで語られている伝承では、〈世界の王〉が棲む地下世界の話がほのめかされており、そこでは、決して滅びることのない種子のように、伝統的な知が保存されているということです[7]」。

一方で〈大いなる賭け〉は、ただゲノンに追従していたわけではない。「人類の抱く真の思想は、互いに歴史的な関係があろうとなかろうと、必ずやただ一つの方向へと収斂する[8]」という立場をとっていた〈大いなる賭け〉は、ある意味で、ゲノンよりももっと過激にゲノン的であり、ゲノンは事実の歴史的な関係性に拘泥しすぎるとして、歯がゆさを覚えていた。また、ドーマルは、西欧哲学のなかでも、スピノザやヘーゲルやドイツ観念論など、「一」の思想との関連で評価できるものがあるにもかかわらず、ゲノンがそれらをまったく理解していない点を批判していた。だが、そうした保留点や批判があったにせよ、〈大いなる賭け〉は全体としては、ゲノンの「伝統」の原理に完全に賛同していたのである。

もっとも、それを「ゲノンの思想」を呼ぶことを、誰よりもまずゲノン自身が拒んだことであろう。ゲノンは、「一の原理」という真理を信ずるものの必然として、「個人」の名にいかなる価値も認めていなかったからだ。「反＝個人主義者」ゲノンは、独創性を渇望するあまり、真理を犠牲にする同時代の哲学者や思想家の風潮を慨嘆し、思想に所有権を主張することの馬鹿馬鹿しさを糾弾していた。「ある思想が真ならば、それは、それを理解できるすべての人々に平等に属すのである[9]」（『世界の終末』）。

そのようなゲノンの思想に大きな影響を受けたのは、ドーマルたちだけではなかった。同時期のフランスの作家としては、「私はルネ・ゲノンを読みすぎました」[10]と語るレーモン・クノーがそうであり、『現代世界の危機』に多くを負っていた「反＝近代的な作家」[11]アントナン・アルトーがそうであった。近代西欧への疑念につきうごかされ、非西欧的なるものに活路を求めていた彼らにとって、シャンカラの「不二一元論」に依拠しながら、すべての宗教・伝統の根源が「ひとつ」であることを説くゲノンの思想は、ひとつの突破口もしくは新たな地平のような魅力をそなえていたのである。

現在我々は検索エンジンの存在する世界に生きており、宗教学者の島薗進も指摘するように、「サイバースペースでは、浄土教もグノーシス主義も如来教も瞬時にアクセスできる文化資源となっている」[12]。そのため、古今東西の教典や証言を俯瞰し、そこに親和性を見出すという作業は、むしろあっけないほど「効率的に」進められるものとなっている。だが、ゲノンは、情報システムや交通手段の発達によって、地球がこれほどまでに均《なら》されてしまう前に、世界の精神的伝統にひそむ共通分母をあらわにしてみせた。そのとき、みずからの「体験」と同様の報告を求めて、一冊一冊と書物を繙いていたドーマルのような読者にとって、ゲノンの著作は一種の「魔法の絨毯」にも似たものと映ったことだろう。そして、そのときに得られた発見の印象や符号の感覚は、おそらく、グローバル化がこれほどまでに進んでしまった今日におけるそれとは、比較にならないほど濃密かつ強烈なものであったはずである。

また、ドーマルがゲノンにおいてもっとも評価していたのが、意外にも、彼の「文学的」な側面であったこともここで指摘しておきたい。ゲノンは哲学的な論述によって言えることをぎりぎりまで言うが（だが決してそれ以上は言わず）、最後の段階では『象徴』に頼ることを知っていた、とドーマルは言う。「そこまできたら、もう知的なゲームをたしなんでいる段階ではないのです。神話を読んだり、象徴の話を聞くときのように、それらの物語が自分の内部で、実体験にもとづく反響を呼び覚ますがままにしなければならないのです」[13]（ジュヌヴィエーヴ・リエフにゲノンを勧めているドーマルの書簡）。

これはドーマルがみずから「一の伝統」の徒として語ろうとしたとき、「物語」（すなわち象徴）という手段を選んだこととおそらく無縁ではない。『類推の山』は「十五歳とか十八歳の読者に、適当にページを飛ばしたりしながらでも、冒険小説のように、最後まで読んでもらえることを願って」書かれた作品である。「教訓的な文章や、道徳的な書物は知性に働きかけるが、芸術は感情の道を通って、存在そのものに触れる。また、芸術が宇宙を〈表象〉すると言ったのでは、あまりにも不十分だ。芸術は、実際に宇宙を創りなおすのだ。芸術は宇宙を類推的に再創造する」[14]（「ヒンドゥーの詩学に近づくために」）。

アレクサンドル・ド・ザルツマン

ドーマルの「最初の師」であったゲノンは〈大いなる賭け〉にとっての師でもあったが、ドーマルの「二人目の師」、アレクサンドル・ド・ザルツマン（図4）については、そうはゆかなかった。〈大いなる賭け〉の終焉は、プロレタリア革命を謳う長詩「赤色戦線」を書いたルイ・アラゴンが五年の禁錮刑に処せられそうになったことに端を発し（「アラゴン事件」）、アラゴンを救うための抗議の署名行動に、ルネヴィルだけが歩を合わせなかったことを直接の原因としている（「ルネヴィル事件」）。『新フランス評論』二月号でアラゴン事件についての留保を表明していたルネヴィルは、ドゥロン、オダール、アンリ、アルフォの弾劾を受けたのちも、同誌九月号でふたたび「赤色戦線」を批判するという、まったく空気を読まない行動を見せ、グループの結束を守ろうとするドーマルの奮闘もむなしく、〈大いなる賭け〉は一九三二年十一月三十日の会合をもって解体した。

だが、〈大いなる賭け〉にとって本当の「終わりの始まり」[15]（アルチュール・アルフォ）は、一九三〇年秋、グループの支柱であったドーマルが、アレクサドル・ド・ザルツマンに出会ったことであった。グルジア（ジョージア）出身のザルツマンは、もともとシマの知り合いであり、初めは〈大いなる賭け〉のメンバー全員に紹介がなされたのだが、その後、ドーマルとザルツマンのあいだに強い親和力が働くことになる。だが、古くからの友人たちはドーマルがこの年上の友人に急速に惹かれていくことをこころよく思っていなかった。

だがそれは、ザルツマンが「神秘家グルジェフの弟子の弟子」であったからではなかった。ジョルジェット・カミーユの証言によると、ザルツマンがグルジェフの弟子であることは、当時の友人たちには知られていなかった。また、一八三四年五月にザルツマンが他界し、ドーマルがヴェラと共にセーヴルのザルツマン夫人ジャンヌの学院で生活するようになってからも、ドーマルは「自分の考えていることは話したが、グルジェフの名前はださなかった」[16]。これは、東洋学者のジャック・マジュイがドーマルにグルジェフについて尋ねた際に、自分がグルジェフに会ったのはかなり遅く、数回きりにすぎないという控え目な答えが返ってきたという証言とも重なるものである[17]。

なにより、ドーマルが次のような言葉を書くとき、それがグルジェフについてではなく、あくまでもザルツマンについてであることは、あらためて強調しておきたい。「ぼくはひとりのひとに出会った。そんなひとが実在しようとは到底思われなかったようなひとに。ぼくは、そのために、絶望という便利なものを捨てなければならなくなった。というのも、担うのに重いのは、絶望よりも希望のほうだからだ」[18]（一九三五年のエッセイ「バジルの生」）。「二十二歳（一九三〇年）：ぼくに希望と、生きる理由をくれたアレクサンドル・ド・ザルツマンとの出会い。ずっと夢見てきた〈隠された知〉は実在し、もしもぼくがそれに値するのなら、いつかはそれに到達できるのだと知る」[19]（ドーマル自身の手になる「年譜」）。

ザルツマンがグルジェフの弟子であったことを知る現在の我々は、ドーマルがザルツマンを介して、グルジェフによる宇宙論その他の話などを聞き、それによって「隠された知」の実在を確信したかのように想像しがちである（また、実際にそうしたことはあったのかもしれない）。だが、ドーマルにとって、ザルツマンがほかに替えがたい「師」であったのは（また、ほかのメンバーにとってそうでなかったのは）、必ずしもそうしたことによるものではなかったようだ。

たとえば、一九三一年十一月十日付のルネヴィル宛の書簡を見てみよう。それによると、ザルツマンとドーマルとルネヴィルが三人で議論をしていた際に、どうもザルツマンが徹底的にルネヴィルを質問攻めにし、ルネヴィルが気を悪くしたという一件があったようである。だが、イニシエーションにおいて師が弟子を嘲ったり、意気消沈させたりすることがあるのは、君もよく知っているとおりではないか、とドーマルはルネヴィルに問いかける。

図4　アレクサンドル・ド・ザルツマン

> それなのに、なぜ君はちょっと「親愛なるオカルティストさん」と呼ばれたくらいで、あんなにもむっとしてしまうのだろうか。「あんな男は師でもなんでもない」と君は言うかもしれない。でも、もしも君が「なぜ、ぼくは、あのようなからかいのために、嫌な気分になったりしたのだろう？なぜ、ぼくは、あんなに気を悪くしたりし

たのだろう?」と自問してみるならば(ぼくは話を大げさにしているかもしれない。でも、話というのはいつだって大げさにするべきなんだ)、君はなにごとかを学ぶことになるだろう。「師」というのは、決して自分の「ために」考えてくれるひとではない。「師」とは、考えるための機会を与えてくれるひとのことだ。その機会をつかむか、つかまないかは、自分しだいだ。つかんだならば、そのひとが君の師であったことがわかるし、つかまなかったならば、わからない。そしていつしか君も(ぼくもまた)、少しずつ、あらゆるひと、あらゆる事物、あらゆる出来事を、自分の師として、自分に考える機会を与えてくれるものとして、とらえることができるようになってゆくことだろう。さしあたっては、ここにひとりの男がいて、純粋な慈しみの気持ちから、ぼくたちのために、そのような役どころを演じてくれているというのに、みすみすその機会をつかまないで、彼を師のひとりだとみなさいなどというのは、まったく馬鹿げたことではないか、と、まあ、ぼくはそんなふうに思うんだ。[20]

この手紙からわかるのは、ドーマルにとってのザルツマンの「教え」とは、どうやらソクラテスにおける「産婆術」のようなものだったらしい、ということである。つまりそれは、師が弟子に向かって上からなにごとかを一方的に伝授するというようなものではなく、対等な対話を根気よく繰り返すことによって、弟子がみずからの思い込みや考え違いに気がつき、自分自身で思考を深めることを助けるような、教えならざる教えであった。「あの男のことを思い出すのだ。とつぜんやってきて、すべてを叩き壊し、荒々しい手でお前をつかみ、夢から引きずり出し、刺々しい真昼の光のなかに座らせたあの男を」[21](「メモラーブル(記憶すべきこと)」)。

ドーマルからルネヴィルへの手紙は、どこまでも忌憚のないものであり、次のように続けられている。「それから、君のなかの小さななにかが(言ってしまえば、まあ、自己愛みたいなものだ)びくっと震えただけで

——自己愛というのはその本質からして意識の盲点だから——どれだけ世界の感じ方までが歪められてしまうかということについても、これでよくわかったと思う」。

ドーマルは、ザルツマンと共にいることによって、自分自身の思考を強靭にすることができ、とりわけ、自己愛を傷つけられたり、挑発されたりするという、いかなる哲学書によっても得ることのできない体験を得ることができた。プラトンの対話篇を愛読していたドーマルにとって、そのような「役割」を演じてくれるザルツマンは、「それまでぼくが思い描いていたような人物を一種奇跡的なまでに体現したひと[22]」であった。

フランスにおけるドーマル研究

ザルツマンが一九三四年に死去したのち、ドーマルはザルツマンの夫人、ジャンヌ・ド・ザルツマンのもとでの修行を続行する。ドーマル、ザルツマン、ザルツマン夫人、グルジェフの関係をめぐる研究は、近年新たな展開を迎えているので、ここで簡単に整理しておきたい。

もともと、ルネ・ドーマルをめぐる研究には大きくわけてふたつの傾向があり、ひとつは〈大いなる賭け〉が崩壊するまでの「アヴァンギャルド期」（前期）に注目したもの、もうひとつは、ザルツマンとの出会い以降の「神秘主義期」（後期）に注目したものである。前期ドーマルに注目するひとは、後期における神秘主義への傾倒、とりわけグルジェフへの接近を「なにかの間違い」としてあまり踏み込まない傾向にあるし[23]、後期ドーマルを顕揚するひとは、前半の「アヴァンギャルド期」を、ドーマル自身によってのちに否定されることになる[24]「若気の至り」のようにみなす傾向がある。

だが、いずれにしても興味深いのは、前期派も後期派も、後期ドーマルのグルジェフやインド哲学への傾倒は、彼のもともとの関心に応えるものであり、「発見」や「影響」というよりは「確認」に近いものだったという点で、意見が一致しているところである。そうであるならば、ことさらにグルジェフの思想をとりあげる必要はない、というのが前期派（あるいは単に非＝グルジェフ派）の立場であり、だからこそ、グルジェフの思想を確認することは真のドーマル理解のために有効かつ必要である、というのがグルジェフ擁護派の言い分である。どちらの言い分にも一定の理があるように思われるが、さて、我々としてはどのような立ち位置を取ることができるだろうか。

この問いは、それがグルジェフという「二十世紀最大の魔術師」（コリン・ウィルソン）とも称される――大いなる神秘家であったのか、大いなる山師であったのかいまだに決着がつかない――人物にかかわるものであるだけに、どこか居心地の悪い問いとなる。ドーマルの研究者たちは、誰もが一度は、この困難な問いの前に立たされてきたのであり、現在では、歴代のドーマル研究がグルジェフに対してどのような態度をとってきたかを網羅的に研究した「メタ研究」すら存在している。[25]

本書の場合には、作家のミシェル・カミュにならって、[26] ひとまずは次のような立場をとりたい。すなわち、ドーマルの仕事をグルジェフの教えのなかに閉じ込めることはもちろんできないが、十四年にもわたって、詩人の後半生にかかわり続けたその教えを「なかった」かのごとく扱うこともできない。したがって、グルジェフの思想を印象や風評によって性急にジャッジしたり、この問題を迂回してお茶を濁したりすることなく、ドーマルがグルジェフの教えのどこに魅かれ、それによってどこへ到達しようとしていたのかを見きわめることが必要だろう。

近年ＣＮＲＳ（国立科学研究所）の理論物理学者バサラブ・ニコレスクが刊行した二冊の本は、そのような作業を進めるための手がかりとなるものである。一冊は、二〇〇八年のドーマル生誕百周年を記念して刊行された論文集『ルネ・ドーマルまたは永久白熱体』である。そして、もう一冊は、その論文集の原稿が整おうとしていた頃に、執筆者のひとりクリスチャン・ル・メレックが、ジャック・ドゥーセ図書館で偶然にもドーマルをめぐる新たな資料を「発見」し、その発見を基に刊行された『ルネ・ドーマルとグルジェフの教え』(二〇一五)である。[27] クリスチャン・ル・メレックが発見したという、その古びた紙束には、ドーマル自身がグルジェフの「教え」について書き残した二冊の手帖が含まれていた。資料の寄贈者は、ドーマルの寡婦ヴェラ・ドーマル＝ペイジ。寄贈がなされたのは十数年前であった。だが、電子カタログ化がなされていなかったため、これまでその存在が知られてこなかったのである。

ニコレスクの序文によれば、それらの資料によって、これまでのドーマル研究における「三つのブラックホール」に光が当てられることになった。まず、一九四二年から一九四三年にわたって、ドーマル自身がグルジェフの「教え」について直接記述したテクストが見つかった。これまで、書簡における散発的な暗示や、『類推の山』における間接的な表現はあっても、ドーマルがグルジェフの教えを正面から語ったものは見つかっていなかったのである。ふたつめは、ザルツマンとドーマルの関係に関して。ザルツマンがフランスにおける最初の「グルジェフ・グループ」を創ったことはわかっていたが、文字によらず口頭でなされたザルツマンの教えや、ドーマルと彼との関係性については、わずかな手がかりから推察するほかなかった。三つめのブラック・ホールは、ザルツマンの死後「セーヴル・グループ」を率いていたジャンヌ・ド・ザルツマン夫人がドーマルに教授したことの内容である。そこには、ザルツマン自身によっては教えられることのなかった「神聖舞踏」についての記述が含まれていた。

ただし、ここで補足しておきたいのは、編集者ニコレスクの自負とは反対に、今回初めて刊行されたザルツマンからドーマルへの二十五通の手紙を読んでも、ザルツマンの「教え」の内容が明らかになっているようにはほとんど思えなかったという点である。ザルツマンの手紙から確認できるのは、主に彼らの「関係性」である（それが見えてくるという点で、これらの書簡が貴重な資料であることにかわりはない）。これらの手紙からは、ザルツマンがドーマルに対してまったく「師」として振る舞っていなかったことや、彼らの関係がきわめて対等なものであったことがわかる。ザルツマンの口調は一貫して、なんともフランクで、相手を信頼しきったような、あたたかみと率直さを感じさせるものであり（「ずいぶんと、ずいぶんと君のことを考えています」「ね、いいでしょう？　これから君に手紙を書くごとに、オマル・ハイヤームの詩をいくつか送るから、面白いかどうか言ってくださいな」）、これらの書簡をみると、謎の多い人物とされ、残された写真や肖像画をみるかぎり、厳粛でしかつめらしい雰囲気のあるザルツマンが、いったいどうしたら『大いなる酒宴』のトトシャボ老人や、『類推の山』のソゴル師のような、いささか滑稽で「たくましい成熟と、子どものような清新さが奇妙に入り混じった」[28]人物像のモデルになりえたのか、というこれまでの疑問がはらされていくような気がする。

編者であるニコレスクは、一九五二年の『類推の山』の初版にあった「アレクサンドル・ド・ザルツマンの思い出に」という献辞が、一九八一年の決定版では削除されていることを不当と見る立場をとり、この献辞は、のちに親近者によって付け加えられたものなどではなく、確かにドーマルによって付されたものが「理由もなく」削除されたのだとみている。

ニコレスクはその根拠を明らかにしていないが、彼がそのような結論に至ったのは、同じような隠蔽、とはいえなくても、少なくとも削除が、ザルツマン夫人との書簡においても一貫しておこなわれていたことが近年判明したからである。論文集『ルネ・ドーマルまたは永久白熱体』によって初めて完全なかたちで刊行されたザルツマン夫人宛のドーマルの書簡と比較すると、なるほど、これまで流通していたガリマール版の三巻本の書簡集に収録されていたザルツマン夫人宛書簡からは、「体外離脱」の訓練やグルジェフの「ワーク」に関する箇所のみがシステマティックに削除されていたことが確認できる。[29]

書簡集におけるこのような削除をおこなったのが、ガリマール版の編者であるH・J・マクスウェルであったのか、あるいはドーマルの遺族や権利者であったのかはわからない。だが、いずれにせよ、ドーマルの死から数年が経過したのち、「そうしたもの」をパブリックにすること自体を「不適切」だとみなすひとがいたということであり、そこにはおそらく、「ドーマルのようなひと」が「よりにもよって」グルジェフのような思想家に惹かれたことを否定したいという精神の働きがあったのだろう。そして、そのような問いに向き合おうとするよりは、問いそのものを隠してしまおうとする力がどこかで作用していたのだろう。

だが、まさにそのような問いを抱きながら、この問いに向き合おうとしていた意外な人物がいる。パトリック・モディアノである。

パトリック・モディアノ

モディアノは『ある夜のアクシデント』(二〇〇三)と『見知らぬ女たち』(一九九九)の二作にわたって、グルジェフをモデルとした「導師」や、ザルツマン夫人をモデルとした指導者を登場させている。とりわけ『見知らぬ女たち』の第三部で語られる「ボド博士」の思想は、「教え」「ムーヴメント」「ワーク」「グループ」「眠り」「自己への呼びかけ」等々、あきらかに一連のグルジェフ的用語を引用したものである。また、その「教え」の内容も、極端な戯画化や嘲笑に陥ることなく、ほぼそのままグルジェフの教えとして読んでも問題のなさそうなものだ。「曰く、我々は夢遊病者のようなものである。我々が普段している動作はどれも機械的なものであり、それらには何の価値もない。我々は眠りながら生きているに等しい。そのように、動作や思考や感情が機械的なものとなるのは、わずかな数の〈ポーズ〉や〈運動〉が我々を拘束し、それに閉じ込められているせいである。したがってこの状態を脱すべきであるが、それは、ほかならぬ〈自己への呼びかけ〉によってなされるのだ[30]」。

モディアノがグルジェフに関心を持ったのは、ニューエイジ・ムーヴメンツの余波をうけて、六〇年代にふたたびグルジェフ（あるいはグルジェフ的なもの）が流行した際に、その弟子たちがしばしば「ドーマルやリュック・ディエトリッヒのような、身体的に絶望的な状態にある知識人」であることに衝撃を受けたからだという[31]。

モディアノの『ある夜のアクシデント』は、その当時はブヴィエール（グルジェフをモデルとする導師）以外にも「思考の師」や「身も心も捧げつくせるような気のする大いなる導き手」が多数いたのだと語る。そして、語り手は、なぜ自分はそうした「罠」に落ちなかったのかを自問する。そして、自分には「怠惰」と「のんきさ」があったこと、さらに「ごく卑近なものに惹かれやすいところがあった」ことが歯止めになったのだろう、と結論する。モディアノの語り手は、ごく日常的でささいな「具体的な細部」への愛着のために、しばしば高度に哲学的・思弁的な「霊性文化」からは距離をとることになったというのである（「このひとはピンクのネクタイを締めているなとか、彼女の香水は月下香がベースだなとか、カルノー大通りは少しだけ坂になっているとか、そうした具体的な細部に、ぼくは惹かれてしまうのだった[32]」）。

このモディアノによる分析は、いわばひとつの陰画として、なぜドーマルがグルジェフの「弟子」となっていったのかを考えるヒントを与えてくれるものでもある。というのも、とりわけ「根源的な体験」以来、ドーマルの人生は「怠惰」や「のんきさ」とは縁のないものになっていたからである。もともと、ドーマルのテクストには「具体的な細部」や「ごく卑近なもの」への執着といったものがそれほど見られない。もちろん、第二章でとりあげた「糧を探して」のテクストに述べられているように、あらゆる卑近なものごとがそのまま形而上学的な真理へとつながっている、という命題そのものには、ドーマル自身が真っ先に賛同したことだろう。だが、『反＝天空』のようなドーマルの初期の実作は、あくまでも哲学的で理知的で形而上学的なものであり、モディアノの語り手が言うような「具体的な細部」にあたるものはほとんど見当たらないのだ[33]。

では、哲学的・形而上的な思念への親和性が高く、具体的な（文学的な、といってもかまわない）ものへの執着が稀薄だったことが、ドーマルにおけるザルツマン／グルジェフ的なものへの親和性を用意したのだろうか、というと、話はそこまで単純ではない。ドーマルのテクストにおける思弁的な傾向は、むしろ後期にかけて後景に退いてゆくからだ。つまり、グルジェフのような神秘家に接近していることを周囲に心配されていた「神秘主義期」においてこそ、ドーマルのテクストには生活の匂いや日常の手ざわりが感じられるような、心躍る細部が書き込まれるようになっているのだ。「真理の探求」がまといがちな閉鎖性やしかつめらしさ（モディアノの語り手が受けつけなかった「高度な哲学性」）は、ドーマルの「グルジェフ期」にはむしろ見当たらず、あたかもそうしたものとバランスをとろうとでもするかのように、後期になればなるほど、ドーマルの作風は、しだいに親しみやすく、快活で、のびやかなものになってゆく。

だとすれば、モディアノが「罠」と呼んだものに、ドーマルは落ち込んだことになるのだろうか。ドーマルにとってのそれは「罠」ではなかったか、あるいはドーマルはそれを「罠」ではなかったことにする方法をみずから作り出すことができたということではないか。

ムーヴメンツ

まず、「ドーマルとグルジェフ」という問題を考えようとするならば、第一にグルジェフの著書『ベルゼバブの孫への話』（一九五〇）や、弟子のウスペンスキーがグルジェフの思想をより簡明なかたちで伝えた『奇蹟を求めて』（一九五〇）等の著作群を参照するべきだろう。だが、それがどこまで有効なことかはわからない。一九四四年に死亡したドーマルには、それらの刊行物を読むことはできなかったのだし、ドーマルがグルジェフの教えに惹かれたのは、何よりもまず、それが文字によらない非＝言語的なものであったからだ。「救済」や「天国」のような「物語」（つまりは「想像的なもの」）に頼らず、「全身を弛緩させること」（つまりは「現実的なもの」）によって「死の恐怖」を鎮めた少年の頃から、皮膚視覚の実験に至るまで、ドーマルには一貫して身体への具体的な働きかけという主題があり、ドーマルにおけるグルジェフという問題はまずはその面から考察されるべきだろう。

だが、グルジェフの教えの核心にあるとされる、その身体的な「ワーク」の実際は、直接に教えを受けないものには、わからないとされている。ドーマルは一九三四年八月十六日付のポーラン宛の書簡で、エヴィアンのザルツマン夫人のもとに赴いた理由をこう語っている。「確かに、ここで我々がやっていることを説明する方法はありません。仮にレッスンを見学したとしても、それだけではやはりわかりません。どんなにわずかであっても、とにかく、自分自身でやってみなければわからないのです。自分でやりさえすれば、それが発見そのものであり、信じがたいことが次々に起こるのがわかります。限りなく単純な身体的行為、たとえば歩くこと、あるいは知性の真の働きにいたるまで、すべてが再審に付されます。いっさいを白紙還元せずにいられなくなるのです[34]」。また、このポーラン宛の手紙は、あくまでもザルツマン夫人について語ったものであり、グルジェフについては名前すら出していないことにも注意しておこう。

言葉で読んでも、目で見てもわからないとは言われているものの、グルジェフ流の身体技法について、ここで最低限の要点をまとめておこう。「ムーヴメンツ」とも呼ばれる、その「神聖舞踏」とは、トルキスタン、チベット、アフガニスタン等諸地域の舞踏に源泉をもつものである[35]。リズムや音楽にあわせて演舞されるが、上演が目的ではなく、真の目的はあくまでも「ある種の知識の伝達」と「調和的な存在状態を達成すること」にある。舞踏は、活発なものから緩慢なものまで、男性向けのものや女性向けのもの、祈りや呼びかけを含むもの等、さまざまな種類があるが、とりわけ特徴的なのは、頭、腕、手、足をそれぞれ別の拍で動かしたり、「日常生活ではほとんど見られないような、不自然かつ反習慣的なしかたで身体を動かすこと」である。これをおこなうためには、高く持続した注意力を各箇所に自由に配分し、しかも「自分自身を想起」したままでいる必要がある。たとえば、右腕と右足を同時に動かすとか、両目を頭の向く方向と正反対の方向へ向けるなど、一つ一つの動きにおいて、日常の身体的な習慣と対決することで、新たな自由の可能性を獲得しようとするものである。

この「ムーヴメンツ」の発想からもわかるように、グルジェフの教えの目的は、長いあいだの生活習慣によって「機械化」している行動、思考、感情の束縛を解き放つことにあった。通常の状態において心身は、ある動作に続いて生じるのはある動作、ある身ぶりをしたときにはある感情、というように、決まりきった連鎖の作用を受ける。だが「ムーヴメンツ」は、この連鎖を断ち切ることによって、新たな意識や注意力を呼び覚まし、それまで体験したことのない感情や感覚を体験させるのだ。

ここで指摘しておきたいのは、この発想が、すくなくとも理論的には、ドーマルが「根源的な体験」を繰り返していた時代にすでに組み立てていた理論と、完全な相似形をなしているということである。「窒息あるいは不条理な明証性」において、ドーマルは新たな思考を獲得するためのプロセスをざっと次のように述べていた。すなわち、西欧近代における大半の人間は、決まりきった思考の論理形態にとらわれているため、不条理なものが直観に与えられても、眠り込むだけとなる。通常の論理形態から解放されたもの、すなわち不条理なものは、窒息、高熱、麻酔などの方法によっても生理的に創り出すことができる。大多数の人間は、眠り込むか譫妄状態になるかだが、ごく少数の人間は、完全な明晰さを保ったまま、凡庸な論理に還元されない思考のチャンスを見出すことができる(といっても、あらゆる論理ではない。たとえば、反対物の一致という弁証法の基礎となる論理は、そのような場合にむしろ明白な事実となる）。人為的にそのような状態をつくりだしても、例外的な思考ができる瞬間は長くは続かない。精神はそのような思考を受け入れることができるが、思うがままにそれを実現することはできず、その無力さが言葉にならない苦しみとなる。だが、いわば一種の不正行為によって、そのような新しい思考形態を経験したことがあれば、精神は通常おかれているような思考形態から、徐々に解放されてゆくはずだ[36]。

ドーマルは、このような考えによって薬物を使用し、無自覚のうちに自動的なものになっていた思考形態から解放された思考を手に入れようとしていた。そして、薬物の依存性と危険性を目の当たりにしたことにより、薬物実験から足を洗っていた。したがって、ドーマルは、グルジェフと同じ理論と方法をある意味ではみずから見出していたことになる。だが、ザルツマンによる「産婆術」や、ザルツマン夫人による指導によって、ドーマルは新しい発見をしていた。それは、そうした自動的な動作や慣習は、まさしくそれが無意識のうちになされているものであるがゆえに、自分自身でそれを崩すことは難しく、「外部からの」観察や援助、グループでの取り組みが有効であるということだった。

ザルツマン夫人

ドーマルは、ザルツマン夫人の教えを受けたとき、最初のエクササイズから痛感したことがあった。それは「自分がどれほど阿呆で、のろまで、愚鈍で、記憶力にとぼしく、たったひとつの動作すら正確にできないのか、ほんの数秒間ですら正しく思考することができないのか、なにかを考え出すことはおろか、正しく想像をすることすらかなわず、もっと単純に、ただ聞くということすら、見るということすらできていないのか[37]」ということであった。

自分自身に関する思い込みを払拭し、どれほどぶざまであっても、真の自分に向き合うことこそを最大の課題としていたドーマルにとって、そのようにしてひっきりなしに自分の弱点に直面させられることは、ひとすじの光明を見ることにも等しかった。「しかし同時に(それがなければただ打ちのめされるだけとなります)、ひとつの道が見えるのです。困難で、長い、ほとんど絶望的な道ですが、それでも一本の道です。喉の乾きで死にそうな人間にとっては、たった一滴の水ですら、あふれんばかりの喜びを湛えたものとなるものです」。

ここで補足しておきたいのは、ザルツマン夫人が、グルジェフの弟子になるよりも前に、スイスの作曲家にして「リトミック」の創始者であるジャック・ダルクローズの生徒であったことである。[38] 一九一二年にダルクローズがスイスで学院をひらいた際、その熱心な協力者がザルツマンであり、その最初の生徒がザルツマン夫人であった。そして、ドーマルの書簡によれば、ザルツマン夫人は、グルジェフの身体技法の教授にあたって、このダルクローズ・メソッドを大いに取り入れていたという。

ドーマルによれば、ダルクローズの身体技法は、いっさいの宗教色を持たず、「あえて目的を設けない」(実践者が自分自身で見出す)ところにその特色がある。他者に向けての上演を目的とはせず、実践をとおして自分固有のリズムを発見し、頭と心と体を調和的に働かせることを学ぶ。そして、その感覚を日常生活のあらゆる行動に活かすことできれば、生活の強度や質を変化させ、現実を感じとる能力が高められるというものである。[39]

ダルクローズ・メソッドが実際にどのようなものであったかについては、日本には有名な証言がある。パリのダルクローズ学園で教えをうけ、日本で初めて「リトミック」を教育に取り入れた「トモエ学園」の創始者、小林宗作の教え子である黒柳徹子による『窓際のトットちゃん』だ。とりわけ次の一節を読むと、なぜザルツマン夫人が、グルジェフの「ワーク」を教える際に、ダルクローズの手法を流用することにしたのかがよくわかる。

だから、拍子が、どんどん変わると、けっこう難しかった。そして、もっと難しいのは、校長先生が、時々ピアノのを弾きながら、

「ピアノが終わっても、すぐには変わるな！」

と大きい声で、いうときだった。例えば、それは、初め〝二拍子〟のリズムで歩いていると、ピアノが〝三拍子〟になる。だけど、三拍子を聞きながら、二拍子のままで歩く。これは、とても苦しいけど、こういうときに、かなり、子供の集中力とか、自分のしっかりした意思も養うことが出来る、と校長先生は考えたようだった。

さて、先生が叫ぶ。

「いいよ！」

生徒は、「ああ、うれしい……」と思って、すぐ三拍子にするのだけど、このときに、まごついてはダメ、瞬間的に、さっきの二拍子を忘れて、頭の命令を体で、つまり筋肉の実行に移し、三拍子のリズムに順応しなければ、いけない、と思った途端に、ピアノは、五拍子になる、という具合だった。(40)

ダルクローズの「リトミック」には、まさにグルジェフの「ムーヴメンツ」と同様、あえて不自然で、慣習的でない動きを身体に強いることによって「集中力」や「自分のしっかりした意思」（「自己想起」）を養おうとする発想があった。そしてザルツマン夫人は、その方法を、とりわけ初心者向けの「ワーク」のハードルを下げるために取り入れていたという。

ドーマルとグルジェフ、というと、しばしば厳しい肉体訓練のために衰弱したドーマルがついには左耳の聴力を失ったことや、結核の症状が悪化して死期を早めたというような悲劇的なことばかりが語られがちだが、

ザルツマン夫人の指導に合わせて手足を動かしていたときのドーマルは、むしろ小林先生のピアノに合わせて夢中で踊っていたトットちゃんに近いところにいたのかもしれない。

ピーター・ブルック監督がグルジェフの自伝を映画化した『注目すべき人々との出会い』（一九七九）によって、現在、我々はザルツマン夫人の監修による「神聖舞踏（ムーヴメンツ）」を目にすることができる。だが、「どんなにわずかであっても、とにかく、自分自身でやってみなければわからない」とされているものについて、目で見ただけの人間がなんであれ無責任なことを言うべきではないだろう。いずれにせよ、それは「なんらかの教説を教えたり、ひとつのシステムを押し付けたりするようなもの」ではなく、「自分自身とひっきりなしに鼻をつきあわせられる機会」を与えるようなものであり、だからこそ「自分に嘘をついたり、現実から逃げ回ったりすまい」としていたドーマルにとって、有効なものでありえたのだ。

一度にひとつのことだけ

グルジェフの教えの中心に「ムーヴメンツ」がおかれていたのは、グルジェフが人間の能力の中でもっとも高次のものだとみなしていたものが「注意力（集中力）」であったからである。もし仮にグルジェフの「教え」のなかで、もっとも重要な、もっとも実践的なものをひとつだけあげるとすれば、それは「なにかやるときには全身全霊を打ち込みなさい。一度にひとつのことだけ」というものになるだろう。[41]「一度にひとつのことをやることができれば、それはその人の財産になる」。

だがそれは、言うまでもなく、グルジェフ個人に帰されるような「教え」であるわけではない。ドーマルがその言葉を聞いたときには、確実に『バガヴァッド・ギーター』の章句を思い出していたはずだし（「結果に拘泥せず」「つねに専心して」「なすべき行為をなすこと」）、またそれはドーマル自身が『大いなる賭け』の創刊号にすでに書きつけていたことでもあった。

たったひとつの解放は、ひとつひとつの行為において、自己を完全にささげることだ。自分が人間であるということに同意するようなそぶりをみせるかわりに。[42]

サンスクリット語の「集中する、専心する」という語には「結び付ける（つながる）」という意味がある。なにかに夢中になっているとき、ひとはそのものに結び付き、そのものを通じて、世界へと結び付いている。雑念が消え、深く集中できているときには、自分の身体や精神がばらばらになることなく「ひとつ」になり、自分と世界のへだてが消える。そのような瞬間には、「ひとつ」という真理は、ただ知的に、あるいはただ心理的に了解されるだけではなく、「一」の状態としてみずからにおいて実現されてもいるのだ。内部と外部の現実が実際に「ひとつ」のものとなり（「汝、それなり」）、自分自身もまた、世界がそうであるのと等しく、身体、知性、感情などに分けられることのない、ひとつの全体になる。

自分が今やっていることに専心すること、あるいはグルジェフのいう「自己想起」という考えは、近年にわかに注目を集めるようになった「マインドフルネス」という自己鍛錬法にも通じるものでもある。ヴィパッサナー瞑想から宗教色を払拭した「マインドフルネス」は、グーグル社やアップル社など、欧米系大企業の社員研修にも取り入れられるほど、いわば実利的な効果が認められる心理療法であり、今、この瞬間の体験に意識を向け、とらわれない心で、それをただありのままに見るという、このきわめてシンプルな瞑想法は、うつ病や薬物依存の治療、ストレスの軽減やスポーツ選手の訓練などにも広く取り入れられている。もちろん、なんらかの「リターン」や「効力」が求められた時点で、それは禅や仏教における「瞑想」とは似て非なるものだという指摘が可能だろう[43]。だが、精神に支障をきたした個人においてであれ、競争原理に支配されたビジネス界においてであれ、ある過酷な状況において、ある生命体が切実に「生きのびよう[44]」としたときに、古代から綿々と受け継がれてきた「今ここ」「ありのまま」に「気づく」という処方箋がいまさらのように見直されていることには、浮薄な流行以上のなにかがあるのかもしれない。

師のひとり

もちろん、「ドーマルにおけるグルジェフ」という問題をむやみに相対化すればよいというものではない。実際ドーマルは、身体の衰弱のためにセーヴルでの会合に出席できなかったときですら、「談話」（と呼ばれるグルジェフの言葉の書き起こし）を求め、それを詩的創作の手がかりとしていたのだし、グルジェフそのひとが「隠された知」を知るような人間であるのだということを信じてもいたのだろう。

だが、ドーマルがなぜグルジェフに惹かれたのかという問いについて、ひとつだけはっきりと言えることがあるとすれば、それはグルジェフがなにか特別なことを言うひとではなかったからだということだ。ドーマルの思想的な基盤は、シャンカラの「不二一元論」やプロティノスの「一なるもの」に見られるような神秘主義的形而上学である。その確信は「根源的な体験」を経て、二〇年代にほぼ完成し、生涯ゆらぐことがなかった。したがって、ドーマルがザルツマン夫人の師であるグルジェフを「師」と認め、共に励み続けていたのは、グルジェフがプロティノスや東洋思想における「一の教説」の徒たちとそう異なることを言ってはいなかったからである。「客観的知識の最も中心となる考えの一つは、あらゆるものは一であるという考え、多様性の調和という考えだ[45]」（グルジェフ）。

ウィリアム・ジェイムズが言うように「神秘主義の言説にはいわば永久的な意見の一致があり、〔……〕神秘主義の古典が、誕生日も故国ももたないのは、そのためである」[46]。「個別の体験における誤差のようなものが消えたら〔……〕見者たちが見るものは、つねに同一のものなのだ」[47]（ジルベール＝ルコント）。だから、ドーマルを読んでいると、グルジェフィアンはそこにグルジェフの思想を見、ゲノニアンはそこにゲノンの思想を見、東洋学者はそこにウパニシャッドの知恵を見、さらにヘーゲリアンが読むと、これは全部ヘーゲルだ[48]ということになる。そして、だからこそドーマルは面白いわけだが、そうであるならばそれは、ドーマルの思想をなにか一定の思想に紐付けようとすること自体にそれほど意味がないということにもなる。

「ルネ・ゲノン」や「グルジェフ」は、確かにドーマルの師であった。ザルツマンやザルツマン夫人に至っては、ドーマルの師であり、友人ですらあった。だが、彼らは、ランボーやネルヴァルやポーがそうであったように、ドーマルの「師のひとり」だったのだ。ドーマルは、ザルツマンについて語るとき、「ひとりの師 un maître」とは言うが、「我が師 mon maître」とは言っていない。

ドーマルの「師」たちのあいだには、多くの差異もあるし、現実レベルにおいては具体的な反発や対立すら存在していた。たとえば「一九二八年までには、グルジェフに対する敵意はインテリたちの間で燃え上がっていた」という『グルジェフ伝』の著者によれば、反グルジェフ陣営のなかでももっとも影響力が強かったのは、ほかならぬルネ・ゲノンである[49]。こうしたことからも「師」という存在が、ドーマルにとって「鏡」（自己との戦い）もしくは「扉」にも似た存在であったことがわかる。ドーマルの目がみつめていたものは、つねに、それらの扉の「向こう側」にあるものであり、ドーマルは、それらの扉がすべて奥ではつながっており、そしていずれにせよその扉は、自分自身で開けねばならないものであることを知っていた。

だが、ドーマルの友人たちは、ドーマルが批判力を失って、ザルツマンやその「教え」に心酔しているのではないかと気をもまずにはいられなかった。「あなたがテオゾフ（神知論者）になってしまったという噂がパりでひろまっていて、とても心配しています。あなたの話がでると、どうやら彼はオカルティズムにのめり込んでしまったようだね、と絶望的な調子で言われています[50]」（一九三五年九月七日付のピエール・カンからドーマルへの手紙）。

こうした周囲の反応を見越してでもいたかのように、一九三五年七月にドーマルは『ベット・ノワール』誌第四号で「新しい諸宗教について、そしてさようなら」と題された記事を発表している。それは「反吐の出るような神秘主義、スカトロジックな匂いのするオカルティズム、知識人の阿片にすぎないあらゆる種類のえせ宗教」を弾劾し、「そうした手合いから、逃げ出そう。ペストのように、もはや逃れられなくなる前に」と呼びかける記事であった。つまり、その記事は、はっきりと名指されてはいないものの、ザルツマンやザルツマン夫人は、そうした「吸血鬼の巣窟」とは違うのだ、ということを暗に示そうとしたテクストでもあった。

「奴らの宗教も、奴らの神秘家も、奴らの天文学も、奴らの智慧も、秘儀を伝授された垢まみれの者も、反ユダヤ主義のラマ僧も、糞づまりのブラフマンも、ぼくならば、たったひとつの微笑のために、そっくりまとめて肥溜めの中に投げこんでやろう。不器用ではあっても、自分自身に向き合う忍耐を持ち、沈黙を怖れない、そんな探求者が浮かべるたったひとつの微笑のために。そう、そんなひとがぼくと出会ったならば、とうとう自分と同じ、本物の愚か者を見つけたという思いに、微笑を浮かべるはずなのだ[51]」。

ここで言われている「探求者」が、すでに他界してはいても、ザルツマンそのひとを指しているということは、当時のドーマルを知っていたひとには明白なことであった。また、このテクストから確認できるのは、ドーマルにとっての師弟関係というものが「智慧」や「秘儀」のうえに成立するものではなく、むしろ互いの「愚かさ」のうえで、探求者の微笑みを交わし合えるような、そんな関係のことであったという点である。

最後に、この章の締めくくりとして、グルジェフ、ザルツマン夫人、ドーマルの関係をめぐるひとつの逸話を紹介することにしたい。グルジェフの弟子で映画監督のロベール・リプセによるものである。グルジェフは、ザルツマン夫人とその弟子たちとの会合にやってくると、大変な剣幕で怒りだしたのだという。

グルジェフは、ザルツマン夫人は自分が教えたことをまったく伝えられていない、ザルツマン夫人も無能なら、弟子たちも無能ぞろいだ、と言いました。そして、多くの言語をめちゃくちゃに混ぜた、あらんかぎりの罵倒の言葉を並べたてたのです。皆は、しんとなりました。弟子たちはうなだれていました。そのとき、ルネ・ドーマルがゆっくりと立ち上がって言ったのです。「失礼ながら、もしもザルツマン夫人が我々をしかるべく教授できていないのだとすれば、それはご自身がザルツマン夫人をしかるべく教授できなかったということでありませんか。私自身に関しましては、夫人と修行に励めることを、このうえない幸運だと感じております。ここにいる皆と同じく、私は、ザルツマン夫人の忠実な弟子であります」。ふたたび皆はしんとなりました。すると、グルジェフがザルツマン夫人のほうに振りむいて、共犯者の口調で、ロシア語で言ったのです。「ジャンヌ、どうやら、君の弟子はひとりだけのようだね[52]」。

師の師であるようなひとに対してこのようにふるまうことができるためには、精神が完全に、したがって師に対しても含めて、どこまでも自由で、フラットでなければならない。だからこそグルジェフは、ドーマルを「真の弟子」だと認定したのだろう(サンプリスト時代のドーマルの綽名「ナタナエル」が「弟子のなかの弟子」を意味していたことが想起される)。だが、それがどの程度までグルジェフの想定内のことであったのか、それともグルジェフがドーマルの反応を受けたうえで、その場でとっさに返答を返したのであったのか、それはわからない。

第5章 『反＝天空』から『聖戦』へ

このところ、僕のまわりでは何もかもが光だ。なぜかはわからない。特別な才能や幅広い知識に恵まれているわけではないけれど、ぼくはあらゆるもののすぐそばにいるんだ(1)

――ミシェル・ファルドゥーリス＝ラグランジュ

夢のなかでは、喋ることと光ることは同じこと。お会いしましょう(2)

――穂村弘

ふたつの『反＝天空』

一九三二年末に〈大いなる賭け〉が解散するとすぐに、ドーマルはインドの舞踏家ウダイ・シャンカルの広報係として、アメリカに旅立った。到着したのは、経済恐慌の打撃を受けたニューヨーク。ドーマルがその地で書き始めた寓意的小説『大いなる酒宴』は、〈大いなる賭け〉時代の自己への決別の書であり、一九三〇年代に全世界に広まろうとしていた「アメリカン・ウェイ・オブ・ライフ」への拒絶の書でもあった。『大いなる酒宴』の成立事情やその作品世界についての詳細は、翻訳の「訳者解説」で述べたことがあるので、本書では繰り返さない。

『大いなる酒宴』が脱稿した一九三五年に、ドーマルの生前唯一の詩集『反＝天空』が「ジャック・ドゥーセ賞」を受賞するという出来事が起こる。『反＝天空』の刊行が一九三六年であるのに、その前年に賞を受けていることについては、若干の説明が必要だろう。

『反＝天空』は、一九二五年から三〇年のあいだ、つまりアヴァンギャルド期に執筆されたドーマルの詩を集めたものである。これが、本来ならば、一九二九年にクラ書店の〈大いなる賭け〉叢書の一冊として刊行されるはずだったところ、書店主のレオン・ピエール＝カンから叢書の監修をまかされていたジルベール＝ルコントの薬物中毒が進み、企画全体が頓挫した。その後、一九三二年にふたたび『反＝天空』はサジテール社の〈クラブ・デ・ソワサント〉叢書の一冊として刊行される見込みとなったが、この時も、出版社の経営状況のために刊行まで至らない。それでもピエール＝カンはあきらめきれずに、一九三三年にカイエ・リーヴル社に働きかけたが、これも失敗に終わった。

そのような事情から『反＝天空』は、長らく「知るひとぞ知る」未刊の詩集となっていたわけだが、それが一九三五年にジャック・ドゥーセ賞を受賞したのは、ドーマルの経済的な困窮を救済するために、賞そのものが創設されたためである（審査団には、アンドレ・ジッド、ポール・ヴァレリー、ジャン・ジロドゥーがいた）。翌三六年、ついに『反＝天空』の初版が〈カイエ・ジャック・ドゥーセ〉の一冊として、パリ大学出版から三百十五部のみの限定版として刊行された(3)。

このような込み入った書誌情報など書かずにすませられれば一番よいのだが、『反＝天空』の場合には、その点を理解していないと、三五年に書かれたドーマルの序文の意味がわからなくなる。刊行までに七年もかかったこれらの詩篇について、ドーマルは「今では詩という名前で呼ぶことに、強い抵抗を覚えている」と言い、それにもかかわらずこの詩集を刊行することに決めた理由を次のように説明している。

この詩集を発表すべきかどうかについては迷いがあった。誰でも一瞬のうちに泳ぎを覚えられるものでないのはわかっているし、まずは手足をばしゃばしゃと動かして、水の中にいることを楽しみ、体の動かし方を会得したうえで、渡るべき河があるのだということに気がつくものである。とはいえ、泳ぎの練習をしている姿は、あまりひとにみせるものではない。だが、ぼくが信頼している幾人かの友人が言うには、この詩集には、本当に目指すべき岸辺を見つめるまなざしがあり、そこにある言葉はもはやぼくに属してはいない、それは、他のひとたちの役に立つかもしれない、ということだった。

そして悩んだ末に刊行に踏み切ったものの、ドーマルは当初の原稿から、なんと四十篇もの詩をカットしているのだ。残された詩は十九篇のみ、つまり三分の二以上の詩が削除された計算になる。すでに同じ詩集と呼んでよいのかどうかためらわれるほどの改編がなされたわけだが、逆にいうと、残された十九篇は、ザルツマンとの出会いやアメリカ行き、『大いなる酒宴』の執筆を経てもなおドーマルによって、一定の価値を認められた詩篇だということになるだろう。[4]

どのような詩がはじかれ、章分けがどう変化したかについては別に詳細な検討が必要になるだろうが、[5]残された十九篇のうち十二篇までが、初版の第三部「死とその人間」から採られているという点は指摘しておきたい。この偏った選択のしかたから、ドーマルが序文で「それだけは鎮めることができなかった、おそらくたったひとつの懊悩」と暗示しているものが、まずは「死」をめぐる懊悩であったことがうかがわれるからだ。

これらの詩篇は歌というよりは、叫びに近いものだ。もっとよいものがやってくる前の、圧抜きのようなものにすぎない。ぼくは、もっとよいものを見つけた。吐き出すようにして書かれたこれらの詩篇では鎮めることのできなかった懊悩の大半をやわらげてくれるような、もっとよい、もっとシンプルなものを。けれども、それらの懊悩のうち、たったひとつのものだけは、それが外部からやってくるものであるがために、ついに鎮められることはないだろう。まだ萌芽状態のものであるとはいえ、これらの詩篇は、そのような懊悩の痕跡であり、その痕跡こそが、その他の部分の刊行をも許すものであるように願っている。

この序文は慎重に読まれねばならないものである。ドーマルの言っている「もっとよい、もっとシンプルなもの」が、一九三〇年以降のザルツマンとの出会いによってもたらされたものを指していることは間違いない。だが、肝心なのは、次のことだろう。ドーマルは、それですら、やはり「たったひとつの懊悩」だけは鎮めることができなかったと打ち明けているのだ。だとすれば、この「序文」は、後期ドーマルがグルジェフ流の修養法その他に励みつつ、なぜそれでもそれだけになってしまうことがなかったのか、なぜ筆を折ることなく、それでも「書く」ことを選んだのかという問いへの、ひとつの手がかりとなってくる。

『反＝天空』の詩篇「文明」の最終行は「そしてぼくはもう、息をすることもできない」というものだが、ドーマルは三五年に、その詩に「その後、ぼくはまた息を吹き返した」という「註」を付している。「根源的な体験」の末尾で、哲学への沈潜から自分を引き上げ、自分のための「門」を示してくれる人物が登場するのと同様、この「註」もまた、ザルツマンとの出会いがどれほどドーマルにとって決定的な救済として働いたかを証言している。

だが、それにもかかわらず、ドーマルには「たったひとつの鎮めることのできない懊悩」があった。それを「死」をめぐる懊悩と言いかえてしまったが、それはただ「死がこわい」というような不安のことではない。死をめぐる懊悩とは、生をめぐる懊悩のことであり、宇宙のなかに孤独に生存することに目覚めてあることである。そして、その目覚めのなかには、その孤独ゆえにこそ、その孤独にもかかわらず、なにか限りなく大きなひとつのものへと向かって上昇し、融合しようとする根源的な情動が含まれている。ドーマルの後期の作品は、そのやむにやまれぬ上昇の運動を、自分の場合には「言葉」というものによって刻みつけなければならないという再認識を根源にもっている。

もともとドーマルが身体的な修養法へと向かったのは、「言葉」への苛立ちからだった。「ぼくは長年の間、自分に関するアクティヴな知識を得るための非＝言語的な方法を探していた。(〈大いなる賭け〉の時代やそれよりも前だ)。ぼくは神秘主義だのエゾテリスムだのに首をつっこんでいた。だが、そこにあったのは、言葉、言葉、言葉だけだった。最良の場合ですら、そこには、誰かがやった実験結果があるだけだった[6]」。だが、その苛立ちを鎮めてくれるような非＝言語的なテクニックに出会ってからも、ドーマルは「言葉」を手放したわけではなかった。「ワーク」と詩的創作は、補完的な関係にあった。ドーマルは、なぜ自分がザルツマン夫人のもとに赴くのかをピエール＝カンに説明した書簡でこう書いている。「この生まれたての共同体で、他のみんなが伸ばそうとしているテクニックは、とりわけ音楽とダンスですが、ぼくの個人的なテクニック――ぼくが自分自身のために創りあげようとしているテクニック――は、〈ポエジー〉です。だから、みんなの中にいても、なにか個人的でささやかな仕事をおこなっているような感じがあります。また逆に、ぼくが取り組んでいる詩的表現の技術的な問題を探求するには、ここで励むことが唯一の可能な道なのです[7]」。

「大いなる詩の賭けのための小鍵集」

ここで『反＝天空』の巻頭におかれた長詩「大いなる詩の賭けのための小鍵集[8]」を検討したい。これは、序文でドーマルが「詩的創造に関するエッセイ」と呼んでいるものであり、前期ドーマルの詩論《アルス・ポエティカ》の集大成ともいえる作品だからである。執筆は一九三〇年秋、『大いなる賭け』第四号の準備期にあたるため、内容的には同号に収録されるはずだった「窒息あるいは不条理な明証性」と重なる部分が大きい。

「大いなる詩の賭けのための小鍵集」は全体が三十二の断章からなり、各断章は宇宙論的なアフォリズムにも似た「短詩」と、その「解説」から構成されている。決して読みやすいテクストではないが、落ち着いて解読すれば、全体の構成はむしろ図式的なほど明快で、そこには「(言葉にならない)ことば」と「(混沌とした)息」とが融合することによって、ついに「詩」が生成するという物語が読みとれる。「小鍵集」の第一断章は、こう始まっている。

一なるものがやってきて、言わねばならない。ほら、ものごとはこうなっている。
このことが示されさえすれば「私が光をつくった」と言いうるような存在など、どうでもよいものとなる。
そう、光もまた、誰のものでもないのだ。

『旧約聖書』「創世記」の「光あれ」を踏まえたものだが(ただし類似の物語はキリスト教以外の聖典にもある)、「光あれ」と言ったとたんに、その光は、その「ことば」を発したなんらかの存在との特権的な結び付きや、所属の関係に入ることになる。ドーマルはまずそのような存在としての創造主(光よりも前に存在するもの)を棄却し、「光は誰のものでもものない」という命題を提示する。ドーマルが求めているものは「ものごとはただこのようになっている」という、どのような主体にも属さない光(=真理)であり、そのことを裏付けるように書かれたのが、この一節に付された次の「解説」である。

以下に続く「小さな鍵」に、もしもなんらかの真実が含まれているとしても、ぼくはそれに署名をしようとは思わない。それは、315.789.601+2.210.333=317.999.934という命題を初めてはっきりと示した人間が、ほぼ間違いなく、このぼくであるのだとしても、それに署名しようとは思わないのと同じことだ。

以下に続く詩において「ぼく」という語が使われるにしても、それは形而上的な存在、いやむしろ弁証法的な瞬間を表すものにすぎず、ぼくという人間を表すものではない。

ドーマルは、言葉（光）が自分に属すという所属の関係を拒むことによって、匿名的な真実（光）を求めた。そして誰にとっても真実ではあるけれど、正確にそのような形で明示した人間はいなかったという匿名的な真実の一例として、このやたらと桁数の多い足し算を示す。「大いなる詩の賭けのための小鍵集」が問題とするのは、幾何学や自然科学におけるような、非人称的な真実なのだ。

だとすれば、一から三十二までの数字が打たれた断章という「小鍵集」のスタイルそのものが、スピノザの『幾何学的秩序で証明されたエチカ』（正式名称）を手本としたものなのかもしれない。二百五十九個の「定理」によって語られる『エチカ』はユークリッドを手本としている（『神学政治論』第七章）。また『エチカ』では、「定理」のあとに「備考」が続くという形式が繰り返されているが、これも「大いなる詩の賭けのための小鍵集」における「警句的な詩」と「その解説」というスタイルの源泉なのかもしれない。

非人称的な真実という問題系は、たとえば『反＝天空』第三部のタイトル「死とその人間」にもうかがわれる。通常であれば「人間とその死」となるべきところが、「死とその人間」となっているのは、主体がもはや人間ではなく、死という現象であることを示唆している。「反＝天空」とは、「人間」や「私」がすでに主体ではない世界、すなわち「反＝世界」を語った詩集なのだ。

これは「花が存在する」と言うべきではなく、「存在」が「花」すると言うべきだ、というイスラム神秘主義のイブン・アラビーの言葉を想起させる（存在一性論）。あるいは、「走っている犬」ではなく、「犬っている走り」とも言えるはずだという、ミシェル・レリスによる隠喩論（『ドキュマン』誌第三号）も、これと同じ直観に根差すものだろう。[9]「隠喩」という詩的フィギュールはそれ自体が、究極的には、「すべてがすべてでありうる」（「汝それなり」）という世界観の言語的な表明であるともいえ、なぜ詩人と神秘家、詩と形而上哲学が通底するのかという問いへの部分的な答えをここに見出すこともできるだろう。主体の放棄。あるいは消滅。このような世界認識は「わたしにおいてなにものかが考える[10] On me pense」と言ったときのランボーの確信や、「銅が目覚めてみてラッパになっているとしても、銅が悪いのではまったくありません[11]」という彼の言葉とも無縁ではない。個性や人格をそなえた主体としての「私」が思考するのではなく、私という「場」に思考が宿り、結ばれてゆく。ドーマルの世界観の基盤となった、ヴェーダーンタ哲学における不二一元論もまた、「出来事は起こり、行為はあるが、行為者はいない」と説く。[12]

見る／語る

「大いなる詩の賭けのための小鍵集」は数十ページにわたっているので、本書ではハイライトのみを示しておきたい。まず最初に気がつく特徴的なことは、この詩においては、「見る」という動詞が、つねに「語る（もしくは言う）」という動詞と対比的に使われていることである。第二章でも触れたように（あるいは「見者」という一語に顕著であるように）「不可視の世界」が問題になる際には、逆説的に「見る」という動詞が特権視される。それは「見る」という瞬間的な（その時の）行為と、「語る」という時間軸上の（事後の）行為が、あらゆる点において対極的なものだからだろう。神秘主義の根底にある「語りえない」ものは、それが「語りえない」ものだからこそ、「だが、見えてはいる」ということをいっそう強烈に感じさせる。「根源的な体験」を語ったドーマルのエッセイは「窒息あるいは不条理な明証性」と題されているが、その「窒息」とは、薬物による文字通りの窒息感と、その体験によって「見た」ことをどうしても言語化できないという、精神的な窒息感の両方を指すものである。フランス語の動詞「見る」には、英語と同様「理解する」という意味があるが、目が見た明白なこと、すなわち確かに「理解」したことを言葉が示せないときに、「息」はつまるほかはない。ドーマルは、その言葉を奪うような「明白事」を「不条理な明証性 évidence absurde」と呼んだ。おそらくドーマルはこの「明証性・明証事」（一目瞭然のこと）という語を書きつけるたびに、ラテン語の「外側に e ＋見える videre」という語源を聞きなしていたのではないだろうか。

「不条理な明証性」という一語を含む第二十節を引いてみよう。

> いと高き天の頂に至上の目をおいて、見よ。
> その天頂から、至上の「我」を発するのだ。
> まじりけのない視覚から、光が湧きだし、輝く。
> その光は、不条理な明証性に輝きわたる。これほどにも確かなのに、それに見合った言葉が見つかるはずもないということがこれほどにはっきりとしており、にもかかわらず、そのえもいわれぬ一語を探しもとめる苦しさ——不条理だが明白なそのことを名指せるはずのたったひとつの「ことば」を探す苦しさ——によって、その光は、輝きわたる。

目がはっきりと見ているもの（エヴィダンス）に、言葉が追いつかない。その不安（窒息）のさなかから、それでも言葉が湧きだしてきたときに、その言葉はかろうじて「詩」となることができる。ただし、繰り返しになるが、それは、なにか甚だしく極端で圧倒的なことだから言葉にならないのではなく、「目」が見ているものが、そもそも「一」であるような、いっさいの分節を拒むものだからである。「言葉」は、抜きがたい相対性と二元性、すなわち差異をその本質とするため、目が見た「一」を表現できない。神秘家はそのとき、沈黙へと向かうが、詩人はそこで、それでも言葉へと向かおうとする（これはロラン・ド・ルネヴィル『詩的体験』の結論でもある）。

なぜ詩人は言葉に向かうのか。『類推の山』の「覚書」は、高所を知った人間は、必ず低地に降りてこなければならないからだと語る。「だが、彼は、自分が見たもののことを覚えており、それが今もなお彼を導くのだ。もう、見ることはできない。だが、まだ知ってはいる。そして彼は、自分が見たものについて証言できるのだ(13)」。

ジョゼフ・シマ

不条理な明証性に輝く光。矛盾そのものでありながら、一であり、全であるような光。ドーマルが言語化しようとしたその「光」は、〈大いなる賭け〉の真髄をもっとも精妙に視覚化していたとされるジョゼフ・シマのテーマでもあった。以下しばらく、シマの探求を通して、ドーマルの「光」を考えてみることにしたい。

シマは〈大いなる賭け〉の崩壊後、一九五〇年代に入ってから「光の時代」と呼ばれる抽象的な作品群を描くようになる。独特の浮遊感は以前のままだが、画面からは名付けられるような形象が姿を消してゆく。だが、ぎりぎりまで抽象へと近づいてゆきながらも、シマの画面には、やはり、閉じきらない描線で示される、薄片のような「なにか」がうっすらと存在している。あたかも水と水滴の関係のように、そのかぎりなく弱々しい「なにか」は、「個なるもの」が原初の「一なるもの」と異なるものではないことを示しているかのようだ。正体はわからない。だが、確かにそこにあるそのものは、限りない頼りなさを湛えながらも、原初の光のなかで、原初の光として、今にも溶けだしそうになりながら、ふるえている。

今まで峻別されていたあらゆる事物の形象はその尖鋭な存在性を失って仄かになり、ついにはいまにも消滅せんばかりのかそけさとなります。いわゆる「本質」なるものによって作り出されていた事物相互の境界線は取り除かれ、いろいろな事物の輪郭はぼやけてきます。そして今ではほとんど区別し難くなったものたちが互いに浸透し合い、とうとう最後には全く一つに帰してしまいます。それが「一者」の次元です。[14]

この「一者」の次元こそが、シマが捉えようとしていたものである。ただし、ここに引いた一節は、実はシマによる言葉ではなく、シマの絵についての言葉でもなく、座禅体験による観想の深まりを描写した、井筒俊彦の『意識と本質』の一節である。だが、井筒が描写した次元とは、まさにそれが何についての言葉であるかということをもはや無化してしまってもかまわないような次元の話であり、実際、シマの作品が現勢化しようとしていた境地を、これほど生き生きと正確に描写した文章はほかに見たことがない。

「球雷」という稀有な自然現象を目にした原体験をもつシマにとって、「物質の一元性」をえがくことは、文字通り「物質となった光[15]」について思考することであった。「あらゆるものの一元性とは、物質の一元性のことであり、そのもっとも精妙なあらわれが光なのだ。光といっても、ものを照らしだす神秘的な流体のことではなく、ものの存在をつくりだす力としての光だ……。光とは、ふるえのことだ。そして、さらにこうも言ってみたい。いかなる物質であれ、光の速さでふるえれば、それは光になるのだと。それは、輝きになる。ちょうど、振動することによって、音が生まれるのと同じように[16]」。

このシマの直観は、「ものを照らす太陽ではなく、ものを見る太陽」というドーマルの言葉と響き合っている。ドーマルはまた「覚醒状態では、光はいわば超越的な光源から発し、光と形態は区別され、形態は自らの闇のなかに取り残されるのに対し、夢のなかでは、光は、あらゆる形態に内在する」[17]ということをひとつの事実として述べている（これは、おそらくネルヴァルによる『オーレリア』の次の一節をふまえたものである。「誰でも知っているように、夢のなかで太陽をみることは決してないが、しばしば、それよりも強烈な明るさが感じられる。事物や物体はみずから光っているのだ[18]」）。

物質に内在する光。ものの存在をつくりだす力としての光。夢と薬物実験と宗教的な観想状態は同じものではないが、どこかでつながってはいる。メスカリン実験の際にハクスリーは「内なる光に輝き意味を充填されて、その重みにうちふるえている一束の花」を見た。「私は花を見つめつづけた。すると、生き生きとした花の光の中に質的に呼吸に相当するものが認められるように思えた」と、光の息遣いについて語っている[19]。

ハクスリーのメスカリン体験で注目するべきなのは、その「光」の認識が、絵画作品を見つめることによって深まっているところだろう。おそらく、絵画というジャンルには、ただひとつの同じものが同時にあらゆる多なるもの、個別の、雑多なものでもありうることを、「筆触」という手段で表現できる強みがある。たとえばフェルメールの筆触は、洋服の襞と、少女の頬と、椅子の鋲の質感を、それぞれ完璧に描き分けながら、すべてを同じトーンのうちに、同じ光のなかで表現できる。〈大いなる賭け〉がシマの作品をグループの「灯台」とみなすことができたのも、シマの画面で実現されている統一《ユニテ》感が、個別の事物にひそむ宇宙の単一《ユニテ》性を直覚させるものであったからだろう。

光の一元性

こうした詩人たちや画家たちのヴィジョンを「物質のすべては光[20]」という語に示されるような、近年の量子力学の成果に引き付けて考えることは、おそらく乱暴にすぎるのだろう。だが、あらゆる物質における「一元性」が「光」においてこそもっとも精妙に顕れているのだというシマの直観は、量子力学の精髄ともいわれる「二重スリット実験」で確認される「光の二重性」の性質を否応なく想起させる。

「二重スリット実験」とは、板に二本の細いスリットをあけて、その隙間のどちらかを通り抜けられるようなごく微小な光（光子）をひとつずつ放出し、向かいの壁に印された光子の痕跡を観察する実験である。すると「光」には、粒子性（空間の一点にしか存在しない）と波動性（空間に広がりゆく）という、絶対に両立しえないはずの二つの性質が同時に存在していることが確認される。いかにしてそのような共存が可能となっているのか？　光子は、ひとつずつ、確かに「粒」として放出されているのに、なぜその痕跡は「波」の性質を示す縞干渉を示しているのか？　しかも、この謎を解明しようとして、光子がどちらのスリットを通ったのかを検出しようとすると、光は粒子としてのふるまいのみを示し、縞干渉は消えてしまうのだ。そこで検出をやめると、そこにはふたたび縞干渉があらわれ、波動性を示しはじめるという。光はいったい、粒なのだろうか、波なのだろうか[21]？

科学の常識をくつがえし、我々の思考の枠組みそのものを揺さぶらずにはいないこの「光」のふるまいは、現在に至るまで、完全には解明されていない。だが、それは、通常の言語による切り分けによっては成立しえない、矛盾律を攪乱するような事態であり、それがほかならぬ「光」にかかわる現象であることが我々の興味をひく。

常識的な世界では起こらないことになっている、いわゆる超常体験には、しばしばなにか大きな光に襲われたり貫かれたりするという「光の体験」が含まれている。これは古代の神秘家たちによる超越体験から、多くの一般人が報告している臨死体験や体外離脱などの報告においても一貫して見られる特徴である。ドーマルもまた「根源的な体験」において、空間全体が微細な「閃光」に占められてしまったというヴィジョンを報告している。また、そのテクストの末尾で挙げられている『バガヴァッド・ギーター』における神的存在の啓示、エゼキエルの夢、パトモスの聖ヨハネのヴィジョン、『チベット死者の書（バルド・トドゥル）』、『楞伽経（ランカーヴァターラ・スートラ）』は、どれもことごとく、燦々たる光輝の現れを語るテクストである。未刊行のエッセイ「反抗と諧謔」でドーマルは言う。「ぼくの生が本当の生になるためには、ぼくの生がそのような光に照らされていなければならない[22]」。

「そのような光」について、ここでやはり、光の哲学者プロティノスと光の経典『華厳経』が描きだす世界のことを喚起しておきたい。プロティノスが生命の根源であるとする「一者（一なるもの）」とは、すなわち「光」のことにほかならず、『華厳経』もまた、ひとつひとつの塵のなかに、無量の光明があることを説いている。井筒俊彦は、プロティノスがその合一体験の際に得たヴィジョンを「『華厳経』の存在風景の描写そのまま」であるとし、『エネアデス』の一節を次のように翻訳している。

あちらでは、すべてが透明で、暗い翳りはどこにもなく、遮るものは何一つない。あらゆるものが互いに底の底まですっかり透き通しだ。光が光を貫流する。ひとつ一つのものが、どれも己れの内部に一切のものを包蔵しており、同時に一切のものを他者のひとつ一つの中に見る。だから、至るところに一切があり、一切が一切であり、ひとつ一つのものが、即、一切なのであって、燦然たるその光輝は際涯を知らぬ[23]。

もちろん、量子力学によって科学的に確認されている「光の二重性」の性質をもって、こうした「光」のもつ超言語的な特質を正当化しようとか、「今ここ」という空間の一点にしか存在しないはずの「私」が、同時に「無限」の空間へと拡散してゆく存在でもあったといった、神秘的体験に典型的な言説（いっさいの非＝二元的な言説を）をここで正当化しようというのではない（そもそも光子は「同時に」ふたつのスリットを通りぬけたわけでもなければ、ひとつの光子がスリットを通りぬける瞬間にふたつに分かれたわけでもないのだから）。もとより、そうした言説のもつ真実性とは、科学的な言説こそを最終審級であるかのごとくみなすような態度とは、徹頭徹尾無縁のものであり続けるだろう。だが、さまざまな種類の神秘体験を特徴づけ、「一元論（非＝二元論）」の核心をなす「光」というものが、現に二元性を超越する性質を示していることが確認され、しかもなぜそのようなことが可能になっているかが解明されていないということが、我々の思考を刺激してやまないのだ。

『類推の山』の「案内人」は、確かにこう言っていたはずだ。「これは本当のことですよ。あなたがたのお伽噺や、あなたがたの科学理論と同じように[24]」。

本当の「聖戦」

非人称的で形而上学的な真実を言葉にするという「大いなる詩のための小鍵集」に比べると、後期の「黒い詩と白い詩」や「聖戦」のような詩は、ずっと倫理的なものになる。「黒い詩と白い詩」については『大いなる酒宴』の「訳者解説」で取り上げたこともあるので、本書では「聖戦」について取り上げたい。「聖戦」という語は、「ジハード」の訳語であるという印象が強いが、文字通りに取れば単に「聖なる戦い」という意味であり、発表当時の書評においても、これをイスラム教に関連させたものはなかった。

だが、ドーマルの「聖戦」は、やはりイスラム教的な意味での「ジハード」を意識して選ばれたタイトルである。そのことは、一九四〇年十二月二十九日付のエミール・デルマンゲム宛の手紙からもわかる。「……ほかならぬあなたにこの一冊をお送りしたのは、あなたならば、この詩が何のことを言っているのかを——ぼくはまだいかにも不器用にしか言えていませんが——わかる、ということをぼくが知っているからです[25]」。

エミール・デルマンゲムは、『マホメット伝』（一九二九）、『イスラム聖人伝』（一九四三）の著者である。また、ドーマルの弟ジャック・ドーマルによれば、ドーマルがイスラム教に触れるようになったのは、デルマンゲムを通してであった。つまり、ドーマルがここで言っているのは、この詩の真意は、まさにデルマンゲムであればわかる、ということであり、ここでいう「聖戦」は、「イスラム教徒の異教徒に対する戦い」という、一般に知られている意味での「ジハード」とは違うのだ。「ジハード」とは、元来「奮闘・努力すること」という意味であり、武力や暴力による戦いを指すものではない。

伝承によれば、ムハンマドは、異教徒との戦いを終えて日常生活へと帰還する際「我々は、小さな戦いから、より大きな戦いへと戻る」と言った。「より大きな戦いとは、どのような戦いであるか？」と問われたムハンマドは、「自分自身に対する戦い」であると答えた。打ち壊すべきものは、異教徒における偶像崇拝だけではない。我々のうちにひそむ悪しき欲望、利己心、怠惰、不誠実なども、それに劣らぬ偶像である。

このときムハンマドが、空間的にはより大きなものである「戦争」ではなく（小ジハード）、ひとりひとりが心のうちでおこなう戦いこそが「より大きな戦い」（大ジハード）なのだ、と言った点が肝心だろう。個人の内部で戦われる戦いのほうが、じつのところは、より困難で、より神聖で、より大きな戦いなのだ。

デルマンゲムは、ドーマルの「聖戦」が、この「Moujahada（大ジハード）」を指すということを正確に読み取ることのできる読者だった。「それは、情念にとらわれた魂に対する戦い、自分に関するあらゆる幻想に対する戦い、絶対以外に本質的な存在があるかのように思い込むことに対する戦いである[26]」（デルマンゲム）。

「一九四〇年、春」

まずは、詩の末尾に記された「一九四〇年、春」という記述に注目しよう。この詩は、第二次世界大戦が勃発したものの、独仏戦線はほぼ戦火をまじえないまま膠着し、「奇妙な戦争」と呼ばれる期間が九カ月ものあいだ続いたのち、とうとうドイツ軍の進撃によって終わりを告げようとしていた、そんな時期に書かれたのである。

一九四〇年六月二日付のドーマルからレーモン・クリストフルール宛の書簡には「数週間前に書いた、詩のようなもの」[27]という言葉がみえる。これだけでは、執筆がなされたのが、それから一カ月ほど前の五月十日のドイツ軍による進撃の前であったのか、それとも後であったのかを正確に知ることはできない。だが、少なくともこの記述は、「聖戦」の執筆が、その後わずか五週間でフランス軍が壊滅し、パリを含むフランス北部の住人たちが、ドイツ軍の来襲を恐れていっせいに南へと避難する「大脱出」が始まる前であったことを我々に教えてくれる。

ドーマルもまた、六月十一日の明け方、パリ近郊の村シャトネを離れ、友人の車で南への避難を開始したのだった。ユダヤ人であった伴侶のヴェラのほか、同じ車には、ダダイストのトリスタン・ツァラも乗っていた。ピンサックでツァラと別れ、六月十八日にカオールに着いたときには、すでに食料も金銭も底を突いていた。ドーマルの両親の助力により、その後、ドーマルはガヴァルニの山奥で体力を回復したが、マルセイユまで到着したのは九月二十七日だった。その三カ月半ほどのあいだ、「聖戦」の手稿はずっと荷物と共に運ばれていた。

当時ドーマルは、報酬が出ない場合には原稿を書かないというルールを自分につくっていた。これは、病身のために文筆業以外の仕事に従事できず、経済的にもひどく困窮していたという事情によるだけではない。報酬という条件を引き受けることによって、仕事に甘えがまじることを避けたのである。この原則はきわめて厳密に守られており、時に無報酬でも応じたい依頼があった場合には、その依頼を断る返事の手紙のなかに、直接その依頼への応答となるような文章を書き込み、それを公開書簡にして原稿に替えてもらう、という手段をとっていたほどだ。ところが、「聖戦」に関しては、このルールとは無関係に、たとえ無報酬でも絶対に出版しようと考えていたのである。

そこへ折よく届いたのが、アルジェリアの文芸誌『フォンテーヌ』の編集長マックス＝ポル・フシェからの手紙であった（十月二十日付書簡）。ドーマルと面識こそなかったものの、かねてからドーマルの仕事に注目していたフシェは、なにか寄稿したい原稿はないかと問い合わせた。「まさに今、手元に詩がひとつあるのです」とドーマルは答えた。「正確にいうと、ところどころで詩へ向かおうとする散文――歌物語のようなもの――ですが、必ずどこかで発表したいと考えています。これまでに自分が書いたもののうち、これほど世に出したいという欲求を切実に感じたことも、これほどその理由がはっきりしていたこともありません。ですが、詩としてはかなりの長さがあり（『フォンテーヌ』誌ならば、七、八ページになるでしょう）、今のところ、手書きの原稿が一部あるだけなのです」[28]（一九四〇年十一月二日付）。

当時はまだ、原稿をタイプするか、写しをつくってからでなければ、寄稿することもできなかったわけだが、ドーマルの日常にはそのどちらの余裕もなかった。左耳の聴覚を失い、激しい歯痛に悩まされ、徐々に歯も欠けていった。その歯で咀嚼すべき食糧も欠乏していた。そうした困窮生活のなかで、ついに原稿がアルジェへと送られ、「聖戦」は『フォンテーヌ』誌の第十一号（十月／十一月号）に掲載された。さらに、単行本のかたちで出版したいというドーマルの望みに応じて、フシェは自社のコレクション〈アナレクタ〉叢書からも『聖戦』を刊行する。限定三百部のみの小冊子とはいえ、書物の形態でドーマルの生前に刊行されたものは、詩集『反＝天空』と小説『大いなる酒宴』をのぞけば、この『聖戦』のみである（付録に全文収録）。

「家のなかの裏切り者たち」

詩は次のように始まっている。「戦争についての詩を書くことにする。おそらく、本当の詩にはならないかもしれないが、本当の戦争についての詩にはなるだろう」。というのも、もしそれが「真の詩人」による「真の詩」であるならば、その詩を耳にした者の心のなかでも「妥協のない、後戻りのきかない戦争」が勃発するはずだからである。「というのも、真の詩においては、言葉はものをともなうからだ」。

前期の形而上詩が、どのようにして後期の倫理的な詩になるのかという移行の手がかりはここである。それは、ひとことでいうならば、世界は「一」であり、したがって「私」もまた「一」である（べきだ）、という移行である。そこには、原初の状態こそがもっとも純粋かつ健全で完全な状態であり、そのとき「ことば」と「もの」は等しいものだった、というきわめて古典的な発想がある。その原初の「ことば」が次第に堕落し、今のようなものになっているが、詩人だけは例外的にその原初の状態（ことば＝もの）を回復できる。だが、そんなことがこの自分にできるかどうかはわからない。しかしそれでも、自分は、少なくとも「本当の戦争」について語るだろう、とドーマルはいう。

ドーマルのいう「本当の戦争」が倒すべき敵とは、とりわけ虚偽であり、自己愛であり、傲慢である。この戦いに勝つためには、真の哲学者のように「自分自身よりも真実を愛し、自分にとって都合のよい夢や幻想は払拭」しなければならない。あるいは、真の科学者のように「ものごとをあるがままに見つめ、自分自身でいること」が必要である。自分自身でこしらえあげた自分の像がどれほど心地よいものであろうと、それが亡霊にすぎないならば、そのはらわたに武器を突きさすことができねばならない。ドーマルはそれらの亡霊を「仮面を剥ぎ取るべき裏切り者たち」と呼ぶ。

一方でドーマルは「もう一つのほうの戦争」すなわち、現実世界において、まさにいま進行中の「戦争」についてては、自分からは話すまいと言う。「仮に話したとしても、文学にすぎない戯言、代替品、言い逃れになってしまうだろうから」。この言葉を理解するためには、第二次大戦がはじまった際に、ドーマルが健康上の理由から動員されなかったという事情を思い出す必要があるだろう。ドーマルは、一九三九年七月、すなわち戦争勃発の二カ月前に、十年越しの結核によって両肺が侵されていると診断されたばかりだった。社会全体が第二次世界大戦という未曾有の泥沼へと突き進んでいったとき、ドーマルは、医師に処方された厳密な食餌療法と細かな生活プログラムをこつこつと守りながら、自分をむしばむ結核菌と戦っている身であった。

言葉だけ、口先だけの存在になるまいとしていたドーマルは、戦争のことを知りもしない自分が戦争を語るべきでないとした。「戦争」の本質が、決して戦線のみにあるわけでなく、銃後も含めていっさいを容赦なく巻き込むものであり、そこに戦争の悪があることはもちろんわかっていた。だが、ドーマルは「『ぞっとする』という言葉を、鳥肌ひとつ立てることなく口にしたことがある」ことを悲しく思い返す詩人だった。言葉を使うこと、単語を唇にのぼらせることは、時に耐えがたいほどたやすく、そのことがドーマルを傷つけた。「犠牲について語りながら、自分は小指一本、頑として差し出そうとしないひとたちのように。〔……〕健康な若者が殴ったり殴られたりする話を好んでしたがる病人や老人のように、このぼくが戦争の話をしたところで、むなしい代用品にしかならないのだ」。

ならば自分には、みずからとの戦いである「本当の戦争」については語る資格があるのか。自分はまだ、「ほんの小競り合い程度の戦闘しか経験したことがない」のではないか、とドーマルは自問する。自分は本当に傷だらけになるまで、自己愛と戦ったことがあるのだろうか。ドーマルは、そもそも自分には、なにかについて語る資格などほとんどないのだと認める。だが「資格」はなくとも、「義務」がある時というのがある。とりわけ、語らずにはいられないという「欲求（必要）」を感じるのだと言って、ドーマルはついに語りだす。

この「聖戦」の困難さは、戦いに勝利したものとわずかでも思い込んだ瞬間に、「敵」が舞いもどってくるところである。「裏切り者はぼくの家のなかに潜んでいる。だが、あたかも味方のような顔をしているので、その正体をあばくのは、実に嫌な気がするだろう。裏切り者たちは、暖炉にあたりながら、ぬくぬくとしている。肘掛椅子におさまりかえって、スリッパなんかはいている。そして、ぼくがうとうとしはじめるやいなや、たちまちお世辞を並べながら、こちらに擦り寄ってくるのだ。胸のわくわくするようなおどけた話をしながら、花束だとか、菓子だとかをたずさえて、時には、羽飾りのある素敵な帽子なんかを差し出してくる」。

ユーモラスに擬人化されてはいるものの、「裏切り者たち」は、数も多く、油断がならない。なにしろ「ぼくは」という一人称でこちらに話しかけてくるのだ。「ぼくという人間は……、ぼくにはわかっている……、ぼくがしたいことは……」その囁き声は、自分自身の声のように聞こえる。それは、偽の自分であり、嘘の自分にすぎないが、不気味なほど自分の声に酷似した声で、こちらをむしばみにくる。それらの「膿んだ腫れ物たち」は、悲鳴すらあげる。「つぶさないでおくれよ、同じ血を引くものじゃないか」。「だいたい、我々をはねつけてみたり、我々の鼻先をぴしゃりと叩いたりしてごらんなさい。ぼろぼろになるのは、あなたご自身じゃないですか」。

味方のような顔をした裏切り者たちは「虚無」にすぎない。だが、その虚無が「ぼく」のものであるはずの「言葉」を、かたはしから横取りしてゆく。話をしているときに、自分の声が、どこか離れたところから歪んで聞こえてくるとき、言葉は「奴ら」にかすめとられているのだ。言葉を取り返すためには、自分自身がその言葉を十全に生きるしかない。

「奴ら」はまた、社会的な自己をつくりあげるための「仮面」のつまった「衣装箪笥の鍵」を握ってもいる。そして、自分たちこそが「あなたの唯一の富」だと言いながら、こちらを懐柔しにかかる。「さ、服をお着せしましょう。わたしたちがいなかったら、あなたは外の世界に出ていくことすらできないんですからね」。だが、ドーマルは振り切る。「かまうものか！ それなら幼虫みたいに、裸で外に出てゆくまでだ！」
社会のなかで守りをもたず、むきだしであることは危険である。だが、その薄くぬれた自分の皮膚は、全身にはりついてこようとするいつわりの皮膚よりは、実際には危険でないのだ。次は、この詩のなかでもっとも重要な一節である。

裏切り者たちの軍団を負かすために、ぼくが持ちあわせているものといえば、一本の小さな剣だけ。肉眼では見えないほどの、小さな剣。かみそりみたいに切れ味がよく、致命傷だって負わせられる。でも、あまりに小さすぎて、どこに行ったのか、きまって見失ってしまう。どこにしまっておけばいいのか、わかったためしがない。ようやく見つけだしたときには、重くて持ちきれない、とうてい扱いきれない気がする。ひとを殺すことだってできる、ぼくの小さな剣。

この小さな剣とは何であるのかを、ドーマルは続けて語る。「ぼくが口にできるのは、ほんのいくつかの言葉だけ。それも、まだ、赤ん坊の泣き声のようなものだ」。どれほどかぼそくとも、詩人の言葉のもつ真実の切っ先は、いつわりを打ち砕く。真実は、声高に語られるものではなく、人目をひくものでもない。それは確かにそこにある。だが、見きわめることが難しく、取り扱いは容易ではない。それでも、その小さく光る剣を、自分は持っているはずだ。

そして「奴ら」がさしだしてくる「魅力的な和平条約」を拒むことができるはずだ――。「罪に対して目を閉ざすこと」「朝から晩までばたばたと忙しくして、すぐそこに口をあけている死の淵をみようともしないこと」「誰だってしていることだからといって、自分の卑怯さになじんでしまうこと」――そんな「恥知らずの平和」を守り続けるために、ひとはどんなことだって――「自分以外のひとたちを責めること」すら――している。

だが、そんな「裏切り者たちの平和」に安住しないために、「本当の聖戦」を開始しなければならない。自分自身に対しての戦いを挑み始めたものは、他のひとたちとは、むしろ和平状態に入る。そして、自分という存在全体が激戦地帯となる一方で、その心の奥の奥には、どんな戦争よりも活発で、穏やかな平和が宿されるのだ。

私的探求の彼方で

以上のように、ドーマルのこの詩は「大ジハード」を語ったものであるわけだが、ドーマルは、イスラム教への言及をタイトル以外ではしていない。「聖戦」で引かれているのは、ヒンドゥーの聖典『バガヴァッド・ギーター』である。自分の弱さ（＝自分と同族のものたち＝お世辞や追従や自惚れ）との戦いが、もっとも普遍的な、人類的なテーマであることは言うまでもないが、「自己こそ自己の敵であること」は、『マハーバーラタ』ほかインド古典の随所に見出される[29]。

だが普遍的なテーマとは、普遍的であればあるほど、個別的な、より切迫した事態のなかで、見失われやすいものでもある。たとえば戦争が起こり、あるいは大きな災害に見舞われ、一国の運命や、多くのひとびとの生命が危険にさらされている時に――「そんな時」にも――ひとは「みずからの弱さとの戦い」という、私的なことにかまけていてもよいものだろうか。よい、というのが、「聖戦」を刊行したドーマルの答えであるだろう。

なぜなら、そのような大惨事や破局は、それまで「この私」を巻き込んでいなかったとしても、地球上のどこかでは、つねに、休みなく起こっていたことであり、それでもなお戦われるべき戦いこそが「本当の戦い」であるならば、今たまたま「この私」がそのような惨事に巻き込まれたからといって、その「聖戦」を放棄したり、中断したりすべき理由こそ存在しない。また、そのような戦いのさなかでこそ、各人が自分の弱さと戦うということがなければ、惨事はさらに広く、末端へと、とめどなくひろがってゆくのではないか。ドーマルは、むしろ「こんな時」だからこそ、自己に対する「聖戦」を布告し、戦時下のフランスにおいてこの詩を発表することに固執した。「聖戦」の末尾は、次のような言葉で締めくくられている。

ぼくがこうして戦争という言葉を使った以上、そしていま、戦争という語は、教養のあるひとびとが口の端にのぼらせる単なる音のつらなりであることをやめ、深刻で重い意味を持つ語になっている以上、だからこそ、わかってほしい。ぼくがいま、本当に真剣に話しているのだということを。ただ、唇を動かして、虚ろな音を発しているのではないということを。

これは、「戦争」という外的な現実から超脱して、ひとり安逸な世界に閉じこもろうとするものの言葉ではない。少なくともドーマルは、この詩が「いくらかは、武器を取れ、という呼びかけでもある」ことを、詩のなかではっきりと断っている。「というのも、この戦いに連合してくれるひとは、どんなに多くても多すぎるということはないはずだから」。

本来、自分が自分であることを貫くという戦いは、ひとりきりで戦われるほかのない性質のものである。だが、ひとりきりでありながらも、ひとりきりなのは自分だけではないことを知っていることこそが、どれほど戦う者に力を与えるのかをドーマルは知っていた。虚偽と幻影への決別の書である『大いなる酒宴』にせよ、真実の探求の物語である『類推の山』にせよ、後期ドーマルの作品は、ひとりきりの探求者から、また別のひとりきりの探求者へと差し向けられたはるかな呼びかけの書であった。

「聖戦」に引かれているもうひとつの聖典は、『新約聖書』である。「カエサルに税金を納めるべきか?」と問われたイエスが「カエサルのものはカエサルに、神のものは神に」と答えた寓話である。「納めてやりなさい。ただし、あなたのもっとも貴重な宝は、カエサルの視線にすらふれさせてはなりません」。すなわち、ひとは、つねに一定の政治的・歴史的状況のなかで生きること(=税金を納めること)を余儀なくされているが、その社会(=カエサルの世界)のなかで、どのように自分の心(=もっとも貴重な宝)をととのえるかは、自分自身で決めることができる。ドーマルは、自分もまたカエサルの世界に生きるものであることを自覚したうえで、こう自問する。「カエサルの世界に身をおくぼくは、言葉以外には武器を持たない。そのぼくが、話しはじめるのだろうか?」

そう、ぼくは話しはじめるだろう。自分を聖戦に召喚するために。ぼくがぼくの手で肥え太らせてきた裏切り者たちの仮面を剥ぎ取ってやるために。ぼくの言葉が、ぼくの行為を恥じ入らせるように。

社会のなかで言葉を放つことには、責任が伴う。言葉と行為の齟齬があらわになることを嫌うのであれば、黙っているのが最善の策だ。だが、ドーマルは口をひらく。細い、小さな剣を手にして。どこかにいるかもしれない「ひとりきり」の戦士のところまで、その光が届くかもしれないから。ここで言われている「行為」とは、必ずしも「政治参加」という意味での「政治的」な行為や選択には限らない。目のまえにいる誰かとどんなふうに話をするか、そのひとの話をどんなふうに聞くか、何に自分の注意力を傾けるのか、ひとといるときに、ひとりきりのときに、自分はどんなふうに時間をすごすのか、そうしたすべての「行為」が、ここでいわれている「行為」に含まれ、あらゆる瞬間におこなわれるべき「聖戦」にかかわってくる。

だが、そうした超時間的な解釈だけでなく、この詩が発表されたのが、レジスタンス（対独抵抗）の動きが高まりつつあった一九四〇年の秋であることにも、もう一度立ち戻っておきたい。それはちょうど、占領者であるナチス・ドイツへの協力《コラボラシオン》の現実が、日に日にはっきりと感じられるようになっていた時期にあたる。そのとき、真に非人間的で、破壊的であったものは、物理的な暴力や物質的な困窮である以上に、精神的な圧力であった。検閲、密告、相互監視、秘密警察、一斉検挙、言論統制の広がりによって、ひととひととの関係がずたずたに断ち切られようとしており、猜疑心がひろがり、自由にものが言えない閉塞感が生活を塗りこめていった。

占領期の直前に執筆されたドーマルの「聖戦」は、もちろん占領期の現実を直接に喚起したものではない。だが、誰もがそのような圧力の下に置かれている状態でこの詩が発表されたとき、レジスタンスの作家たちを含む知識人やジャーナリスト、言葉を使って仕事をするひとびとは圧倒的な好評をもってこの詩を迎えることになった。(30)「聖戦」が提示している「言葉」と「行為」の問題、すなわち、戦時下における「本当の戦争」という問題に共鳴したひとは、それだけ多かったのである。

「武器を取れ」

ナチスに対する抵抗運動、といえば、それ自体が「聖なる戦い」であったともいえる。だが、その場合ですら、戦いはまず、各人ひとりひとりのうちで行われたのではなかったか。怯懦、利己心、金銭欲、野心、保身、不誠実。それらの弱さを振り捨て、振り捨ててもなおよみがえってくる「家のなかの裏切り者たち」を繰り返し押し殺しながら、みずから選んだ者たちが行動し、抵抗した。

もちろん、そんなふうにひとまとめに語ってしまうことは、実際には抵抗者の数と同じだけ多様であったレジスタンスの現実を——ドイツでの強制労働（ＳＴＯ）から逃れるためのものであったり、もっとささいな偶然の結果であったり、子どもらしいヒロイズムが昂じたものであったり、好きな女性の気を引くためのものであったりもしたはずの抵抗運動の多様性を——過度に英雄視し、単純化することにつながるだろう。だが、それでもやはり、「選んだ者たち」（シャルロット・デルボ）は、「どちらの側」を選ぶのか、というぎりぎりの選択において、みずからのうちで、なんらかの聖戦を戦ったはずだ。

すでに一九三六年八月十九日付のジャン・ポーラン宛の手紙で、ドーマルはファシズムが拡散する根源には「自分で自分の責任を取る能力の欠如、あるいは責任を取ることの拒否、自分に代わって行動し、自分に代わって感じてくれる誰かに責任を押しつけたいという欲望」[31]があると見ていた。また、同じくポーラン宛ての一九四〇年六月四日付の手紙で、ナチズムは「黒魔術のようなもの」でしかなく、「精神的に健全な人間ならば、十分に抵抗力が備わっているもの」だともしていた[32]。ファシズムに対する最良の解毒剤は、自分自身で判断し、責任を取ることを恐れない個人なのだ。あらゆる全体主義との戦いにおいて、連帯は不可欠である。だが、もしもその連帯において、各自が自分で責任をとり、自分で判断することを放棄したならば、その連帯もまた、やがては別の全体主義へと吸収されてしまうだろう。

ドーマルの「聖戦」が発表された直後、『新フランス評論』にその一部が引用され、それがフランス本土の検閲によって削除された、という事件があった。削除前の引用の全体像がわからないため、削除されたのがどの一節であったのかは、現在では追跡できない。だが、戦争そのものについて「語らない」という選択をしたこの詩が、それにもかかわらず検閲対象となったのは、それがまさしく「内なる敵」の卑怯さを暴きたてる内容であったからではないか。ヴィシー政府、民兵、ナチスに協力するフランス警察、隣人のユダヤ人を密告するひとびとなどが「内なる敵」でなくてほかのなんであっただろうか。

「聖戦」の執筆がなされた時点では、ナチスによる占領は始まっていなかった。だが「誰だってしていることだといって、自分の卑怯さになじんでしまうこと」「戦いもしないうちから、自分こそを勝利者のように思い込むこと」「それは、敗者たちの平和である」「敵に買収されたものたちの平和である」といった言葉がヴィシー政府の検閲官の神経を逆なでしたことは十分に考えうる。

『フォンテーヌ』誌

「聖戦」を刊行した『フォンテーヌ』誌についても、ここで少し補足をしておきたい。一九三九年にマックス＝ポル・フシェによってアルジェで創刊されたこの雑誌は、もともとは少部数の文芸誌であった。それが、ナチスによる占領が始まったのち、地の利を活かしてレジスタンスの牙城ともいえる雑誌に急速に変貌した。アラゴン、ベルナノス、アルトー、ピエール・ジャン・ジューヴ、ルネ・シャール、ピエール・エマニュエル等、レジスタンスの作家たちに発表の場を与え、一九四二年の春には、対独抵抗の代名詞ともなったエリュアールの詩「自由」を刊行した雑誌でもある。

そこには、物質的な面においてナチズムに敗北したとしても、精神的な面では自らの炎を絶やすまいとする抵抗の姿勢があった。[33]「我々は、これほどにもアクチュアルでない本誌のきわだったアクチュアリティをかつてないほど確信している」[34]（一九三九年十一月の『エルメス』誌編集者のアンリ・コルバンの言葉）。『フォンテーヌ』誌の興味深いところは、はっきりと地下活動への参加を呼び掛けるような性質をもっていた一方で、編集長のフシェが、詩のことばを政治的な目的のための「道具」としてしまうことへの懸念を抱いていた点である。[35]フシェの戦略は、むしろ、詩を詩それ自体としてその深みまで探求することによって、「文化の敵、精神の敵であると自認している敵」に対する戦いを続けるという発想であった。そして、そのとき、政治的な直接のメッセージを含まず、ただ「詩人であること」による「戦い」の可能性のみを語りながら、結果的に多くの対独抵抗者たちに支持されたドーマルの「聖戦」こそは、「詩による抵抗運動」の最良の例となった。フシェは、慣例的には著者が負担すべきであった刊行費用を、全額『フォンテーヌ』誌で請け負ってまで、『聖戦』の単独刊行に踏み切っている。

『フォンテーヌ』誌のレジスタンスのありかたをもっとも特徴的に示すのは、一九四二年三月／四月の特集号「精神的鍛練としての詩」である。ここでいう「精神的」とはフランス語の spirituel（霊性的）であり、さまざまな宗教における神秘体験と詩的体験の類似性について語ったテクストが収められている。ドーマルの詩篇「黒い詩と白い詩」はこの特集号に寄せられたものであった。

ドーマルの「聖戦」が掲載されたのは一九四〇年末であり、『フォンテーヌ』誌がレジスタンスの雑誌へと変わりつつあったちょうど過渡期にあたる。だが、ドーマルがその後、一九四一年から一九四四年（没年）まで『フォンテーヌ』誌の編集委員をつとめていたことはあまり知られていない。編集長フシェのドーマルへの信頼は大きく、ドーマルは掲載すべきテクストとそうでないテクストについて助言と判断を求められた。ドーマルが推薦していた詩人や作家は、必ずしも政治色を明確にした作家には限られず、『フォンテーヌ』誌のレジスタンス化の過程におけるドーマルの役割を過大に見積もることもまた慎むべきであろう。だが、フランスにおける知識人たちの抵抗運動の重要な拠点にドーマルが深くかかわっていたこと、そしてその結集の呼びかけのひとつにドーマル「聖戦」があったことは記しておきたい。[36]

終章

詩

女偶氏はまた、別の妖精のことを話した。これは大変小さなみすぼらしい魔物だったが、常に、自分はある小さな鋭く光ったものを探しに生まれて来たのだと云っていた。その光るものとはどんなものか、誰にも解らなかったが、とにかく、小妖精は熱心にそれを求め、そのために生き、そのために死んでいったのだった。そしてとうとうその小さな鋭く光ったものは見つからなかったけれど、その小妖精の一生は極めて幸福なものだったと思われると女偶氏は語った(1)

——中島敦「悟浄出世」

その小さな光るものが何だかわからないだけに、記憶のなかのイメージはいよいよ神秘の光をはなって、歳月とともに宝石のように磨きぬかれてゆくかのごとくであった(2)

——澁澤龍彥『高岡親王航海記』

インドの教え

ドーマルがインドの聖典を繙いていたのは、ランスのリセ時代に遡るが、自身でサンスクリット語を学び始めた時期については、一九二七年の秋、十九歳の頃という説が有力である。[3] また、ドーマルは自分を納得させる文法書がなかったという理由から、[4] 自力で文法書を作成している。この私家版の文法書は一三二頁からなり、一九八五年には三百十部という少部数ながらファクシミリによって刊行されている。巻頭ページには「サンスクリット文法」に続いて「および詩、演劇、韻律に関する概要」とある。

サンスクリット文法のもっとも基本的な機能は「ヴェーダの文献を解釈すること」であり、ドーマルにとっても、サンスクリット語を学ぶことは、ヴェーダのレトリックや韻律、その詩学を学ぶことに等しかった。「ぼくの職業は作家であり、いつかは詩人になりたいと思っている者だ。したがって、ぼくのために開かれるヒンドゥーの伝統の扉とは、言葉と修辞法と詩学をめぐる知の扉であるだろう。ぼくは、作家という自分のダルマに沿って進むことによって、書物からの教えに実践的な中身を与えることができるだろう」[5]。

ヴェーダの詩学に関するドーマルのテクスト群は、一九七〇年に東洋学者ジャック・マジュイの編集により『バーラタ』として刊行されている。マジュイによると、ドーマルのヒンドゥー哲学とサンスクリット語の理解の深さは、文献学者をしのぐものである。インド＝ヨーロッパ諸語の比較言語学者シャルル・ド・ランベルトゥリもまた、ドーマルの手になる文法書は、文法書として優れているだけでなく、補遺である「詩、演劇、韻律に関する概要」が秀逸であり、ヒンドゥー学者のなかにも、ヒンドゥー的心性に対してこれほど深く幸福な理解を示す者はそういないと述べている[6]。だが一方で、インド学者のジャン・ヴァレンヌは、ドーマルによるヴェーダの詩の翻訳は平板で、その註釈は「衒学的態度と無知に満ちた」、ゲノンの厳密さの対極にあるものだと手厳しい[7]。

こうしたインド学者たちの言い分のどちらが妥当なものであるのかを判断することは、本書の手にはあまる。ドーマルによるヒンドゥーの詩学の註釈や翻訳をさらに註釈したり、祖述したりするためには、ヒンドゥーの詩学・哲学に関する知識が不可欠だからだ。そのためにはウパニシャッド、マヌ法典、『バガヴァッド・ギータ』、『リグ・ヴェーダ』などに精通していなければならないだろう。したがって、以下に述べることは、そうしたものをごく表面的にのみ、それもその大半は、ドーマル自身の著作を通して知ったにすぎない門外漢にわかったことに限られている。

本書では、ヒンドゥーの教えのうちでも、ドーマルがとりわけ大きな影響を受けた「知るということは、なるということ」、「詩とは味わいのことである」という二点のみを取り上げることにしたい。

たとえば「ヒンドゥーの詩学に近づくために」と題された一九四〇年のエッセイは、「書物」の無効性を語る言葉から始まっている。

ある日ぼくは、はっきりとした声に告げられるかのようにして悟った。こんなふうに何冊本を読んだところで、手に入るのは、大きな宮殿のばらばらな見取り図にすぎないということを。ぼくが最初に獲得すべきこと、苦痛を伴いながら、それでも知らなければならなかったことは、ぼくを閉じ込めている牢獄についてだった。ぼくが、骨身に沁みるほど知りつくさねばならなかった最初の現実、それは、ぼく自身の無知、ぼく自身の倨傲、ぼく自身の怠惰という現実、すなわちぼくという人間を牢屋につなぎとめている一切の現実だった。(8)

ドーマルは、この「書物」の無効性が、「知」というものの誤った考え方に根差したものであると考える。西欧人にとって、知るということは、知性にかかわる活動にすぎないが、ヒンドゥーの徒にとっては、人間という存在のあらゆる面にかかわるものだからだ。「現代人は、自分のことをすでに完成した成人であると思い込み、死を迎えるその日まで、さまざまな物資（金銭、生命力、知識）を獲得しては消費することに明け暮れている。〈私〉と名乗るその存在は、それらの交換活動によって、何の作用もこうむらないのだ」。だから西欧人は、知識を獲得するということを、それによってなにかが「できる」ことや、なにかを「予見」することだと考えている。だが、ヒンドゥーの徒にとっては、「知っている」ということは「(そのように)なっている」

ということ、つまり「変わる」ことと同義である。もしも、まだなっていないのであれば、それは知らないということである。また、その変化は、それが真の変化であるならば、部分的なものではありえず、全体的なものとなるはずである。「ヒンドゥーの徒にとっては、知識の獲得とは、人間そのものが変化することであり、したがって、その一挙手一投足や、生き方のいっさいが変化することが前提とされている」[9]。

「詩とは、味わいのことだ」

後期ドーマルの詩学は、「ヒンドゥーの詩学における言葉の力」（一九三八）という、死後刊行のエッセイ集『言葉の力』の表題作ともなった小論にもっともよくまとめられている。この詩論は、十四世紀の詩人ヴィシュヴァナータ・カヴィラージャによって書かれたとされる『サーヒティヤ・ダルパナ』（「文鑑」）のうち、特に楽劇にかかわる部分と、ヒンドゥー教の聖典『アグニ・プラーナ』の三百三十六章以下、ヴェーダの音韻、詩法、レトリックにかかわる章、および二世紀頃に成立したとされるインド最古の演劇論『ナーティヤ・シャーストラ』（シャーストラは「教書」）の一章、六章、十七章を祖述したものである。「ヒンドゥーの詩学に近づくために」（一九四〇）や、「詩についてのいくつかのサンスクリット詩篇」も内容的に重なるところが大きい。

これらの詩論で繰り返されているもっとも重要な命題とは「詩とは、その本質が味わいであるような言葉のことである」[10]というものである。「味わい」と訳した語は、「ラサ」と呼ばれる、ヒンドゥー美学の中心をなす概念である。仏教や道教の用語から連想するならば、「妙味」（あるいは単に「妙」）あたりの訳語のほうが適切であるかもしれないが、ここではより日常的な語である「味わい」という語をあてておきたい。

この「ラサ」は単一のものであるが、具体的には、それを彩る感興によって、さまざまな〈味わい〉となる。「性愛的なもの、滑稽なもの、激怒したもの、悲愴なもの、英雄的なもの、驚異的なもの、胸をむかつかせるもの、恐ろしいもの。このほかにしばしば、穏やかなもの（感情が〈静まること〉、解放されたいという気持ちや宗教的な愛に結びついた感覚）、そして親愛的なもの（母性愛や父性愛）が付け加わる[11]」。必ずしも快適なものや心地よいものでなくても、それにはその「味わい」があるのだ。

「詩とは、その本質が味わいであるような言葉のことである」という命題は『サーヒティヤ・ダルパナ』の一節に見られるものだが、原典を確認すると、それに続く部分も面白い。「〈味わい〉とはなにかを説明しよう。〈味わい〉とは、しっかりと中味のつまった現実、という意味での〈本質〉のことであり、すなわち、詩の生命である。それなくしては、詩は存在しない。〈味わい〉（rasa）とは、語源的には〈味わわれたもの〉（rasyate）である[12]」。「〈味わい〉とは〈味わわれたもの〉である」とは、一見完全な冗語のようであるが、それは、詩の本質が「味 goût」ではなく、あくまでも「味わい saveur」にあるということを示すものだろう。

つまり、「味」であれば、化学的な成分として、客観的な分析によっても把握しうるものであるが、「味わい」はそうではない。「味わい」とは、どこまでいっても、主体の経験を通したものでしかありえず、仮に、このうえなく美味な食べものがあったとしても、味わわれることなく嚥下されるのであれば、そこにはいかなる「味わい」もない。逆に、ごくありきたりな味のものであっても、深く丁寧に味わわれるのであれば、そこにはえもいわれぬ「味わい」が生まれうる（たとえば白湯を思ってもいい）。「〈味わい〉とは、本質的にひとつの認知であり、〈それ自身の自明性に輝きわたるもの〉、すなわち直接的なものである。それは、つらいことについて語っていても喜びとなるような、恒常的な喜びである[13]」。

また、「味わい」において決定的なのは、味わうものと味わわれるものが溶け合っているところである。「味わいは〈聖なるもの〉を味わうこととまったくよく似ている。味わいを感じられるものはそれを味わうが、それは、なにか自分と切り離されたものとしてではなく、自分自身の本質であるかのようにして味わうのである」。したがって、「味わい」は、つねに主体的な「受け手」を必要とするものだが、その受け手は「詩人に提示された体験をみずからすることによって、〈自分自身を味わう〉のである。この〈自分自身を味わうこと〉こそが、ポエジーの本質である」(14)。

こうした〈味わい〉の定義は、言葉で書かれた詩について述べられたものでありながら、同時にそのまま詩的体験《ポエジー》の定義ともなっている。それは、主体に属する部分と世界に属する部分とを渾然と含みこんだ体験であり、〈味わい〉とは、「まさに広がろうとするその動きにおいて味わわれたもの」(15)である。「意識が目覚める瞬間としての〈味わい〉は、ひとつのものであり、分割することができない」(16)。

ここで想起しておきたいのは、「味わう」という動詞を多用した東洋と関わりの深い詩人ヴィクトル・セガレンによる『〈エグゾティスム〉に関する試論』である。「エグゾティスムはそれゆえ、観光者や無能な見物人のあの万華鏡のような状態なのではなく、強烈な個性を備えた者が客体性を備えたものと衝突し、自分とそれとの距離を知覚し賞味する時に生じる生き生きとした、それでいて奇妙な反応である」「それを味わうに適したものは、多様なるものの感覚を強められ、高められ、強化されている」(17)。セガレンは、異国の旅行記にありがちなふたつのスタイルを遠ざけたのだった。すなわち、異国を舞台としながらも実際には肥大した主体（自己）の内面的な起伏だけを見つめる「ロマン主義風」の物語。あるいは、旅するものの主体性を殺して異国の風物を「客観的」に記録することに徹する「フォークロア」式の物語。これらは、対照的なように見えながら、実際にはどちらも「主体」と「対象」を実体化し、二者のあいだの相互作用を捨象しているからである。まさにその相互作用としての「主体」と「対象」の生き生きとした関係を捉えようとしたセガレンが、やはり最終的に唯一可能な態度として「味わう」という語に辿りついていたことが興味深い(18)。

ヒンドゥーの詩学における〈味わい〉もまた、「それを味わうことのできる」主体によって初めて把握されるもので、味わわれることに先立って存在する実体ではない。〈味わい〉とは、〈味わい〉を明示する芸《わざ》によって生まれる「効果」のことではなく、ただ味わわれつつあるときにのみ存在するものなのだ。

『類推の山』

ヒンドゥーの美学と並んで、後期ドーマルの指針となっていたのは、生涯の終わりに開眼した登山であった。だが、やがて結核の症状がすすみ、ドーマルは自分の足で高山を踏みしめることはできなくなっていった。そして、一九三九年、療養先のアルプスの町ペルヴーで、『類推の山』の執筆を始めた。それは、以下のような発想に基づく物語である。

世界のさまざまな宗教、伝承、神話には、しばしば「聖なる山」が登場する。ひとは神聖なものとつながるとき、山に触れ、山に入り、山に登る。オリンポス山、シナイ山、オリーヴ山、ゴルゴタの丘、須弥山、ヒマラヤ山（シヴァ神の棲家）、中国の賢者が修行を積む切り立った高山……。天と地を結ぶ道としてのこれら「類推の山（象徴的な山）」は、通常の人間的な手段では近づくことができない。だが、こんにちではヒマラヤの最高峰ですら接近不可能なものではなくなっており、これらの山々は象徴の力を失っている。須弥山のような完全に神話的な山であれば、象徴の意味は失われていないが、これは地図上に存在しないので、人間が天へと到達するための「地を天に結ぶ道」にはなりえない。したがって、本来の山は「自然のままにつくられた人間にとって、その峰は近づきがたく、だがその麓は近づきうるのでなければならない。それは唯一であり、地理学的に実在しているはずだ。不可視のものの門は可視でなければならない[19]」。

ざっと以上のような思いつきを「類推の山」と呼び、一種の文学的な幻想として、とある雑誌に寄稿した「わたし」のところへ、ある日、一枚の手紙が舞い込んでくる。自分もまったく同じことを考えていたのです、と告げるその手紙の主は、さっそく一緒にその山を探しに行きましょう！　と、なにやら正気とは思えない提案をしている。ところが実際に会ってみると、その老人は、複雑な計算によってその山の位置を割り出したばかりか、なぜその山がこれまで誰にも発見されてこなかったのかを論理的に証明しながら、さらに七人の仲間たちを集めて、帆船「不可能号」に乗って「類推の山」を探しにゆく……。

> 天のかなたはるかに高くはるかに遠く、いよいよ高まる峰々といよいよ白む雪の環を幾重にも超えたかなたに、目をあけておられぬほどの眩暈をまとい、光の過剰ゆえに不可視のまま、〈類推の山〉の絶頂はそびえたっている。[20]

この心躍る冒険物語において、ドーマルが「登山」というメタファーを選んだのは、単に「高み」を目指すといった抽象的な水準においてだけではない。ドーマルは、登山を実践していたからこそ、それがあらゆる意味において全的《トータル》な活動であることを知っていた。本格的な登山においては、ピッケルやハンマーやテントなどの登山ツールのほか、どのようなルートで登るか、食糧はどのように消費するかなど、さまざまな計画を立てなければならない。動植物や地質や気候に関する知識も必要になり、自分の足にあった靴を知っておく必要もある。頭だけでも、体だけでも、心だけでも、山は登れない。とりわけ、たったひとりで危険な山に登ることはできない。

『ホーリー・マウンテン』

この『類推の山』という作品を、アレハンドロ・ホドロフスキーの映画『ホーリー・マウンテン』の原作として知ったというひとも現在では少なくないだろう。だが、極彩色の圧倒的な美術表現による、ホドロフスキーのこの奇怪な傑作は、八人の男女が山を登るということが辛うじて同じであることをのぞくと、人物、ストーリー、セリフ、舞台等、どれひとつとっても、ドーマルの原作に一致するところがない。これは、ホドロフスキーが『類推の山』をいわば完全に類推的に映画化したために、文字通り、なにひとつ原作に一致しない映像作品が作られたためだ。

そもそもの始まりは、ホドロフスキーによる窮余の一策、あるいは詭弁に近いものであったのかもしれない。つまり、ホドロフスキーは『類推の山』の版権を取れなかったのである。だが、登場人物の特徴や、ストーリーや、セリフ等の具体的な細部をまったく再現しないのであれば、それはもう『類推の山』ではないのだから、そもそも版権の問題は生じない――という、なかばトリックのような理屈によって、ホドロフスキーは彼自身の『類推の山』を撮ったのである。

『類推の山』の版権をいち早くおさえていたのは、あるイギリスの映画プロデューサーであった。彼は『類推の山』の監督を、フランソワ・トリュフォーに依頼していた。だが、トリュフォーは登山嫌いを理由にこれを辞退、同じくヌーヴェル・ヴァーグの監督リュック・ムレを推薦した。ムレは文学作品の映画化は決しておこなわない主義であったが、ほかならぬ『類推の山』であれば、とがぜん乗り気になった。未完の傑作『類推の山』を、自分ならいかに「完成」させるか――？

ムレが構想していたラストシーンとは、次のようなものであった。「類推の山」の標高があがるにつれて、主人公たちはしだいに味覚、嗅覚、聴覚を失ってゆき、さらには触覚までも失ったのち、最後にはとうとう視覚も失ってしまうため、ついに、「山頂」に至りついた主人公の「眼」が見た風景を、カメラは映すことができない――。

いいんだか悪いんだかよくわからない結末であるような気もするものの、自己の属性をひとつひとつ否定して手放してゆき（「自己放棄」）、自己がすっかり消滅して「無」になったところで、光輝く絶対的な存在が流れ込むという発想は、〈大いなる賭け〉時代からドーマルに親しかった神秘的・神学的ヴィジョンであり、仮にこれが「暗転」によるラストではなく、光の過剰が乱反射を起こすホワイトアウトのような幕切れだったならば、そう悪くなかったのかもしれない（「光の過剰ゆえに不可視のまま、〈類推の山〉の絶頂はそびえたっている……」）。

だが、主演はチャールトン・ヘストン（無理ならグレン・フォード）、ロケはルウェンゾリ山地（赤道直下にあって万年雪を頂く山）、期間は十五週間、という明らかに無謀すぎる計画が、予算をはるかに超過していたため、この映画の撮影は始められることすらなかった(21)。

こうして幻の映画『類推の山』が完全な幻のままとなった一方で、ホドロフスキーによる『ホーリー・マウンテン』は着々と撮影されてゆき、「『類推の山』を原作とする映画」といえば、『ホーリー・マウンテン』のこととなった。『類推の山』の愛読者のなかには、極彩色で過激で狂的な『ホーリー・マウンテン』に首をひねったり、ことによっては憤慨したりするひともいれば、逆に、「ソゴル師」や「不可能号」の中途半端な似姿を目にするよりは、いっそのこと『ホーリー・マウンテン』でよかったと考えるひともいる。

具体的な細部を一切再現しない『ホーリー・マウンテン』が、実際のところ、どこまで忠実な『類推の山』でありえているのかということは、ここでは問わずにおきたい。だが、少なくとも確実にいえるのは、『類推の山』であれば（それがほかならぬ『類推の山』であるからこそ）実写化せずに映画化できる、というホドロフスキーの直観は、どこまでも正当なものだったということである。

ドーマルは『類推の山』を、どこの誰が読んでも――イスラム教徒が読んでも、仏教徒が読んでも、ユダヤ教徒が読んでも——そこに自分自身の物語を見出せるような、最終的な真理の手引書として構想していた。それは、古来人類が語ってきた「たったひとつの同じ物語」を自分なりに変奏することにほかならなかったからだ。だから、その『類推の山』をもういちど類推的に、自分なりに語りなおすというホドロフスキーの選択は、ある意味でもっとも作品の本質に沿ったものであったとすらいえる。

ただ、そう結論してしまおうとすると、どこかで小さく、わずかに引き留めるようなものが感じられる。理屈のうえではそれでいいはずなのだが、どうしてもそう言い切ることができない。それは、おそらく『類推の山』においては、「本質」や「深層」に劣らぬくらい、その「表層」もまた本質そのものであるからなのだ。たとえば、一九八八年に『類推の山』と『ホーリー・マウンテン』を論じた文章のなかで、植田実は次のような言葉で、みごとに『類推の山』を形容している。「思いもかけない展開を見せながら、この小説は、木に竹を接ぐような無理をまったく感じさせぬ、明るい水彩画のような筆致で語られている。世界解釈の入り組んだ教義をスッと通り抜けて、他のどんな文学も面倒臭く見えてしまうような、澄んだイマジナティヴな極冠を輝かせている[22]」。

奇想の数々

まさにその透明さ、その明るさ、その澄んだイマジネーションに支えられた奇想の数々こそが『類推の山』の表層にして本質であり、それこそがおそらく『ホーリー・マウンテン』には見出せないものなのだ。『類推の山』を読み解く面白さは、あらゆる寓意物語を読むときの面白さと同様、言葉がそれ自体とは別のなにかを意味しているのかもしれない可能性をどこかで考えながら読むことである。前作『大いなる酒宴』の場合は、その寓意のほとんどが「風刺」でもあったために、その狙いや意図を読みとくことはそれほど難しくなかったが、『類推の山』の場合には、「寓意」よりも「象徴」が多用されていることもあり、その象徴の意味が必ずしもはっきりとわかるとは限らず、その難しさの度合いも読者の知識や信仰によってさまざまに異なる。だが、『類推の山』の特異なところは、その象徴の意味するところがわからないときですら、それが晦渋さや重苦しさの印象につながらないところである。それは謎に満ちているが、なにか乱暴にこわしたりしてはいけない、静かで純粋な、自然物のような印象を与える。

だから『類推の山』を、ほかに類例のない、愛すべき「真理の書」にしている数々の表層について、今こそ語らなければならない。たとえば、「類推の山」の沿岸地方にみられる、不可思議な動植物たち。「お天気のよいときには、腸内でつくられた軽いガスによって、数時間のうちに大きな気泡のようにふくらみ、空中に浮び上がるふうせんけむし」。あるいは「きわめて強い発芽・成長力をもっているので、整地工事用に岩山を割りくずすために、ゆるやかなダイナマイトといったふうに用いられるひるがおのき」。そして、「わまわしむかでは、ほぼ二メートルの長さになる節足動物で、輪のかたちにまるまっては、好んで崩れた岩の斜面を上から下へ、全速力で転げ落ちる」[23]。こういった動植物たちは、いったいどんな「真理」や「教訓」を象徴しているというのだろうか。

確かに、これらの描写に続いて、ひとつの「神話」が語られてはいる。こうした動物の起源を語るとされるその「神話」は、「初め、〈球〉と〈四面体〉は、考えることも想像することもできないただひとつの〈かたち〉のうちに結ばれあっていた」という、あからさまに一元論的な文章で始められ、「ひとつの分裂が起こったが、〈唯一〉は唯一のままにとどまる」と、さらに一元論的な文章が続いてゆく。この神話を読み解くかぎり、なるほど、動物とも植物ともつかないこれらの珍奇な存在たちは、原初における〈唯一 l'Unique〉が、動物と植物に分裂した際に、「どちらへ向かうべきかをためらったものたち」や、「どちらにも行こうとしたものたち」[24]の子孫であるということになるのだろう（おそらくドーマルは、海中のサンゴや、食虫植物のような存在を念頭においている）。そうであるならば、そのような「動物と植物の合いの子」たちがいまだひっそりと生息している「類推の山」の大陸は、それだけ原初の「一」に近い場所だということになる——というような読解を、我々は一応はおこなうことができる。

こうした読解は、『類推の山』のストーリー全体を参照することによって、さらに、正当化することすら可能である。というのも、それらの動植物たちは、あくまでも「類推の山」の沿岸部にみられる存在だからである。語り手たち一行は、「類推の山」のふもとまで来ていながら、ふもとにいる動植物の調査や、周辺の地理や宗教、神話や象徴体系の研究などに没頭してしまい、肝心の「山」への登攀がずるずると繰り延べにされていってしまうのだ。その時、一行は、どこからともなく響く、こんな警告の声を聞く。

「では、いつ出発なさるんですか？」と誰かが道から叫ぶ声がきこえてきたのは、昼食のあとで、わたしたちがそんな心躍らせる計画について話し合っていたときだった。[25]

登るべき山のふもとまで来ていながら、本当に本質的ではないこと（沿岸部に存在するもの）に気をとられ、聖なる山の登攀という真の目的が次第に忘れ去られてゆく——。このエピソードの「教訓」は間違いなくそうしたところにあり、なるほど、この教訓が真に身に染みるものとなるためには、メンバーたちの「気をそらせる」ものもまた、真に魅力的なものでなくてはならないだろう。したがって、ドーマルの語る奇想の数々は、そのような展開のために、周到に用意された形象であるのだろうと、一応は分析できるかもしれない。

しかしながら、こうした知的な読解をどれほど重ねてみたところで、やはり、どうしても解ききれないなにかが残る。「わまわしむかで」や「ものいうやぶ」といった一連の存在たちは、本当にそのような物語構成上の必然性や、原初における「一」の痕跡としてのみ出現しうるものだろうか。そうしたものたちのファンタスティックな生態をとくとくと語るドーマルの筆には、むしろもっと、書きたいから書いている、というような、どこか愉悦に似たものが感じられはしないだろうか。

だいたいそうでなければ、なぜドーマルのテクストには、あんなにも頓狂な器械だの動物だのがあふれているのだろうか。『大いなる酒宴』第二部十八章で描かれる「理性的詩人」の脳髄に埋め込まれた「ポエジー・マシーン」のほか、「二十五世紀のフランス詩人」という空想的な小エッセイ（一九四二）にさえ、そうした傾向は顕著である。飛行機にかわる未来の乗り物として、人間の歌声で操縦される「ネオ鳥類」だの、新式の細胞培養によって誕生した全身に乳突起のある「ネオ乳牛」だの、さらには、レタスとうさぎの染色体が接木されて生まれた「レタスうさぎ」だのといった、どう見てもその文脈で出す必然性がなさそうな生き物たちの生態が、いったいどうしたわけで、わざわざ註をほどこしてまで詳しく書きこまれているのか。[26]

無用の知的貪欲からは夢から醒めるようにして醒めるべきである——。「こんな賤しいみみずくは、戸口に釘付けにして、あとをふりかえらずに出発しよう！」というソゴル師の戒めこそが『類推の山』の「教訓」である。それは間違いない。だからこそ、アーサー・ビーヴァーが発明した「携帯用野菜畑」ですら、最後には、あわれな運命をたどることになったのだ。特殊な合成土のつまった五〇〇グラムほどの小箱で、種をまくと、ひとりぶんの生野菜と「それに若干の小さなおいしいきのこ」をいちじるしいスピードで生育させるという「携帯用野菜畑」は、もしも実在したならば、あらゆる登山家にとって垂涎の的となった品であろう。だが、この天才的な発明品もまた、結局は「かさばるばかりの、ばかげた玩具」だと断じられ、登攀直前にふもとに置きざりにされている。

これがもし、一篇の「シュルレアリスム小説」であれば、こうした言語的な構築物は、ただ偏愛されればそれでよいものとして、そこに存在することができる（たとえばシュルレアリストたちが愛したレーモン・ルーセルの小説における言語的構築物は、いかなる「隠された意味」なども持たぬまま、確かにそこに存在していて、そしてただそれだけでいい）。逆に、もしこれが、純粋に形而上学的な哲学の書や、霊的な修練の書であるならば（『エチカ』や『キリストにならいて』や『ウパデーシャ・サーハスリー』におけるように）、そもそもそのような珍奇な事物は登場しない。ところが、『類推の山』においては、「携帯用野菜畑」だの「ひるがおのき」だのといった面々が、いったんはしごく愉しげに語られたのちに、最終的には遠ざけられる、という展開が繰り返されているのだ。

そのような展開は、実際、ややもすれば脅迫観念のように見えなくもないほど『類推の山』において反復されている。たとえば物語前半で、ソゴル師が修道院にいた頃に「人々を無気力から目覚めさせるために」つくりあげた発明品の数々。「簡単に物を書きすぎる作家のための、五、六分インクをたれ流したり、飛び散らせたりする万年筆」だの、「眠っているひとの頭の下で突然ふくれだす空気枕〈疑惑のクッション〉」だのといった楽しい記述が続いているのだが、これらの道具も結局は、そのようなものをこしらえて得意になっていた自分こそがもっとも慢心に満ちていたのだというソゴル師の苦い悔恨の念と共に、「幼稚な研究」としてしりぞけられてしまう[27]。さらに、このタイプの展開がもっとも決定的になるのは、「類推の山」の登攀にあたって、呼吸用具や暖房服のような死活品ですら放棄されてゆくところだろう。

これらはすべて、一見したところ、自分をたすけるようにみえるものこそを手放さなければならないという、長詩「聖戦」でも語られていたとおりの教えであるのだろう。倒すべき敵、避けるべき敵だからこそ、その姿は具体的かつ鮮明にイメージできなければならず、そのことは『黙示録』や『バルド・トドゥル』に現れる悪魔や怪物の姿にもあきらかである。

だが「もえきのこ」や「ふうせんけむし」は「敵」であるのだろうか。いや、思えば『大いなる酒宴』の「憂鬱思考」の一群にしても、『聖戦』における「家のなかの裏切り者たち」にしても、ドーマルの作品における「敵」たちは、しばしばどこかユーモラスで、憎みきれない存在であったのではないか。むろんそのことは、味方のような顔をした敵こそがもっとも恐るべき敵であるという教えを反映したものなのだろう。だが、これら数々の「避けるべき」形象の可愛らしさは、おそらく、まったく別の、もうひとつの事実を告げてもいないだろうか。すなわち、ルネ・ドーマルというひとは、実際には、のちの世に語りつがれるほどストレートな「聖人」や「仏陀」ではありえなかったのではないだろうか。

一般に、神秘主義的なものへの牽引を引き留めるものといえば、理性や科学などがあげられる。たとえば、精神科医の中夫久夫は、ハクスリーの『永遠の哲学』やプロティノスの『一者について』、仏教史やチベット宗教に関心を寄せた一時期を持ったことを回想しながら、しかし、「自分のなかにそのような流れに根強く逆らう反流」があったために、その方角には行かなかったことを語っている。「それは〈永遠の哲学〉に参入するには、いささかなりとも、パスカルの言う sacrificium intellectus（知性の犠牲）が必要なのではないか、それは困るというささやきであった[28]」。

神秘VS知性。神秘VS科学。鈴木大拙にしても、ルネ・ドーマルにしても、確かにそのような対立を生きていた。だが、ドーマルの場合には、神秘主義的な「本質」や「永遠」にさからう、もうひとつの反流、よりいっそう個人的な反流があったのではないか。それは、いかにして自由なイマジネーションや奇想や、あるいは「笑い」のようなものに、別れを告げずにいられるか、あわよくばそれらを〈永遠の哲学〉とつなげることができるか、という課題である。

「ドーマルを読んでいると、自分の現状を笑うことができないかぎり、ひとは真理を知るための道を進むことができないのだと感じる。ドーマルは我々に愉しむことのできる本を読ませてくれるが、それは同時に、ひねりの効いた、したたかな叡智の光に満ちた本なのだ。ドーマルは、笑いこそが、彼だけが知る隠された扉をひらく銀の鍵であることに気がついていた[29]」（ジョー・ブスケ）。

ある程度までは一対一の対応で解ききれる「寓意」や「象徴」とは違い、「詩」や「物語」においては、部分は全体とのかかわりにおいて考えられるべきである（だから未完におわった『類推の山』を読み解く鍵をわたしたちは本当には持っていないのかもしれない）。「物語」はたちまちのうちに合点のいくような、拙速な解答を示さない。だから、時には、その意味がわからないこともあるし、いつしかそれを読んだということすら、忘れてしまうかもしれない。だが「船は空間の歪みにそって進んでいるとき、その歪みに比例して伸びるのです。これは数学です。機械ものびるし、石炭の一片一片ものびる……[30]」というソゴル師のめちゃくちゃな論理に笑ったときの、その一瞬の感覚は、わたしたちを構成するもののどこかに残り続ける。

ドーマルが『大いなる酒宴』に「取扱説明書」を付け、『類推の山』を真理への「手引きの書」として構想した以上、これは、あくまでも実践的に読まれるべき本だといえる。したがって、そこにある象徴や寓意の意味を我々は考えてみなければならない。だが、それにもかかわらず、「物語」は「物語」として、ついにそうした読み解きすらも届かないどこかで、小さく静かに光り続ける。「ヴェーダの聖仙が、カバラのラビが、預言者たちが、神秘家たちが、古今東西の偉大なる異端者たちが、そして——真の——詩人たちが口にしてきた、たったひとつの同じこと[31]」を語るために、ドーマルは、「物語」を選び、「わまわしむかで」を選び、「携帯用野菜畑」を実際には捨てなかった。

だからこそ、ドーマルの作品には、ドーマル自身の意図をも超える「ふくらみ」がそなわることになった。

そして、その微笑のような「ふくらみ」こそが、ほかならぬ「ポエジー」であるのだと言ってもかまわないだろうか。なぜなら、我々はそれこそを、繰り返し「味わう」ことができるからだ。

言葉遊びの形而上学

そしてドーマル式の「真理の書」のもうひとつの「味わい」は、そこにあふれる「言葉遊び」や「造語」の豊かさである。だが、これもまた、決して形而上的な真理と無縁のものではない。ドーマルの言葉遊びへの嗜好がもっとも盛大に炸裂しているのは、インチキ科学者やインチキ芸術家たちが片っぱしから嘲弄されている『大いなる酒宴』第二章「人工天国」であるが、ここでは『類推の山』における唯一の価値ある貴石「ペラダン」の語源が大真面目に考察されている一節をあげておこう。

イワン・ラプスは、この単語の形成と原義についていまもとまどっている。彼によれば「ペラダン péradam」とは「プリュ・デュール・ク・ル・ディアマン（ダイアモンドより硬い）plus dur que le diamant」かもしれず、事実それはダイヤモンドより硬いのだ。あるいは「ペール・デュ・ディアマン（ダイアモンドの父）père du diamant」の意味かもしれず、事実、ダイヤモンドというのは、一種の円積法によって、いやもっと正確には一種の球積法、つまり球と等積の多面体を作る方法によって、ペラダンが退化した結果生まれるものとされている。あるいはこの言葉は「ピエール・ダダン（アダムの石）Pierre d'Adam」の意味で、人間と原初の本性とのあいだになにか隠された深い共犯関係をもつのかもしれない。(32)

この一節に典型的に表れているように、ドーマルは明らかに言葉の「音」と「意味」とを一致させることに幸福を感じるタイプの詩人たちの系譜に連なっている。こうした詩人たちの一大系譜をえがきだしたジェラール・ジュネットの著作『ミモロジック』の命名法にならっていえば、ドーマルは言語の模倣性を楽しむ「ミモロジスト」のひとりである。だが、類音や同音を利用したこうした言葉遊びが面白いのは、「音」と「意味」が等号でつながれるからであるよりも、それよって生じるわずかな「ずれ」がかえって強く意識されるからである。「ペラダン」と「ピエール・ダダン」が接近させられたとき、単語はいつもよりはっきりとうごめき、語と語のあいだに浮遊感や流動感が生まれる。言葉は、いつもとは異なるかたちでわずかにふるえ、わずかにうごめく。そしてそのふるえやうごめきが、通常ならばがっちりと張り巡らされている言語（ロゴス）のシステムをすり抜ける可能性や、そのシステムの「外」へ出る可能性を、ほんの一瞬だけであっても、我々に予感させるのである。その意味で「言葉遊び」は、詩的体験や神秘体験と地続きのものである。

　これと同じ効果を持つ現象に「言いまちがえ」がある。『類推の山』の登場人物イワン・ラプスの名が「言いまちがえ（ラプシュス）の言いまちがえ」なのは決して偶然ではない。「言いまちがえ」は、本来存在しないはずの単語を出現させることによって、やはり言語システムの「外」の可能性を我々に指し示すのである。そして「言いまちがえ」や「言葉遊び」が「笑い」を引き起こすものである点も重要だろう。言語によって分節されえないものである「笑い」は、我々を我々という存在の「外」へと連れ出しながら、言語以前の原初の世界に一瞬だけ我々を引き戻すからだ。

　どのようなスタイルによる、どのような内容の詩であれ、言語的な「詩」とは、言語を用いながらもなお言語の「外」へと向かおうとするエネルギーの謂いである。それは、言語でありながらもなお言語を超越し、言語以前の、言語以外の世界を我々に予感させる限りにおいて、神秘的体験と同質のものとなる。

　詩的体験・神秘的体験が、特殊で個別的な事物を通して、ある圧倒的に普遍的な真理を知覚することであるならば、言葉による「詩」もまた、個別的なものと普遍的なものとのあいだの緊張を最大の強度で生きようとする。言語とは、あまねく社会にゆきわたったものであり、話をするときにはどうにでも話すことができるわけではない。音素や音節や文法などの一般的な規範を守りつつ、なお、ひとつの特殊で一回的な現実をその一回性のままに語ろうとするならば、そこにはおのずと構造的な緊張が走ることになる。その緊張を緊張のままに開示してみせるものは、その極点において、詩となりうるだろうし、あるいは逆に、その緊張をふいにほどいてみせるものもまた、詩となることがあるだろう。

そのとき、それが散文であるか詩であるかにかかわらず、そうした言葉の群れは、言葉における「音」と「意味」の関係を根源的に刷新する。詩における「音」と「意味」は、いつも決まって溶け合うものとは限らない。「ポエジーはただ一本の線状のものではない。ポエジーとは、同時性のわざであり、ポエジーにおいては、根本的にまったく異なる諸法則に支配されたさまざまな要素が（声にのる音、イメージ、概念、感興）、同じひとつの目的のために、詩人によって調合されなければならない[33]」とドーマルは言う。

だが、通常は別々の次元にあるものが渾然と溶け合うような瞬間には、その一体感や音律を通して、我々は言語による区切り以前の原初の「一元性」をほのかに、いわばアナロジーとして、だがはっきりと――確信をもって――感知することになる。バシュラールが「ポエジーとは瞬間化された形而上学である」と語っているのは、このことである（『瞬間の直観』）。「詩は、通常の持続の外に存在を運び出すのだ[34]」。詩の言葉は、原初の「一なるもの」をはるかに希求してやまぬ我々の生命に、密かに、我々が意識する暇すら与えられないうちに、働きかけ、ゆさぶり起こすのだ。

「モーとホーの物語」

『類推の山』には「にがばらとうつろびとの物語」と呼ばれる寓話的な話中話がある。[35] 魔術師の老キセが「だれにも見分けがつかないほどよく似た」双子の息子モーとホーに、「にがばら」を取ってきた方を自分のあと継ぎとし「大いなる知恵」をさずけようと約束する物語である。

「にがばら」とは、高山の頂に咲き、それを食べた者は「なにか嘘をつこうとするとすぐに、舌が焼けるほど痛む」ようになる。だが、これまで、このにがばらを見た者はあっても、手にした者はいない。「というのは、そばですこしでもこわがってふるえたりすれば、にがばらはびっくりして岩山のなかに逃げ戻ってしまうからなのです。ところで、それを欲しがっている者でも、にがばらを手にすることにいつもすこしは怖れを感じるものなので、それはたちまち姿を消してしまいます」。一方の「うつろびと」というのは、石のなかに住む者たちで、石のなかを洞となって動きまわるものである。氷のなかでは、人間のかたちをした水泡《あぶく》のようにさまようが、風に飛ばされないように、大気のなかには出てこない。「にがばら」の探索をしていたモーは、うっかりふりおろしたハンマーで、岩のなかにいた「うつろびと」を殺してしまう。「うつろびと」たちは報復としてモーをさらい、モーを「うつろびと」に変えてしまう。モーの救出に向かったホーは、「死者を殺すことを怖れてはいけない」という老キセの言葉を自分にいいきかせながら、岩のなかを漂っているモーの頭をハンマーで砕き割る。

ドーマルにおける「物語性」が開花するのは、たとえばその一節だ。

ホーは身体中の血が凍り、心臓がはりさけそうでしたけれど、駆けよって——血と心臓に「死者を殺すことを怖れてはいけない」といいきかせながら――氷をたたき、頭のところを砕きます。モーの姿は動かなくなりました。ホーは氷の塔を割りひらいて、ちょうど剣が鞘にもどり、足が足跡にもどるように、兄弟の軀《むくろ》のなかに入りこんだのです。肘をつっぱって体をゆすり、氷の鋳型から脚を引きだします。

氷の空洞をハンマーで砕くときの手ごたえや、氷の鋳型にあわせて肘をつっぱるときの感覚。そんなものがどこまでもリアルに想像できる。そのリアルさは寓話の「意味」ではないが、そこに寓話の力がある。

こうして、ひとつの身体に統合され、それまでの記憶もすべて共有することになったモーとホーは、家へと帰る。「お母さん、もう僕たちを見間違える心配はありませんよ。モーとホーはおなじ体のなかにいるのです。ぼくはあなたのたったひとりの息子、モーホーなのです」（モーホーは「人間 Homo」のアナグラム）。老キセは歓喜し、物語は一気に結末へと進む。

> 老キセは二つぶの涙をこぼすと、晴れやかな顔になりました。けれども、もうひとつの疑いをはらす必要がありました。そこでモーホーに言いました。「お前はわしのひとり息子となった。ホーもモーも、もう自分のほうが優れているのだと示す必要はない[36]」
>
> けれども、モーホーはきっぱりと言いました。「今こそぼくは、にがばらのところまで行くことができます。モーは道を知っています。ホーは体の動かしかたを知っています。恐れを克服し、ぼくは認識の花を手にするでしょう」
>
> モーホーは花をつみ、知恵を得て、ついに老キセはこの世を去ることができたのです。
>
> （完）

老キセの「もうひとつの疑い」とは、双子のモーとホーがすでに「ひとり息子」となり（つまり「後継ぎ」の資格を手にし）、もはや己の優越を明かす必要がなくなってすら、なおモーホーが「認識の花（にがばら）」を求める意思を失わないか、ということであった。だが、モーホーは、この老キセのテストにちゃんと合格する。「モーは道を知っています。ホーは身体を動かすことを知っています」というモーホーの答えは、道（＝知識）だけでも、体を動かすこと（＝行動）だけでも十分ではないが、そのふたつが一緒になったときにこそ、ひとは真理（にがばら＝嘘のないこと）を手にしうる、ということなのだろう。だが、そのこと以上に重要なのは、ひとりとなったモーホーが「大いなる知恵」をすでに手に入れたも同然と思い込み、にがばらをつみにふたたび立ち上がらなかったならば、結局〈大いなる知恵〉はさずけられなかっただろう、という点である。

つまり、この寓話は、モーとホーが一体になったから〈大いなる知恵〉を手にしたという単純な話ではなく、悟りや覚醒には決して「あがり」がないという話でもあるのだ。「覚醒とは、目覚めという〈状態〉ではなく、目覚めるという〈行為〉なのだ」とドーマルは言っていた[37]。「君は目を覚ます。そして、その直後に、再び目覚めねばならない。ぼくたちは、ぼくたち自身の覚醒から覚醒しなければならない。〔……〕永続的な覚醒のための条件を打ち立て、自分自身を覚醒者だと思い込んだならば、君はふたたび眠りに落ち込み、精神的な死のなかへと沈んでゆくことになるだろう」。

職業であれ、技術であれ、真理であれ、愛であれ、「これでもうわかった」、「自分はもう手に入れた」と思い込んだならば、それはその瞬間に失われる。だからこそ、老キセは、モーホーを最後にもう一度試す必要があったのである。

「根源的な体験」以来、ドーマルはみずからの生の一瞬一瞬ごとに「覚醒」することを自分に課していた。先ほど引用した「覚醒」をめぐるテクストは、「自己想起」と名付けられているグルジェフの教え（あらゆる瞬間に「目覚めてある（自分を忘れずにいる）」）を引き写したもののように見えるかもしれない。だが、このテクストは一九二六年から二八年、すなわち、ザルツマンとの出会いよりも前にすでに書かれていたものである。

そしてその「覚醒」を通して受けた『あらゆるものは一つである」という啓示こそが、ドーマルにおける詩的実践の核をなしていたことは、これまでに述べたとおりである。ドーマルは「詩人の才」を次のように定義している。「それは、我々の生をつくりあげるものである様々な生を、ある特殊なやりかたでつなぎあわせることができる才能のことだ。そのとき、それらの生のひとつひとつは、もはやばらばらで相いれない記号であることをやめ、内的な反響によって、詩人自身の色や音や味そのものであるような感情のしるしとなる」[38]（「黒い詩と白い詩」）。

だが、ドーマルによるこうした「詩」の定義は、振り返ってみるならば、やはり素朴な疑問を抱かせるものでもある。だとすると、そのような感情や、詩的体験の証言でないような詩篇は、詩ではないということなのだろうか。しかし、ドーマルが自分の「詩」のなかで、もっとも重要なものだとみなしていた「聖戦」や「黒い詩と白い詩」は、決して啓示的体験について語るものではなかった。それらの詩篇で繰り返し語られていたのは、いかに自分が自分に対して嘘をつかずにいられるか、いかに自己愛をふりすてることができるかという話ばかりではなかっただろうか。ひとにどんな嘘もつかせなくするにがばらの話にしろ、空虚な言葉を食べていきているうつろびとの話にしろ、後期ドーマルが語るのは、主に言葉を中心とする倫理的な問題であるようにみえる。

言葉をめぐる倫理的な問題が、なぜ、やはり「詩」の問題につながるのか。のみならず、なぜ形而上的な問題につながっているのかを、ここで解きほぐしておきたい。いかにしてドーマルが「大いなる詩の賭けのための小鍵集」の段階から「聖戦」へと進んだのか、世界の根源にかかわる一元論的な認識が、なぜ日々の生活態度を規定する倫理としても機能しうるのか、両者をつなぐものは、必ずしも自明ではないからである。

まず、ドーマルは「原初の統一」こそを至高のものとし、すべてはそこから下降的に産出されたのだとする、きわめて古典的かつ非＝前衛的な、古代の宗教哲学の系譜につらなる詩人であった（その系譜の先には、プラトンやプロティノスがおり、シャンカラがおり、老子がおり、そのほかもろもろがある）。それは、ドーマルがみずからが得た「根源的な体験」によって、言語を超越した絶対的に無分節な次元があることを確信し、「ことば」と「もの」が同じひとつのものであるような（そのどちらもが「光」であるような）言語以前の原初的な状態を生きたことによっていた。ドーマルにとっての「詩人」とは、その失われた原初の一致を回復させる者のことであり、詩において「意味」と「音」が渾然一体となるようなとき、詩はこの原初の一なる状態を、類推の力によって、感知可能なものにする。「わたし」と「もの（非＝わたし）」が溶け合う「融即」の体験が「詩」の体験とみなされるのは、「融即」もまた、この原初の混沌を予感させるものだからだ。

さて、この「原初の一」を至高の「善」とみなすこと（それが次第に分裂して、下降することによって万物が生み出されたという発想）を「個人」という水準に移すとどうなるか（そのような宇宙開闢説が、どうして日々の生活における現実とかかわりあうのか）。そこには、存在と言葉、言葉と認識、認識と行動、「わたし」と「わたしが思い描くわたしの像」などが分裂することなくひとつになったときにこそ「原初の一」が回復されるはずだという発想がある。

自分自身と自分の言葉が一致していない状態（＝知ったかぶりもしくは嘘）、「わたし」と「わたしが思い描くわたし」がずれていること（＝自惚れ）、「わたし」と「ひとにそのように見せているわたし」がずれていること（＝虚勢）、「自分で自分の気持ちだと思いこんでいること」と「自分の気持ち」がずれていること（＝「自己欺瞞」）等々をドーマルが徹底して避けようとするのは、そうしたことがすべて、「わたし」自身を「ことば」において分裂させ、二重にさせ、「至高の一」からはるかに遠ざかり、それを裏切るような行為・現象だからである。

「自分自身に嘘をつかないこと」、「現実に目をふさがないこと」などの、単純に倫理的なものとみえる一連のドーマル的要請は、したがって「原初の一（＝光）」を至高のものとする形而上的・詩的世界観から否応なしに導かれてくる要請であり、だからこそ、ザルツマン夫人から意識と体をひとつにする方法を学んでいたドーマルは、それでも、その傍らで「書く」という言語的努力にかかわる訓練を続けていたのである。書く行為は、自分の言葉と自分自身とを完全にひとつのものにするという目的における、最良のエクササイズであった。

> ぼくが真面目だったというのはまた、書くことがぼくにとってすこぶる真剣な、危険に満ちた修練であり、過不足なく自分の知るかぎりを言うことだからです。二つの誘惑——ひとつは怠惰（言いやすいことしか言わないこと）の誘惑と、ひとつは嘘（頭ではどうにか知っていても、ほんとうに有機的には知らないことについて語ること）の誘惑とのあいだの、この狭い道を進んでゆくのはまさしくアクロバットです。(39)

「書く」ということは、何について書いているときであっても、その意味において、ひっきりなしに「自分自身と鼻をつきあわせること」にほかならない。それは、真実を語るための修練であるばかりでなく、真実に語るための修練の場である。だからこそ、言葉が真に、自分自身によって生きられた言葉であるのかどうか、ということもまた、「詩」というものの定義のひとつとなるのだ。「いわゆる詩であるもの、詩という構えをもった言葉なんて、どうでもいいんだと、わたしはおもっています」と詩人の長田弘は言う。「こころしたいのは、詩でないものの詩。言葉は、ただのできあいの観念を動かす道具じゃないんです。その言葉を一人の私がどんな感受性をかかえてとおってきたか、とおってゆくかを、言葉の一々はどんなときにも語っていて、詩が呼吸しているのは、そうした言葉の一々の経験なんです[40]」。

言葉と自己をどこまでもひとつのものとすることによって至高の一へと到達しようとするこの困難な修練こそがドーマルのテクストであり、『類推の山』という作品である。「ぼくは山について語るのではなく、山によって語るだろう。この言語としての山によって、地を天にむすぶ道であるもうひとつの山のことを語るだろう——あきらめるためでなく、ふるいたつために語るだろう[41]」(「覚書」)。

最後の詩

その『類推の山』を、ドーマルは未完に残して逝ってしまった。だが、わたしたちは、その死の直前にある私信に書きつけられた一篇の詩を読むことができる。タイトルすらつけられていない、たった八行の未刊行の詩だが、ドーマルの近親者や愛読者たちに「この一作」として慈しまれてきた、ドーマルの知られざる代表作である。

ぼくは死んでいる。ぼくには欲望がないから。
ぼくには欲望がない。もう所有していると感じるから。

ぼくは所有していると感じる。ぼくは与えようとしないから。
与えようとすると、ひとは自分がなにも持っていないことに気がつく。
なにも持っていないことに気がつくと、ひとは自分自身を与えようとする。
自分自身を与えようとすると、自分がなにものでもないことに気がつく。
自分がなにものでもないことに気がつくと、なにかになりたいという欲望をもつ。
なにかになりたいという欲望をもつとき、ひとは、生きるのだ。(42)

ドーマルの研究者ジャン・ビエスによれば、この詩は、インドの賢者シドナ・アリの詩に想を得たものである。(43) 自己を与え、自己を消すことによってのみ——救われることを企図しないかぎりにおいて——救われる自己がある。ドーマルと同時代の作家、中島敦の短篇「悟浄出世」に、この詩によく似た一節がある。「聖なる狂気を知る者は幸いじゃ。彼は自らを殺す事によって、自らを救うからじゃ。聖なる狂気を知らぬ者は禍《わざわい》じゃ。彼は自らを殺しも活かしもせぬ事によって、徐々に滅びるからじゃ(44)」。

だが、ドーマルのこの詩の魅力は、そうした内容にもまして、各行が次の行へと「しりとり」のようにつながっていて、うっかり読みだすとそのまま最後まで連れてゆかれてしまう、言葉の運動そのものにあるだろう。「ぼくは死んでいる」という意表を突く（そしてある意味では凡庸な）一行から始まり、しかしその糸を手放さずに次へ、次へと進んでゆくと、最後で解き放たれるような、あざやかな反転がある。「死」から「生」への、ゆるやかで、決定的な移行。その移行にともなって、いつのまにか生じているのが「ぼくje」から「ひとon」への移行である。「なにかになりたいという欲望」という、ともすれば「煩悩」や、相も変らぬ「自己同一性」の神話として回収されかねないようなものが、この詩においてそうした重苦しさをまとわずにいるのは、

「与えようとすると」の一語を契機として、「ぼく」から「ひと」へと主体が変化しているからだ。
「ぼく」から「ひと」へ。「死」から「生」へ。思えば、そうしたゆるやかな移り行きこそが、『大いなる酒宴』にせよ『類推の山』にせよ、ドーマルの作品を大きく貫いていた運動ではなかっただろうか。淀みから流れへ。静から動へ。思弁から行動へ。「ぼく」から「ぼくたち」へ。

この詩においては、言葉と言葉が、ひとつのゆるやかな「つながり」の運動をえがきだしながら、その螺旋の運動のさらに先にある、なにかはるかな、確かな明るみのようなものを予感させている。一見するとまったくたわいない話をしているように見えるのに、無限のものへの入口となっているような詩は世界に無数に存在するが、そのような詩にも、しばしば、このような螺旋の運動や、ほのかな明るみの印象が宿っている。たとえば、歩き疲れた家出少年ランボーが、居酒屋のテーブルに足を投げ出して、運ばれてきたビールのジョッキに西日がさしこんでいるのにふと目をとめたとき、そこにたちのぼっていたひとつひとつの小さな気泡の数々は、ただそのままで永遠であるようななにかへとつながっていたはずだ（ランボー「みどり亭にて」）。
「不可視のものの門は可視でなければならない[45]」とは、つまりはそういうことだ。一篇一篇の詩こそが、一粒一粒の小さな泡こそが、地を天へと結ぶ「類推の山」でありうる。だが、その事実《エヴィダンス》は、一篇の詩を、実際に自分自身の体をとおして「読む」という行為、その詩を「登る」という行為によってのみ、初めて本当の意味で発見されうる。また、そうであるならば、その最初の一歩となるものが、一篇の詩であるか、あるいは言葉ですらないなにか――ふとした拍子の誰かの表情や、ものや、音や、かすかな匂いや、道行くひとたちが周囲の光とすっかり溶け合うように思われる瞬間――であるのかは、すでに問題ではない。

ゆるされるただひとつの仮説は、島を取り囲む〈歪みの殻〉が、絶対に――すなわち、いつでも、どこでも、だれにでも——超えることのできないものではない、ということです。あるとき、あるところで、あるひとびとが（知っている、そして望んでいるひとびとが）、入れるということです。[46]

ソゴル師率いる一行は、「類推の山」の頂上にたどりついただろうか。ひとつだけ確かなことは、もしも頂上に着いていたとしても、必ずまた日常へともどってきたはずだということである。「いつまでも頂上にいることはできず、また降りてゆかなければならない……。では、そんなことをしてなんになる？　その理由はこうだ——高所は低所を知っているが、低所は高所を知らない」[47]（『類推の山』「覚書」）。だとすれば、一行が帰路につき、また日常にもどってきたそのときにこそ、本当の「聖戦（より大きな戦い）」、本当の「登攀」が始められたはずだ。

東洋の哲人たちは、座禅やヨーガや呼吸法や瞑想法などの、深層意識を拓くための様々な実践的な修練法を師から弟子へと伝授してきた。ドーマルにとっては、グルジェフ流の身体訓練がそれにあたるものだった。だが、もはや身体的にそうしたことが何一つできなくなっていたドーマルにとって、それでも、「言葉」は、最後まで、自分自身の修練の道であり続けた。自分自身によって本当に生きられた言葉だけを語ること。書くことだけでなく、話すことにおいても、それを同じ強度で日々実践すること。そのとき、日常生活の一瞬一瞬は修練の場となり、自分の力で登るべき「類推の山」となる。「ドーマルは、なにかをするときには全身でおこない、なにかを言うときには、全身で言いました。ドーマルに初めて会ったひとがいちばん驚くのはそのことでした」[48]（ジャック・マジュイ）。

「類推の山」は、すぐそこにある。光の過剰ゆえに不可視のまま、世界の中心にある時空の原点。わたしたちは、今、この場所から、その山を登り始めることができる。もはや身体が動かなくなり、ペンを取るのもやっとであったドーマルが、それでも「語る」という「聖戦」を続け、『類推の山』を書き続けたのは「知っている、そして望んでいるひとびと」を、ひとりでも多くふやすためであった。彼はもう全身的な存在ではなかった。だが、やはり全身的な存在であった。意識と光と言葉とがすべてひとつになった、真の瞬間は実在する。わたしたちは、そのことをすでに知らされてしまった。だから、あとは、望むことだ。とりわけ、望み続けることだ。だが、望むのは、わたしたち自身でなければならない。

付録

ルネ・ドーマル
詩文選

スピノザの非＝二元論あるいは哲学のダイナマイト〔1〕（抄）

こうした教えというものは、本来書かれた文字などのなかに収まりきらないものである。それらの教えは、本来必ずや、年長のものから年若のものへと口頭で伝えられるべきものだ。哲学の本というのは、多くの場合、ただ怠惰を助長するだけのものだ。行儀よく並べられた言葉は、すべてが明解であるかのような幻想を与え、読者が不条理の壁につきあたることをさえぎってしまう。一方、ゾーハルの編者たちは、書かれた書物がそれでもやはり役に立つものとなるような、ひとつの迂回路を発見した。それは、書物を伝達のためのものとするのではなく（伝達など不可能である）、真に思考を挑発するようなものとする道である。つまり「難問《カス・テツト》の手法」だ［カス・テットは、語源的には「頭を壊す」という意味］。ゾーハルを数ページ、それも純粋に形而上学的なことについて書かれたページを読んでみるといい。たいていの場合、初めのうちは、完璧に論理的で一貫した展開が続き、当然こうなるだろうという結論をやすやすと予測できる。それが長々と続いたりもする。ところが、あるとき突然、すべてを再審に付すような一文が現れるのだ。しばしのあいだ、読者は、めまいを起こし、呆然としたままでいる。だが、まさにその時にこそ、なにかが、くっきりと精神に刻みつけられるのだ。それこそが、一冊の書物が伝えることができる、ただ一つのポジティヴなものだ。すなわち、問いかけだ。

糧を探して[2]

ひとの体は、そのありかたにしたがって、それぞれ特別な食べ物を求める。妊娠中の女性が突然イワシを食べたくなると、もうイワシ以外のどんな食べ物にも満足できない。ほかの食べ物をどれほどたくさん摂取したとしても、本当の意味で「食べる」ことになるのはイワシだけだ。だが、その女性は、自分の食べたいものが自分でわかっているという特権を持っている。ところが、いつ、何が精神の糧になるのかは予測ができない。ある男が、かれこれ一週間にもわたって、感じ、知覚し、思考していた。だが彼を一瞬のうちに、とつぜん超人間的な生のなかへと運び去るのは、ふとした光景や、ちょっとした行動であったりするのだ。まさしくその瞬間、彼は知覚という広い広い牧草地のなかで、自分が新たな生を生き始めるための、ただ一本の草を見出す。自分に合った唯一の食べ物、だが、それだけが自分に合った食べ物であることは事前に知らされてはいない。しかも、その時がすぎれば、もうそれは自分に合った食べ物ではなくなってしまう。たとえば、カフェのテラスにいるとき、目の前をひとつの葬列[3]が通りすぎる。その瞬間、彼は生き、食べるのだ。だが、彼以外のひとは誰もその葬列に気がついていない。彼は、その葬列と自分の体とのあいだに成立した調和によって、たったひとり、世界との交感を果たす。身体を忘れ、葬列を忘れ、世界はもう存在せず、ただ絶対との合一だけがある。

聖体を口にするとき、信徒は神と交感している。神的な咀嚼の秘蹟とは、そのような出合いのうちにあるのだ。身体は宇宙的な秩序の統一《ユニテ》へと再帰し、魂は自分に合った食べ物をみつけ、自由に解放されて生き始める。聖テレサは、それが魂の永遠の糧となることを願って、「清冽な水の湧出する噴水」を熱望した。

そのような糧を食べる行為は、ほんの一瞬のうちに――つまりは永遠のうちに――起きるにすぎない。だが、その単純で比類ない行為は、ある種の思念の引き金となる。ところが、そのような思念は、食べるという行為を知的に発展させたものにすぎず、それは食べたということの必然的な結果ではあるものの、すでに糧となることはないものだ。それにもかかわらず我々は、その思念の方こそをありがたがるという誤りをおかしがちだ。そのような危険を回避するためにも、そうした交感の知的な発展物は「贈り物」として差し出すのがよい。その交感をもとにしたなにかを、自分の外部に作りだすのだ。たとえば、それは、哲学的なエッセイのようなものになるかもしれない。

あるいは、そのような交感から、また別種のなにか、うまくゆけばそれ自体が別の誰かにとっての糧となるような、精神的な果実――ごく広い意味で、「詩的な」と形容されるすべてのもの――を生み出せるかもしれない。我々の本性のすべてをかけて、合一の体験が引き起こした運動から、直接に引き出されたような作品を。

なお、我々の精神が「食べる」というとき、重要なのは、どのような精神がどのような糧を食べるかではなく、食べるという行為そのものがそこにあること、および、その交感の行為は何人にも属さず、ただそれ自体として価値をもつことである。そうである以上、我々は、自分のためだけでなく、あらゆるひとのために、あらゆる摂食の機会と、あらゆる種類の糧となりうる事物を探求するべきなのだ。それは詩となり、物語となり、デッサンやその他の作品となるだろう。

世界には、「糧」となりうる、単純な事物が存在する。そうしたものに出会えるかどうかは、運によりけりだ。せめて、世界のあちこちで見つけたその糧について、報告書を差し出すことにしよう。ひとつには、我々に栄養を与えたその事物を、自分から遠ざけてしまうために。それは、もはや我々を養いはしないにもかかわらず、そこへ立ち戻りたいという気持ちを掻き立てるものだ。そして、ふたつには、すべての人間の性質には、なにかしら共通のものがある以上、ひょっとすると、好機がやってきさえすれば、複数の人間によって食べられるような糧が存在するのかもしれないと信じずにはいられないからだ。

性生活のクロニクル――接触なしに生じる遺精の六つのケース(4)(抄)

〔ケースその二〕

Nはあらかじめどう答えるべきかを仕込まれた女性に尋ねる。

「あなたは、ムール貝が煮えるのをみたことがおありですかね」

「もちろんですとも」と女性は答えねばならない。

「で、その、ムール貝は、どうなってるんですかね、湯が煮えているあいだ、どんな様子をしてるんですかね、お嬢さん」

「まあ！　なにも特別なことはありませんのよ。ただ、泡をふいて、身をよじらせて……」

「ほおおおお！　けっこう！　けっこう！　泡を吹いて、身をよじらせて、苦しがるんですな……」

Nはますます好奇心をつのらせる。

「ではあなた、どうですかね、もしや、ふたつのムール貝が、ふたつのムール貝が煮えるところをですね、見たことはありますかね」

「ありますとも！」

「それは、それは！　ぜひどんな様子かお聞かせねがいたい！」

女性は熱湯のなかのムール貝たちの苦しみを細かく描写せねばならない。

「十個のムール貝が煮えるのを見たことは？」

……

「百個のムール貝が煮えるのを見たことは？」

……

「千個のムール貝が煮えるのを見たことは？」

と、そこまで来たところでNの欲情は満足させられるのであった。

顔のない体と体のない頭部⑤

日本人は怪奇譚にかけてはお手のものだが、ぼくが知るかぎり、これ以上におそろしいものはちょっと想像できないというほど最高におそろしいのは、絶対に出くわしたりはしたくないものの、ひょっこり道端に座っている女の妖怪である。両手で顔を覆って、しゃがみこんでいるので、どうしたのかと近づいてみると、ふと顔をあげたその顔が、目も鼻も口もない、のっぺらぼうなのだ。

はっきりと見分けることができる事物は、我々に恐怖を与えない。恐怖とは、あるはずのものがなかったり、はっきりと見えなかったりするときに生まれるのだ。我々は、自分がのっぺらぼうではないことを示すために微笑を交わし合い、「友よ」と呼び交わしながら交際をすることで、互いにこわい思いをさせないようにしている。我々はいつも、こわい思いをすることをこわがっているのだ。

それから、これも日本の妖怪の話だったと思うが、空中を飛び交う生首の姿をした、一種の吸血鬼がいる。夜になると、ミツバチの群れのように、歯をむいてこちらに襲い掛かってくるのだ。奴らに抵抗するためには、真正面からじっと、目をそらさずに、見つめ続けることができねばならない。だが、日がのぼるまで見つめ続けていられれば、その姿は消える。

根源的な体験〔決定的な思い出〕[6]

事実は語りえない。それが起こった十八年前から、ぼくは幾度もそれを言葉にしようとしてきた。だが、これを最後と思って、今度こそ自分が持てるかぎりの言語的資源を使いつくし、せめて、いかなる外的状況と内的状況のもとでそれが起こったのかを語ることにしたい。その事実とは、ある確信のことである。ぼくは十六歳か十七歳のときに、偶然それを得た。そして、その確信の記憶は、ぼくという人間の最良の部分を導き、どうすればその確信を持続的に見出せるかを探求させてきたのだ。

ぼくの幼年期と思春期の思い出は「向こう側」の体験をするための一連の試みによってしるしづけられている。ここで語ろうとしている根源的な体験＝実験[7]をすることになったのも、なかば楽しむようにおこなわれていたそれらの試みに導かれるようにしてであった。まず、六歳の頃、いかなる宗教教育も刷り込まれていなかったために、死の問題は、じかに、むきだしの姿でぼくに迫ってきた。ぼくは、「無」というもの、「それきりなんにもない」ということへの不安に下腹をえぐられ、喉元をつかまれるようにして、恐ろしい夜々を送った。

十一歳の頃のある晩、全身の力を抜いてみると、未知なるものを前にしての恐怖心と、身体器官が攪乱されるような感覚を鎮めることができた。新しい感情がわいてきたのだ。それは、永遠に消えない不朽のものへの希望とその予感であった。だが、ぼくは、それ以上のことを望んだ。もっと確実なものが欲しかったのだ。十五歳か十六歳のとき、行き当たりばったりに、とくに方針もないまま、実験による探求を始めるようになった。死それ自体を——ぼく自身の死を——直接に体験するわけにはいかなかったので、眠りの研究をすることにした。死と眠りのあいだにはアナロジーがあると思ったのだ。目覚めたまま睡眠状態に入っていくためのさまざまな方法を講じた。そのような企ては、一見そう見えるほど徹頭徹尾ばかばかしいものではない。ただ、さまざまな点からみて、危険なものではあった。いずれにしろぼくは、それほど遠くまで行けなかった。どれほどの危険をおかしているのか、本能が深刻な警告を発した。だが、ある日とうとう死の問題そのものに向き合おうと心に決めた。生理的な死の状態に限りなく近い状態に体をおき、ただし注意力は目覚めたまま、自分に起こることを逐一刻み込むのだ。ぼくの手元には、鱗翅類の標本づくりに使っていた四塩化炭素があった。四塩化炭素がクロロフォルムと同系列の薬品——さらに毒性が強い——ということは知っていたが、ごく単純な工夫によって、その作用は調整できると考えた。つまり、その揮発性の液体をハンカチに浸して鼻孔にあてていても、失神が起こる瞬間には手の力も抜けてしまうだろうから、それでハンカチも落ちるはずだった。その後、同じ実験を学校の友達の前でやった。危なくなったら、助けてくれることになっていた。実験の結果は、いつもまったく同じだった。毎回覚悟はしているのだが、結果はいつでもそれ以上の、気を動転させるものだった。ありうることのすべての限界が吹き飛び、ぼくは抗いようもなく、別の世界へと投げだされるのだった。

最初は、ごくふつうの、窒息したときの症状になる。動脈が脈打ち、耳鳴りが聞こえ出し、こめかみがどくん、どくんと音を立てる。外部の物音はどんなに小さいものでも、たまらないほどはっきりと頭に響き、ちらちらとする光が見える。続いて、お遊びはもう終わりだ、これは本格的だ、という感じがやってくると、その日までの自分の生涯が走馬灯となって見えてくる。それは、少々苦しいことではあったが、ふつうの身体的な具合の悪さとそれほど異なるものではなく、知性は完全に自由なまま、ぼくは自分に向かって繰り返すことができた。眠りこまないように気をつけろ、今だ、今この瞬間こそ、しっかりと目を見開いておかなければ。閃光がちらちらと目の前を踊り始め、やがてその光が空間全体を占めてしまうと、血管の音がひときわ高くなり、そのときにはもう、いっさいの言葉は使えなくなっている。自分自身に語りかけることすら不可能なのだ。思考のスピードが速すぎて、言葉はただ置き去りにされる。手はまだガーゼを抑えており、自分の体がどうなっているのかは正確に把握できている。そばで言われている言葉も聞こえているし、その意味も理解している──というようなことを、ただの一瞬のうちに、いっぺんに考えていたが、突然、事物も、言葉も、言葉の意味も、その意味を失ってしまう。ちょうど、同じ言葉を何度も何度も繰り返しつづけたあげく、その言葉を口にしてももはやなんの意味も感じられず、違和感だけが残るときのように。「テーブル」という語が何を意味するのかはまだ理解でき、それを的確に使うこともできるが、もはやその語が何も喚起しなくなった状態だ。つまり、通常の状態にあるとき、自分にとって「世界」であったようないっさいは依然としてそこに存在しているのだが、突如として、その実質が抜き去られてしまったかのようだった。「世界」は、同時に空っぽで、不条理で、正確で、ただそうあるほかのないものだった。しかも、その「世界」は、現実性を欠いたものと見えた。ぼくはその「世界」よりも、もっと強烈に現実的な世界からそれを見ていたからだ。瞬間的だが永久的でもあり、現実性と明証性に燃える燠のようなその世界に、ぼくは火の中に落ち込んでいく蝶のように、くるくると投げ込まれていった。そのとき、確信が生まれたのだった。だがここから先は、言葉はただ、起こった事態の周辺をうろつくことしかできない。

それは、何についての確信なのか？　言葉は重い、言葉は遅い、言葉はあまりに脆弱すぎるか、あまりに融通がきかなすぎる。いつも使っている語彙では貧弱すぎて、不正確なことを並べるのが関の山だ。あの確信は、ぼくにとって、正確さの原型のようなものだというのに。そのときの体験について、通常の状態にもどってから考えられること、少なくとも言えることは、次のようなことだ――それについては首を賭けてもいい。ぼくは、なにか別のもの、向こう側があるのだという確信、別の世界があり、別の種類の知があるのだという確信を得たのだった。その瞬間にぼくは「向こう側」をじかに知り、その生々しいリアリティに触れた。新たな状態に身をおきながら、通常の状態のことを完全に意識できていたし、理解もしていた。あたかも、夢が覚醒状態のなかに含まれるように、通常の状態は新たな状態のなかに含まれており、その逆ではなかった。この関係が逆転することはなかった。それは、新たな状態が通常の状態よりも優位にあること（現実性の水準、あるいは意識の水準において）の証しだった。そのときぼくは、はっきりこう思った。やがてぼくは「ふつうの状態」と呼ばれるもののなかへと戻ってゆき、この圧倒的な啓示の記憶は薄れてしまうことだろう。だが、真実を見ているのは、今、この瞬間なのだ、と。ぼくはそのようなことを言葉を使わずに考えており、同時に、ほんの一瞬といってもいいほどの素早さで、いわばぼくという人間の実質において抱かれるような、自分をつらぬく上位の思考に伴われてもいた。ぼくは、永遠に抜け出ることのできない罠にとらわれ、ぼくを否定するおそるべき「法」のメカニズムによって、今すぐにでも自分が消えてしまうような感覚が、しだいしだいに猛烈な速さでつのってくるのを感じていた。「そうなんだ！　そうか、こういうことなんだ！」というのが、ぼくの思考の叫びであった。ぼくは、最悪の事態を避けるために、その運動についてゆくしかなかった。それは言いようのないほど苦しいことであり、その苦しさはだんだんと激しくなっていったが、だからといってついてゆこうとしないこともまた不可能だった。とうとうそれ以上頑張ることができなくなったとき、おそらくぼくは、ほんのわずかなあいだ、気を失っていた。ガーゼが手から落ち、大きく息を吸い込み、その日は、それから一日中、ひどい頭痛に襲われて、茫然としていた。

さて、そのいわくいいがたい「確信」の正体を、イメージと概念のたすけを借りながら、つきとめることができるだろうか。まず理解すべきことは、その「確信」は、我々の通常の思考よりも、一段高い意味の次元にあったということだ。我々は、概念の意味を明かすために、イメージを使用する習慣がある。たとえば、円という概念を伝えるためには、円のイメージを使用する。だが、ぼくの体験においては、概念そのものは最終的な目的物でも、その意味を明らかにされるべきものでもなかった。概念――ふつうの意味でいう観念――の方が、それ自体なにかもっと上位にあるものの記号だったのだ。繰り返すが、その「確信」が啓示のようにおとずれたとき、ぼくの通常の知性のメカニズムは、そのまま機能していた。イメージが形成され、概念や判断は、言葉という重荷を伴わぬまま、思考として胚胎されていた。概念や判断は、言葉を介さないがゆえに、ちょうど、深刻な身の危険が迫った瞬間に、たとえば登山者が墜落するときのように、ものすごい速さで、また同時的に生起していたのだった。

したがって、ぼくがこれから描写するイメージと概念は、その体験の際に生起したものなのだが、日常的な、見せかけにすぎない「外的世界」と、「確信」そのものを仲介する現実のレベルに位置することになる。しかしながら、こうしたイメージや概念のうちのいくつかは、後になってから粉飾されてしまう。というのも、その体験を語ろうとすると、自分自身に対してであっても、どうしても言語に頼らざるをえず、そうなると、それらのイメージや概念が暗々裏に孕んでいたものが、あからさまに展開されてしまうからである。

概念とイメージは実際には同時的なものであったが、まず、イメージのほうから話をはじめよう。それは、視覚的であると同時に、聴覚的なイメージだった。最初に見えたのは、燐光のヴェールのようなものであり、ヴェールの向こうに通常の状態の「世界」が見えていた。だが、その世界よりも、ヴェールのほうがよりリアルに感じられた。それから、半分は赤く、半分は黒い円が、半分は黒く、半分は赤い正三角形に内接しているのが見えた。赤い半円の方が黒い三角形に、黒い半円の方が赤い三角形に内接していた。そのような円と三角形の組み合わせによって空間全体が無限に分割されていた。円と三角形は接し合ったり、動いたりしながら、幾何学的にはありえない、通常の状態では表現しえない関係をとっていた。その光に満ちた運動には、音もついていたが、ぼくはふいに、その音を発しているのがぼく自身であることに気がついた。ぼくという存在はほとんどその音それ自体であり、その音を発することによって自分の存在を維持しているのだった。それは一連の文句のようなものであり、ぼくは「運動についてゆく」ために、その文句を繰り返し、しだいにそのスピードをあげねばならなかった。その文句というのは、およそ（事実を飾らずに語ろうとしている以上、どれほど馬鹿馬鹿しくとも、それを隠すことはすまい）「テム、グウェフ、テム、グウェフ、ドル、ルル、ルル」というものだった。二つ目のグウェフにアクセントがあり、最後の音節が最初の音節に重なり、そのリズムが永久運動のように続いていた。繰り返しになるが、その音が、ぼくという存在自体の音なのだった。その音がどんどん速くなり、もしぼくがそれについてゆけなくなってしまえば、なにか途方もなく恐ろしいことが起こるのだということがわかっていた。実際そのようなことが、今すぐにでも起ころう、起ころうとしていて、あともう、ほんの僅かであったのだが……、それ以上のことは、もう何も言えない。

次に、概念に関してだが、概念は「同一性」という観念を中心として、その周辺をまわっていた。毎瞬ごとに、あらゆる概念が、同じところへともどってくる。それは、空間的、時間的、数値的な図式で表されていた。それらの図式は、確かにその瞬間に現前していたが、そのような区分けによる差別化や言語による表現は、当然ながら、後からのものである。

図式が表れていたその「空間」は、ユークリッド幾何学が通用する場所ではなかった。それは、ある一点からの無限の拡張がどれも同じ一点へと回帰するような空間だったからだ。数学者が「曲がった空間」と呼ぶものが、あれだろうと思う。その運動をユークリッド平面に投影するならば、次のように描写できるだろう。まず、円周が無限に拡張してゆく、巨大な円がひとつある。その円は、ただ一点をのぞいて、完璧であり、純粋であり、一様である。だが、まさにその事実のために、その点は、ひとつの円に拡大し、その円もまたどこまでも膨張しながらその円周を無限に押し広げ、ついにはひとつめの円と判別がつかなくなるが、そのときにはその円はただ一点をのぞいて、完璧で、純粋で、一様であり、その点は、ひとつの円に拡大し……以下同様、それが永久に繰り返されるのであるが、しかも、実のところは、それがすべて一瞬のうちに起こっていたのだった。というのも、無限に広がる円周は、毎瞬ごとに「点」としても現前していたからだ。といってもその点は、円の中心にあったわけではない。だとしたら、あまりにも美しすぎるだろう。そうではなく、その「点」は中心から外れたところにあり、ぼくという存在のむなしさ、そしてぼくという存在の特殊性が「すべて」という巨大な円にもたらす不均衡となっていた。「すべて」は毎瞬ごとにぼくを無に帰すことによって、その全体性を取り戻していた（だが「すべて」はその全体性を一度として失いはしなかった。失われるのは決まってぼくのほうだった）。

「時間」に関しても、この図式は完全に同じだった。無限に拡張するものがその起源へと帰還する運動は、時間的な持続（「曲がった」持続）についても、空間についても同じようにあてはまった。最後の瞬間と最初の瞬間は永久に等しく、一瞬のうちにいっさいが震えていた。これについて、ぼくが無限の「反復」という言いかたしかできないのは、通常の「時間」の概念によって話をせざるをえないからだ。ぼくが見ているものは、それまでにもずっと見てきたものであり、これからもずっと見るであろうものであり、それが幾度でも続き、すべてが毎瞬ごとにまったく同じように繰り返されている。それは、あたかもぼくという、特殊かつ完全に無に等しい存在が、均質で不変的な実質のなかで、あたかも癌細胞のように、ごくわずかな一瞬をとめどなく増殖させているかのようだった。

「数」についても同様である。無数に増殖する点、円、および三角形が、一瞬のうちに再生を反復する「一なるもの」に合致する。その「一なるもの」は、ぼくをのぞいて完璧であり、だが、その「ぼくをのぞいて」という事実こそが「すべて」の単一性を打ちやぶり、際限のない瞬間的な増幅を引き起こすと同時に、ただちにその臨界点において、ぼくをのぞいて完璧な、再生された「一なるもの」と融合し、そしてすべてがふたたびその場で、一瞬のうちに反復される……。しかも「すべて」の単一性が真に損なわれることのないままそれが起こるのであった。

この調子で、その時の「確信」を、論理的なカテゴリーの内に閉じ込めるような話しかたを続けてゆけば、このうえさらに馬鹿馬鹿しい表現を重ねることになってしまうだろう。たとえば、因果関係のカテゴリーでいえば、原因と結果は互いに互いを内包し、一瞬ごとに発展し、その実質的な同一性は、ぼくが存在することによる真空あるいは穴によって不均衡がもたらされ、原因と結果は互いに入れ替わる、というような具合に。

それでも、これまでに語ってきたことによって、ぼくの言う「確信」が、数学的なものであり、実験的なものであり、さらに感情的なものでもあることは十分に理解してもらえたと思う。まず、それが数学的——いやむしろ、数理論的——であるということは、間接的にであれ、ぼくがいま試みた概念的な描写からわかるだろう。つまり、抽象的に要約すれば、有限存在と非存在が、無限のなかで一致している状態である。ついで、それが実験的なものであったというのは、それが直接的なヴィジョンに根拠を置いていたからではなく（それだけならば、それは実験ではなく、単なる観察でもありうる）、また、その実験が再現可能だからでもなく、ぼくを無に帰そうとする運動にぼくが「ついてゆこう」として、ぼく自身から発する文句を繰り返し唱えていたという一瞬ごとの奮闘によって実感されたものだからだ。最後に、それが感情的であるというのは、そうしたすべての現象において——まさにそこにこそ、この体験の核心があるのだが——、ぼく自身が問題となっていたことだ。ぼくは、自分という存在のむなしさに真正面から向き合っていた。というよりも、それは、ぼくという存在の一瞬ごとの永久の消滅であった。全的な消滅でありながらも絶対的な消滅ではない、「漸近線的な」消滅、といえば、数学をやったひとにはわかってもらえるだろうか。

ぼくの言う「確信」にこれら三つの性質があったことを強調しておきたいのは、それについての三種類の無理解がおこるのを未然にふせいでおきたいからだ。第一に、そこにただ漠然とした、神秘の彼岸のようなものを見て、なんとなくわかったような気になられること。ぼくの確信は数学的なものであったのだ。第二に、心理学者、とりわけ精神科医が、ぼくの証言を証言としてではなく、研究に値する心理現象の一種のように受け取って、彼らが「心理学」と名付けるものによって説明できてしまうと思い込むこと。ぼくがこの「確信」の体験的側面（単に内省的ではない側面）を強調するのは、そうした解説をやめてもらうためである。第三に、この「確信」の核にあたる「これはぼくなんだ！　ぼくのことなんだ！」という叫びによって、興味本位で同じ方法や別の方法で同じ実験をしてみたいと思うひとに危険を伝えるためである。警告しておくが、それは真にぞっとするような体験である。その危険についてさらに詳しく知りたい場合には、ぼくに個人的にたずねてほしい。ぼくが言っているのは、生理的な危険のことではない（それも非常に大きい）。というのも、仮に重篤な病気や、体の一部が不自由になることや、身体的な余命が確実に短くなることを受け入れるくらいのことで、あのような「確信」を得ることができるならば、それは決して高い代償ではないからだ。そこにあるのは、狂気や完全な痴呆状態に至るかもしれない、という現実的な危険だけではない。確かにぼくは、言葉では書きえないほどのとてつもない幸運によってその種の危険からまぬがれた。だが、ぼくの言う危険は、もっと深刻なものであり、「青髭」の物語の妻の運命が告げているような性質のものだ。(8) 禁断の扉を開けることによって、恐ろしい光景に打ちのめされ、その衝撃が焼きごてのように、自己のもっとも深い部分に刻み込まれる。最初の実験のあとは、一般に「現実」と呼ばれるものからの「解離」が数日間続いた。何もかもが意味のない幻想のように見えて、なんであれどんな論理にも納得できなくなっていた。内的・外的を問わず、どんな衝動にでも、風に吹かれる木の葉のように従いかねなかった。実際、何もかもがどうでもよくなっており、あともう少しでとりかえしのない「行為」(と呼べるとして)へと走るところだった。ぼくは、幾度も同じ実験を繰り返したが、結果はいつでもまったく同じだった。というよりも、それはつねに同じ瞬間であり、ぼくはいつでも同じ一瞬をふたたび見出すのだった。その瞬間には、ぼく自身における時間の持続が、見せかけの展開と永久に共存していた。だが、あまりにも危険であるので、ぼくは実験を重ねるのをやめた。ところが、何年かたったある日、ちょっとした外科手術を受けることになり、亜酸化窒素で麻酔をされた。すると、まったく同じことが起こったのだ。ぼくは唯一の瞬間をふたたび見出した。だが、そのときは、確かに、そのまま完全に意識を失っていったのだった。

ぼくの確信は、とくに外部からの追認を要するものではない。だが、この確信のために、ほかのひとびとが同じ啓示について言語化を試みてきた多種多様な物語の意味が突然はっきりしたということがあった。ぼくは、自分がひとりではなかったこと、この宇宙のなかで、自分のケースが、孤絶した、病的なものではなかったことを知った。まず、学友たちの幾人かが、ぼくと同じことを体験しようとした。通常の麻酔状態に先だつ一般的な現象をのぞいては、何も起こらない者がほとんどだった。それよりも少し先まで行き、通常状態から脱出した友人もふたりほどいたが、そこから深い当惑と、ごく漠然としたイメージを持ち帰っただけだった。ひとりが言うには、それは、食前酒の広告ポスターのようであった。ふたりのカフェの給仕が瓶を持っており、その瓶のラベルでもふたりのカフェの給仕が瓶を持っており、その瓶のラベルでも彼らが持っているラベルの貼ってある瓶が持たれている……。もうひとりのほうは、その時の記憶に立ち返るだけでもつらそうな様子で、こう説明をした「イクシアン、イクシアン・イ、イクシアン、イクシアン・イ……」。いうまでもなく、これはぼくの「テム、グウェフ、テム、グウェフ、ドルル、ルル……」と同じことを彼なりに言ったものだ。だが、もうひとり、三人目の友人は、ぼくと正確に同じ現実を目にしたのだった。ぼくたちは、ただ視線を交わしただけで、同じものを見たことを理解した。それがジルベール＝ルコントだった。ぼくはのちに彼と共に『大いなる賭け』誌の編集をおこなうことになるが、この雑誌に満ちている深い信念のトーンは、ぼくたちが共有した「確信」の反映にほかならない。そして、このときの体験がぼくの人生を決したように、それが彼の人生を決したこともぼくは疑わない。ただし、それは、別の意味においてではあったが。

その後、ぼくは少しづつ、同様の体験を証言する書物を発見していった。それ以前には、それらの証言が同じ一つの現実にかかわるものであるなどとは思ってもみなかったのだが、この体験をして以来、そうした物語や描写を読み解く鍵を手にしていたからである。ウィリアム・ジェイムズが、これと同じ話をしている。(9) オスカル・ミロシュが『ストルジュへの書簡』(10) の語りにおいて、まさにぼくが言わんとしていたことを同じ語を使っていたのを読んだときには心底おどろいた。中世の僧が語り、パスカルが見たという（だがそれを初めて見、初めて語ったのは、誰だったのか？）名高い「円」(11) はぼくにとっては単なる寓意ではなく、確かにこの目で見た、あの苛烈なヴィジョンであった。そして、人類が残してきたこれらの証言だけでもほぼ十分なくらいなのだが（真の詩人たちにおいて、こうしたヴィジョンの断片なりとも見出すことのできないことはまずなかった）、それ以外にも、偉大な神秘家たちによる告白や、さまざまな宗教の聖典が同じ現実について確言している。それらの現実は、ときに、それを見た個人が限られた能力しか持たず、それを知覚するだけの段階に達していない場合、つまり、ちょうどこのぼくがそうだったのだが、鍵穴から永遠をのぞこうとして、「青髭」の洋服ダンスの前に立ってしまった場合のように、ぞっとするほどおぞましいものとなる。だが、それは、圧倒的な光に満ちた、幸福に輝く、平穏なものとして現れることもある。自分自身が現実に変化を遂げ、その身を打ち砕かれることなく、現実を真正面から見据えることができた場合である。たとえばぼくが思い出すのは、『バガヴァッド・ギーター』における神的存在の啓示[12]、エゼキエルの夢[13]、パトモスの聖ヨハネのヴィジョン[14]、『チベットの死者の書（バルド・トドゥル）』のなかのいくつかの情景[15]、あるいは『楞伽経（ランカーヴァターラ・スートラ）』の一節[16]などだ。

その時すぐに、決定的に気がおかしくなったわけではなかったので、ぼくは、この体験の思い出について、少しづつ哲学的に考えるようになった。もしも、あるひとが、ちょうどよいタイミングで「さあ、ここに、門があいている。狭く、通り抜けるのがむずかしい門だ。だが、これは門であり、お前のためのたったひとつの門なのだ」と言ってくれることがなかったら、ぼくはひとりよがりな哲学のなかへと沈潜してしまっていたことだろう。

一九四三年四月

戦争についての詩を書くことにする。おそらく本当の詩にはならないかもしれないが、本当の戦争についての詩にはなるはずだ。

本当の詩にはならないかもしれない、というのは、もし、ここに本当の詩人がいて、彼が口をひらくのだという噂が群衆にひろまったならば、
——あたりはたちまち水を打ったような静けさにつつまれ、重々しい静寂、天も裂け地も割れんばかりの静寂にひたされるはずだから。

詩人とは、目にもさやかに見えるもの。詩人とは、見者の目をもてぼくらをさしつらぬくもの。哀れな影に身を包み、ぼくらはさっと蒼ざめる。ひよわで、気がねばかりで、そこにいてもただそれだけのぼくらは、なぜ、あのひとばかりが、こんなにも強く、存在感にみちあふれているのかと、ねたましさでいっぱいになる。

そのひとは、触れればはじけそうなほどに、敵という敵を総身にみなぎらせ、この場所へやってくる——そう、敵は彼の身の裡に抑えこまれており、敵どもが解き放たれるかどうかは、彼の気持ちひとつなのだ——苦しみと怒りのあまり、真白に燃えあがり、それでも詩人は、花火職人さながらに、静かに、みなが固唾をのむなか、小さな水栓をひねる。細く、小さな水栓から、とぎれぬ言葉が溢れだす。
そこからほとばしるのは、一篇の詩。それを耳にするぼくらには、もはや、生きた色さえない。

ぼくが今から書くものは、そんな詩人が創りだすような、真に詩的な詩とはならないだろう。というのも、真の詩のなかで「戦争」という語が発されたならば——
そのときには、戦争が、真の詩人が言うところの真の戦争が、手加減も妥協もない本当の戦争が、ぼくらの心の中で勃発するはずだから。

というのも、それが本当の詩であるのなら、言葉はものをともなうからだ。

だが、ぼくの書くことは、哲学的な言説ともならないだろう。というのも、哲学者であるためには、自分自身のことよりも、真実をこそ愛していなければならず、誤謬とは金輪際縁を切っており、心地よくこちらに取り入ってくる夢物語や、自分に都合のいい幻想などは、ことごとく処分済みになっていなければならないからだ。ところが、それこそはまさに戦いの目的であり、それができたならば戦いはもう終わっている。だが、今、戦争は始まったばかり、仮面を剥がすべき裏切り者はまだまだいるのだ。

だが、それはまた、科学的な著述ともならないことだろう。科学者であるためには、ものごとをあるがままに眺めねばならず、愛するためには、まず自分が自分自身であらねばならない。あるがままの自己をいさぎよく見つめることができなければならない。うぬぼれ鏡を片端から打ち砕き、それでも忍び込んでくる亡霊たちを、容赦のない一瞥で皆殺しにしておかなければいけない。ところが、それはまさにこの戦争の目的であり、それができたならば戦いは終わるのだ。けれどいま戦争は始まったばかり。剝ぎ取るべき仮面はまだまだ残されている。

だが、それはまた、情熱的な歌となることもないだろう。というのも、情熱が確かなものとなるのは、神がたちあらわれ、敵たちがすべて形のさだまらぬ力にすぎぬものとなり、戦争の轟音が天も砕けよと鳴り響くときだからだ。ところが戦争はまだ始まったばかり、ぼくらはまだ自分たちの就寝具を薪にくべてすらいない。

そして、それはまた、魔術的な呪文ともならないだろう。というのも、魔術師というものは「私の気に入るようにしてくれ」と魔神に向かって言うものであり、たとえば自分にとって好ましい敵であれば、それが自分に最悪のものをもたらす敵であろうとも、戦うことをやめてしまうからだ。といって、ぼくの言葉はまた、信者の祈りとも別のものとなるだろう。というのも、信者というものは、最善のことが神の「御心のままに」なされることを願うものであり、最愛の人間のはらわたにすら、それが敵であるならば、燃えさかる剣の刃を突き立てるものなのだから。――そう、戦争の現実とはそうしたものだ。そして、戦いはいま始まったばかりだ。

ぼくの語ることは、そうしたすべてが少しずつ混じったものとなるだろう。そうしたすべてに向かっての、わずかな希望と、なけなしの努力。そしてそれはまた、いくらかは、武器を取れ、という呼びかけともなるだろう。その呼びかけは、ぼく自身のところまでこだまして戻ってきてしまうだろうが、でも、ひょっとすると、誰かの耳にも届くということもあるかもしれない。

ぼくが語ろうとしている戦争が、どんな戦争のことであるかは、もうおわかりだろう。

もう一つの方の戦争——外部から襲ってくる戦争——については、ぼくからは話すまい。仮に話したとしても、文学にすぎない戯言、代替品、言い逃れになってしまうだろうから。「ぞっとする」という言葉を、鳥肌ひとつ立てることもなく、ぼくは口にしたことがある。店の棚から食糧を盗み出す段階にすら至っていないのに、「腹が減って死にそうだ」なんていう表現を使ったことがある。鍵の穴から永遠をのぞこうとしたこともないくせに、狂気について語ったことがある。取り返しのつかぬ塩の味を舌先に感じたこともないのに、死を語ったことがある。純潔について語りながら、自分は家畜の豚よりも上等なのだと思い込んでいるひとたちのように。自由について語りながら、自分をがんじがらめにする鎖を愛おしみ、その鎖をつやつやに磨くようなひとたちのように。愛について語りながら、愛しているのは自分の影だけというひとたちのように。犠牲について語りながら、自分は小指一本、頑として差し出そうとしないひとたちのように。知について語りながら、自分に対して自分を偽っているひとたちのように。口先ばかりで、何も見えていないという、深刻な病に罹ってしまったかのように。

健康な若者が殴ったり殴られたりする話を好んでしたがる病人や老人のように、このぼくが戦争の話をしたところで、むなしい代用品にしかならないのだ。

それならば、果たして、ぼくには、もうひとつの戦争——巻き込まれるだけではない戦争——の話をする資格があるというのだろうか。その戦いの火蓋は、ぼくの中で、おそらく、まだ決定的に落とされてもいないのに。いまのところは、まだ、二、三の小競り合いを経験したことがあるだけだ。そう、たいていのものごとについて、ぼくには語る資格なんてない。だが「たいていの場合、資格がない」というのは、「ときには義務がある」ということでもあり——とりわけ「必要がある」ということでもある。というのも、この戦いに連合してくれる仲間はどんなに多くても多すぎるということはないはずだから。

そんなわけで、ぼくは、ある聖戦について語りたいと思う。

その戦争が、後戻りのきかぬ戦争であってくれればと、ぼくはどんなにか願うことだろう。時おり、火花が散るといえば散るのだが、火花は決して長くもたない。まやかしの勝利の気配が漂うが早いか、自分のあげた戦果にうっとりとして、寛大なところを見せてやろうかと、敵と条約を結んでしまうからだ。そんなわけで、裏切り者はぼくの家のなかに潜んでいる。だが、あたかも味方のような顔をしているので、その正体をあばくのは、実に嫌な気がするだろう。裏切り者たちは、暖炉にあたりながら、ぬくぬくとしている。肘掛椅子におさまりかえって、スリッパなんかはいている。そして、ぼくがうとうとしはじめるやいなや、たちまちお世辞を並べながら、こちらに擦り寄ってくるのだ。胸のわくわくするようなおどけた話をしながら、花束だとか、菓子だとかをたずさえて、時には、羽飾りのある素敵な帽子なんかを差し出してくる。そのうえ「ぼくは」という一人称で話をするのだ。そんなふうにされると、自分の声を聞いているような気がする。「ぼくという人間は……、ぼくにはわかっている……、ぼくがしたいことは……」、そんなことをぼく自身の声が言っているみたいなのだ。――嘘だ！　嘘だ！　そんなものは、ぼくの肉体に移植されただけの嘘だ！　だが、その膿をもった腫れ物は叫ぶ。「つぶさないでおくれよ、同じ血を引くものじゃないか」膿瘍どもが哀れっぽい声をあげる。「わたしたちこそ、あなたの唯一の富じゃないですか。わたしたちがいなかったら、あなたはどうやってその身を飾ろうっていうのですか？　だから、このまま養っておいておくんなさい。さして高くつくわけでもなし」

裏切り者たちの数は多い。魅惑的なものもいれば、憐れをさそうものもいる。尊大なものもいれば、脅しをかけてくるものもいる。奴らは連合だってするのだ……。だが、奴らは総じて、野蛮で、傍若無人だ――真実であるようなことに対しては。だが、真実以外のあらゆるものに対しては、むしろ身をよじらんばかりに、敬意を表してみせる。ぼくの体面が保たれているのは彼らのおかげである。支配者として、仮面のつまった衣装簞笥の鍵をにぎっているのは、彼らなのだ。彼らはぼくにささやきかける。「さ、服をお着せしましょう。わたしたちがいなかったら、あなたは外の世界に出ていくことすらできないんですからね」――かまうものか！　それなら幼虫みたいに、裸で外に出てゆくまでだ！

裏切り者たちの軍団を負かすために、ぼくが持ちあわせているものといえば、一本の小さな剣だけ。肉眼では見えないほどの、小さな剣。かみそりみたいに切れ味がよく、致命傷だって負わせられる。でも、あまりに小さすぎて、どこに行ったのか、いつもきまって見失ってしまう。どこにしまっておけばいいのか、わかったためしがない。ようやく見つけだしたときには、重くて持ちきれない、とても扱いきれない気がする。ひとを殺すことだってできる、ぼくの小さな剣。

ぼくが口にできることといえば、ほんのいくつかの単語だけ。それも、まだ、赤ん坊の泣き声のようなものだ。ところが、奴らときたら、字を書くことまでできる。四六時中、ぼくの口の中にいて、ぼくがなにかを言おうとすると、監視の目を光らせる。そして、どんな言葉なのかを察した途端に、すべてを奪い取って、ぼくにかわって話しはじめるのだ。そっくりそのまま、同じ語をつかって——ただし、ぞっとするようなアクセントで。しかも、まわりのひとびとがぼくのことを知的だと思ったり考えたりするのは、そいつのおかげときている(もちろん、物事をよく知っているひとたちは騙されたりはしない。ぼくは、そのひとたちの声をこそ、聞きたいと思っているのだが)。

亡霊たちは、ぼくからすべてを奪っていく。彼らは、そのうえで、ぼくを懐柔しにかかる。「あなたを守ってさしあげているんですよ。言いたいことがあるならば、かわりに言ってさしあげます。みんなに見直されますよ。それなのに、我々を殺そうだなんて。だいたい、我々をはねつけてみたり、鼻先の痛いところをぴしゃりと叩いたりしてごらんなさい。ぼろぼろになるのは、あなたご自身じゃないですか。だってわたしたちは、あなたの味方なんですからね」

すると、ぼくのなかに不潔な憐れみの情がわいてきて、体から力が抜けてゆく。お前たち亡霊を追い払うために、家じゅうの明かりをつけなくては。ランプを灯して、お前たちを黙らせなければ。ぼくが片目をあけてみたときに、お前たちがすっかりいなくなっていたなら、どんなにすばらしいだろう。お前たちは、虚ろな彫像、メーキャップで化粧をしただけの、からっぽな虚無にすぎない。さあ、ぼくが死闘を仕かけてやろう。憐れみはなし。寛容さもいらぬ。戦いのルールはひとつだけ。ただ、相手より慥《たし》かに存在すること。

だが、今となっては、話は別だ。奴らは正体を見破られたことに感づいてしまった。そこで和解を申し出てくる。「もちろんあなたは、わたしたちのご主人さまですよ。ですが、召使いのいない主人なんて、ねえ？ほんの目立たない片隅においてくだされぱいいんですよ。必ず力になりますから。そう、たとえば、詩をお書きになりたいとしてですね、わたしたちがいなかったら、いったいどうなさるおつもりなんです？」

ああ、そうだ。反逆者どもめ。ぼくは、いつか、お前たちを黙らせてみせる。お前たちはことごとくみな、ぼくにひれ伏すのだ。ありつける餌といえば干し草ばかり。朝がめぐってくるたびに、ぼくに叩きのめされるのだ。だが、お前らがまだぼくの血を吸いとり、まだぼくの言葉を盗んでいるかぎり、詩なんて、ぼくはいっそ書かなくていい。

奴らがさしだしてくる魅力的な和平条約はこんなものだ。罪に対して目を閉ざすこと。朝から晩まで忙しくして、すぐそこに口をあけている死の淵をみようともしないこと。戦いもしないうちから、自分こそが勝利者なのだと思い込むこと。いつわりの平和だ。誰だってしていることだからといって、自分の卑怯さになじんでしまうこと。敗者たちの平和だ。少しだけ汚れてみせて、少しだけ酔っぱらって、少しだけ冒涜的な言葉を駄洒落めかして吐いて、少しだけ仮面をかぶって点をかせぎ、怠惰と夢想をほんの少々（芸術家ならば、ここはたっぷりと)。そして、心地よい言葉の甘いお菓子を、店が開けるくらいに、我が身の周りに並べたてる。敵に買収されたものたちの平和だ。そんな恥知らずの平和を守り続けるために、ひとはどんなことだってする。まわりのひとびとに対して、戦争を始めるくらいのことは。なぜなら、それは、平和を守るために伝来する古くからの確実なレシピだから。いつだって自分以外のひとを責めること。まさに、裏切り者たちの平和だ。

ぼくが、聖戦について話そうとしていることは、もうわかったと思う。

自分の中でこの戦争の宣戦布告をしたものは、自分以外の人間たちとは和平状態に入る。そして、自分という人間全体が激しい戦闘地域となるのに、奥の奥には、どんな戦争よりもなお活発な平和が宿る。そして、その心の奥の平和が広がれば広がるほど、沈黙のさなかで、孤独の芯の奥で、かまびすしい嘘と、幻想の数々への戦いがたけなわとなる。

その戦の喧噪につつまれた沈黙の芯の奥に、過ぎ去る時間の蜃気楼のために外部からは見えないが、永劫の勝利者がひとり、多くの沈黙を聞き届けている。自分はひとりではない、という幻想を払拭したうえで、そのひとは今、ひとりきりでいる。そして、ひとりきりでいながら、ひとりきりなのは自分だけではないということがわかっている。でも、ぼくは、打倒すべき亡霊の軍団に阻まれていて、彼のところまで行かれない。いつかはぼくもあのような城塞の裡に、身を落ち着けられるようになりたい。王の居室に騒擾が伝わらないようにするためならば、城壁の上で、骨まで八つ裂きにされたってかまいはしない。

「私は殺すべきなのだろうか?」と戦士アルジュナは聞く。[17]「カエサルに税金を納めるべきか?」と別のものが聞く。(18)「殺しなさい」と声はアルジュナに答える。「あなたが戦士ならば。他に道はありません。けれども、もしもその手が敵の血で塗れたとすれば、その血で王の居室を穢してはなりません。王の居室には不動の勝利者がいるのですから」。「払ってやりなさい」と別の声は答える。「ただし、あなたのもっとも貴重な宝は、カエサルの視線にすらふれさせてはなりません」。カエサルの世界に身をおくぼくは、言葉以外には武器を持たない。そのぼくが、話しはじめるのだろうか？

そう、ぼくは話しはじめるだろう。自分を聖戦に召喚するために。ぼくがぼくの手で肥え太らせてきた裏切り者たちの仮面を剥ぎ取ってやるために。ぼくの言葉が、ぼくの行為を恥じ入らせるように。いつの日か、鎧につつまれた、轟くような平和が、永劫の勝利者の居室に訪れる日まで。

ぼくがこうして戦争という言葉を使った以上、そして今、戦争という言葉は、教養人が口の端にのぼらせる、むなしい音のつらなりであることをやめ、深刻で、意味に満ちた言葉になっている以上、だからこそ、わかってもらえるだろう。ぼくはいま、ただ、虚ろな音を発しているのではなく、本当に真剣に話しているのだということを。

一九四〇年、春

註

＊　外国語文献からの引用にあたって、邦訳のある場合は参照させていただき、該当箇所のページを記載したが、必要に応じて、訳語、表記等を適宜変更している。
＊　ルネ・ドーマル（René Daumal）の著作を示すときには、著者名を省略した。

序章　光

（1）　萩原朔太郎「卵」『日本の詩歌14　萩原朔太郎』、中公文庫、一九九八年、二〇－二一頁。
（2）　谷川俊太郎「夕焼け」『世間知ラズ』、思潮社、一九九三年、四五頁。
（3）　Micha Archer, *Daniel finds a poem*, Nancy Paulsen Books, 2016.〔ミーシャ・アーチャー『詩ってなあに？』石津ちひろ訳、BL出版、二〇一七年〕
（4）　Michel Leiris, *Langage tangage*, Gallimard, coll. « L'Imaginaire », 1985, p. 90.
（5）　一九四〇年十二月五日に正式にドーマルの妻となった「ヴェラ」は、ヴェラ・ミラノヴァ Vera Milanova の名で知られているが、正確な生年や本名が近年明らかになった。*René Daumal et l'enseignement de Gurdjieff*, dir. Basarab Nicolescu, Le Bois d'Orion, 2015 に掲載された結婚証明書の複製によれば、ヴェラの本名はティリ・ミレール Tillie Miller であり、発見者たちはこの名前を使用するべきだと主張している。だが「ヴェラ・ミラノヴァ」（結婚後はヴェラ・ドーマル）は執筆をする際の彼女の筆名でもあり、ドーマルを含む親近者たちからも常に「ヴェラ」と呼ばれていたので、本書では慣例通り、ヴェラと呼ぶことにしたい。ヴェラの生年は一八九六年（ドーマルの伝記作者ジャン・フィリップ・ド・トナックによる一八九二年は間違い）。

（6） Kathleen Ferrick Rosenblatt, *René Daumal, au-delà de l'horizon*, José Corti, 1992, p. 229. このほか、九〇年代のアメリカで〈大いなる賭け〉関連の本を刊行しようとした際に「スピリチュアル系」のものだとみなされて、出版拒否にあったことを次の論文が報告している。David Rattray, « Des secousses transatlantiques du Grand Jeu », *Europe*, n° 782-783, juin-juillet 1994, pp. 30-35.

（7） 小浜俊郎「昼盲症者ネルヴァル——夢幻宇宙の深層」訳者解説、『思潮6　G・ド・ネルヴァルと神秘主義』、思潮社、一九七二年、二〇五頁。

（8） 篠田知和基「ドーマルとネルヴァル」『シュルレアリスム読本3　シュルレアリスムの思想』、思潮社、一九八一年、一二六頁。

（9） もっとも白水社の〈小説のシュルレアリスム〉シリーズには、当初からアラゴンやフィリップ・スーポーなどの「シュルレアリスト」のほか、ジャリやルーセルなどの「シュルレアリストたちに愛された」作家たち、あるいはクノーやアルトーなど、シュルレアリスムから離脱した後の作品にその文名を負っているような作家たちも並んでいた。だが、クノーやアルトー、あるいはグラックが「シュルレアリスム」とは離れた文脈で受容されてきたのに対し、長らく『類推の山』ただ一作のみが知られてきたドーマルには「シュルレアリスム」のイメージが残ることになった。

（10） 一例として、二〇一八年七月八日更新の書評サイトAll Reviewsの記事より引用（牧眞司『世界文学ワンダーランド』、本の雑誌社、二〇〇七年からの転載）。

（11） 植田実「聖なる山への導き——ホドロフスキーとルネ・ドーマル」『夜想24　特集　プライヴェート・フィルム』、一九八八年、一〇〇頁。

（12） ドーマルおよび〈大いなる賭け〉とシュルレアリスムをめぐる問題については、ルネ・ドーマル『大いなる酒宴』（風濤社、二〇一三年）の「訳者解説」および拙著『ジョゼフ・シマ　無音の光』（水声社、二〇一〇年）で詳しく展開した。

(13)　Luc Périn, « René Daumal, potache à Charleville », *La Grive*, n° 135-136, juillet-décembre 1967, non paginé.

(14)　ジャン・デュフロはドーマルが来るまでルコントと最も親しかった生徒。Michel Random, *Le Grand jeu, Les enfants de Rimbaud le Voyant*, Le Grand Souffle, 2003, p. 39.

(15)　Etienne Borne, « La Khâgne du lycée Henri IV », *René Daumal*, « Les Dossiers H », L'Âge d'homme, 1993, p. 239.

(16)　Pierre Minet, *Les Hérauts du Grand Jeu*, La Maison des Amis des Livres, 1997, pp. 16-17.

(17)　Michel Random, *Le Grand Jeu*, *op. cit.*, p. 62.

(18)　Raphaël Sorin, « Harfaux ou l'horreur de recommencer », *Sima*, Musée d'art moderne de la ville de Paris, 1992, p. 280.

(19)　Olivier Poivre d'Arvor, « Weiner, Le Passeur qui s'efface », *Sima*, *op. cit.*, p. 274.

(20)　Cité en exergue dans *René Daumal*, « Les Dossiers H », *op. cit.*, p. 213. 一九八五年六月十八日とのみ記されているが、より詳細な出典は確認できなかった。この日付がモヌロの発言の日を示すものか、出典となるテクストが刊行された日を指すものかもわからない。

(21)　« Sept semaines en une », extrait de *Scarabées d'or* de Monny de Boully, *Europe*, n° 782-783, juin-juillet 1994, pp. 137-138.

(22)　Jacques Masui, « René Daumal et l'Inde », *Cahiers du Sud, il y a dix ans René Daumal*, n° 322, mars 1954, p. 382.

(23)　Propos de Lanza del Vasto, *Sur les traces de René Daumal*, « Tribune des critiques », émission radiophonique diffusée par France Culture, 15 mai 1968. ランザ・デル・ヴァスト（一九〇一－一九八一）は徒歩でインドまで巡礼し、ガンディーから「シャンティダス（平和のしもべ）」の名を授かった「反暴力」の活動家。反拷問、反核、反死刑、反政治犯収容所などあらゆる暴力と人間の隷属に抗議し、西欧では広く名が知られている。彼が構想した生活共同体「ラルシュ」は今もフランスの各地に存在し、雑多な宗教や思想のひとびとを受け入れながら、自然に根差した生活を実践している。ランザ・デル・ヴァストは若い時の友人リュック・ディエトリッヒと共に、ドーマルから大きな影響を受けた。代表作『源泉への巡礼』（一九四三）の初稿に目を通し、助言を与えたのはドーマルである。

(24)　Lettre de Jean Ballard à Véra Daumal, in René Daumal, *Correspondance avec* Les Cahiers du Sud, Au signe de la

Licorne, 2008, p. 145.
(25)　Cité dans Xavier Accart, *Guénon ou le renversement des clartés*, Édidit / Archè, 2005, p. 714.
(26)　Roger Nimier, « René Daumal », *Journées de lectures*, Gallimard, 1965, p. 119.
(27)　« Le Non-dualisme de Spinoza », *L'Évidence absurde*, Gallimard, 1972, p. 91.
(28)　Marcel Proust, « Sainte-Beuve et Baudelaire », *Contre Sainte-Beuve*, Gallimard, coll. « Bibliothèque de la Pléiade », 1971, p 248.〔マルセル・プルースト「サント・ブーヴに反論する」出口裕弘・吉川一義訳、『プルースト評論選Ⅰ　文学篇』保苅瑞穂編、ちくま文庫、二〇〇二年、八〇頁〕
(29)　Lettre à Max-Pol Fouchet, 13 janvier 1942, *Correspondance III*, Gallimard, 1996, p. 258.
(30)　Lettre à Émile Dermendhem, 31 mai 1939, *Correspondance III*, *op. cit.*, p. 151.
(31)　*Le Mont Analogue*, Gallimard, coll. « L'Imaginaire », 1981, p. 86.〔ルネ・ドーマル『類推の山』巖谷國士訳、河出文庫、一九九六年、九二頁〕

第一章　不可視のもの

(1)　J.M.G. Le Clézio, *L'Extase matérielle*, Gallimard, 1967, p. 178.〔ル・クレジオ『物質的恍惚』豊崎光一訳、岩波文庫、三二七－三二八頁〕
(2)　井筒俊彦『井筒俊彦全集第二巻　神秘哲学』、慶應義塾大学出版会、二〇一三年、二八六頁。
(3)　« Traité des Patagrammes », *L'Évidence absurde, op. cit.*, p. 222.
(4)　*La Grande Beuverie*, coll. « L'Imaginaire », 1986, pp. 18-19, 21.〔ルネ・ドーマル『大いなる酒宴』、前掲書、一四、一七頁〕
(5)　ドーマルの転校時期については、ドーマルや〈大いなる賭け〉の研究書によって「一九二二年度の第二学期（一九二三年一月）」「一九二二年一月」等の誤りが踏襲されている（ランドン、トナック、H・J・マクスウェル、二〇一五年刊行のルコントとドーマルの書簡集他）。この点についてもっとも信頼がおけるのは、ドーマルが転校する前に籍を置いていたアルデンヌのリセ・シャンズィー校が一九八四年に企画したドーマル展のカタログおよび一九九四年のパスカル・シゴダの編纂によるドーマルの伝記的研究書である。その記述によれば、ドーマル一家がランスのシャン・ド・マルス街五番地に引っ越したのは「一九二二年三月」。ドーマルは第三年次の途中でランスに転校し、第三学期（四月から六月）をすでにリセ・デ・ボンザンファンで過ごしている。だが、彼らのあいだに真の「出会い」が起こったのは、夏休みが明けて第二年次が始まってからだったのだろう。おそらくはその時間差のために、多くの証言や解釈にくいちがいが起こっている（Chronologie, in *Catalogue de l'Exposition René Daumal*, conçue par Pascal Sigoda et Annie Bissarette au Lycée de Chanzy, p. 37 ; *René Daumal et ses abords immédiats*, dir. Pascal Sigoda, Mont Analogue, 1994, pp. 17, 37)。

（6） H. J. Maxwell, *Roger Gilbert-Lecomte*, Éditions Accarias L'Originel, 1995, p. 13.

（7） フランス革命から第一世界大戦までの各地の大聖堂のイマジネールをめぐっては二〇一四年にルーアン美術館で開催された展覧会および関連コロックにおける先鋭な研究がある。*Cathédrales, 1789-1914, un mythe moderne*, Somogy éditions d'art, 2014 ; Colloque international, « La cathédrale transfigurée. Regards, mythes, conflits », du 13 au 15 mai 2014.

（8） *René Daumal et ses abords immédiats*, *op. cit.*, p. 37.

（9） H. J. Maxwell, *Roger Gilbert-Lecomte*, *op. cit.*, p. 26.

（10） *René Daumal et ses abords immédiats*, *op. cit.*, p. 37.

（11） *Ibid.*

（12） *Grand Jeu et Surréalisme*, *Reims Paris Prague*, Musée des Beaux-arts de la Ville de Reims, 2003, pp. 22-23.

（13） Témoignage de Jean Duflot, H. J. Maxwell, *Roger Gilbert-Lecomte*, *op. cit.*, p. 25.

（14） Rog-Jarl は「ログ・ジャル」と読みそうになるが、Jarl はスカンディナヴィアの王族をさし、発音はヤール。ロジェ Roger の短縮形 Rog とつなげて、Rog-Iarl のように発音されていた。Cf. Roger Gilbert-Lecomte, *Correspondance*, préface et notes de Pierre Minet, Gallimard, 1971, p. 41, note 1.

（15） Lettre à Maurice Henry, 12 août 1926, *Correspondance I*, Gallimard, 1992, p. 125.

（16） *Le Mont Analogue*, *op. cit.*, p. 134.〔前掲訳書、一四六－一四七頁〕

（17） 「マルセルおじさん」とあだ名されていたこの「デア先生」は、のちに対独協力主義者となる政治家マルセル・デア（一八九四－一九五五）と同一人物。一九三三年にはフランス社会党を、一九四一年には対独協力政党である国家人民連合（ＲＮＰ）を結成し、ネオ・ソシアリストとしてヴィシー政権下で労働大臣を務めた。戦後、欠席裁判で死刑宣告を受けるが、イタリアに逃亡しトリノで死亡。Cf. Roger Gilbert-Lecomte & René Daumal, *Correspondance 1924-1933*, Ypsilon, 2015, pp. 18, 76.

（18） Lettre à Maurice Henry, 8 juin 1926, *Correspondance I*, *op. cit.*, p. 116.

（19） Roger Gilbert-Lecomte, « Notes diverses », in *Œuvres complètes*, I, Gallimard, 1974, p. 274, cité dans Roger Gilbert-Lecomte & René Daumal, *Correspondance 1924-1933*, *op. cit.*, p. 342.

（20） Propos de Jean Dufflot, *La Recherche d'une certitude : portrait de René Daumal* , « Soirée de Paris », France Culture, 3 mars 1968.

（21） Michel Random, « Les Phrères simplistes ou les jeux avant le Grand Jeu », in *Grand Jeu et surréalisme*, *Reims Paris Prague*, *op. cit.*, pp. 24-25.

（22） « Le Retour de la Stryge », *René Daumal et ses abords immédiats*, *op. cit.*, 1994, p. 44.

（23） *Ibid.*, p. 35 ; *Correspondance I*, *op. cit.*, p. 85, note 2 ; H. J. Maxwell, *Roger Gilbert-Lecomte*, *op. cit.*, p. 23.

（24） 金子美都子「『ル・パンプル（葡萄の枝）』誌とルネ・モーブラン――戦禍の街ランス一九二〇年代の日本詩歌受容と「ル・グラン・ジュウ」の胎動（上）」『比較文學研究』第八九号、すずさわ書店、二〇〇七年、一一一頁。同論文及びその続編（下）は、ルネ・モブランと〈大いなる賭け〉に関するきわめて精緻な研究であり、多くを教えられた。

（25） Lettre de Roger Vailland à Roger Gilbert-Lecomte, *Écrits intimes*, Gallimard, 1968, p. 33.

（26） *Les Poètes du Grand Jeu*, Gallimard, coll. « Poésie », 2003, p. 33.

(27)　金子美都子、前掲論文（下）、七五頁。

(28)　鈴木大拙『禅と日本文化』北川桃雄訳、岩波新書、一九四〇年、一六六頁。

(29)　« Note au sujet de René Maublanc », *René Daumal et ses abords immédiats*, *op. cit.*, p. 36.

(30)　Leila Holterkof et René Maublanc, *Une éducation paroptique, La découverte du monde visuel par un aveugle*, Gallimard, coll. « Les Documents bleus », n° 26, 1926.

(31)　*Sima*, *op. cit.*, p. 301.

(32)　Yvonne Duplessis, « René Daumal et des recherches expérimentales sur un “sens paroptique” en l’homme », *René Daumal*, « Les Dossiers H », *op. cit.*, pp. 56-78.

(33)　傳田光洋『皮膚感覚と人間のこころ』、新潮社、二〇一三年、九五－一〇一頁。また、ソニーによる中国との交流協力に基づいておこなわれた「皮膚による透視の実験」では、きわめて高い的中率で透視をおこなった子どもの例が報告されている（湯浅泰雄『宗教経験と身体』、岩波書店、一九九七年、六八－七四頁）。

(34)　Michel Random, *Le Grand Jeu*, *op. cit.*, p. 172 ; Monny de Boully, *Au-delà de la Mémoire*, Samuel Tastet Éditeur, 1991, pp. 175-177 ; *L’Originel*, n° 7, décembre 1978-janvier 1979, p. 39.

(35)　Yvonne Duplessis, *op. cit.*, p. 63.

(36)　Lettre à Harfaux, juillet 1927, *Je ne parle jamais pour ne rien dire*, Le Nyctalope, 1994, p. 30.

(37)　Lettre à René Maublanc, 2 février 1930, *Correspondance II*, Gallimard, 1993, p. 67.

(38)　*La Grande Beuverie*, *op. cit.*, pp. 164, 166.

(39)　*Le Contre-Ciel*, Gallimard, coll. « Poésie », 1990, pp. 57, 109, 139 ; *Poésie noire, poésie blanche*, Gallimard, 1954, p. 94.

(40)　『ブッダのことば　スッタニパータ』中村元訳、岩波文庫、二〇一一年、一一－一四頁。

(41)　タンクの考案者であるリリー博士は「自我が抜け出して隣の部屋まで行き、さらには地球の外まで行ってしまった」と証言する。タンクの体験者であり、『臨死体験』の著者立花隆は「身体から自我がずれた」ような感覚を覚えたことを語る。量子物理学者リチャード・ファインマンはこのタンクを体験したとき、やはり自我をずらしたり、遠くへ引き離したりすることに成功しているが、あくまでもそれを「幻覚」という言葉で表現している（R・P・ファインマン『ご冗談でしょう、ファインマンさん』（下）「変えられた精神状態」、岩波現代文庫、二七三－二八七頁。オルダス・ハクスリー『多次元に生きる』片桐ユズル訳、コスモス・ライブラリー、二〇一〇年、一二八頁）。

（42） « Nerval le Nyctalope », *L'Évidence absurde*, *op. cit.*, pp. 39-40.「後になって隠密学が古代よりこの方法に通じていたことを知った」と書かれている通り、これはチベットで伝えられている体外離脱の手法に近い。

（43） Lettre à Roger Vailland, 23 septembre 1925, *Correspondance I*, *op. cit.*, p. 59.

（44） « Le Retour de la Stryge : entretien avec Robert Meyrat », *René Daumal et ses abords immédiats*, *op. cit.*, pp. 44-46.

（45） ただし、ドーマルが後年、メーラとの体外離脱の体験をどのようにとらえていたのかについては、よくわからないところもある。のちにザルツマン夫人から体外離脱の方法を教授された際に（「より精妙な身体」になれば、「自分の後ろに立つこともできる」等）、ドーマルは、十八歳の頃に「アストラル体」や「エーテル体」について書かれたものを読み、薬物を利用して体外離脱をおこなったが、それで知ることができたのは体外離脱の「悪魔的な面」のみだったと打ち明けているからだ。「つま先から横隔膜まで次第に自分の身体が凍りついてゆくのを感じていながら、自分の体に戻って体を動かすということがどうしてもできませんでした」。そして、そのような恐ろしい結果に終わった理由を「好奇心」と「虚栄心」に帰しているが、それをメーラと「ふたり」でおこなったことや、「昼盲症者ネルヴァル」で語られているような多幸感には触れていない（*René Daumal et l'enseignement de Gurdjieff*, *op. cit.*, pp. 260-261）。

（46） Roger Caillois, « Les jeunes gens de Reims », *Europe*, n° 782-783, juin-juillet 1994, p. 121.

第二章　一なるもの

（1） 宮沢賢治「異稿『銀河鉄道の夜』第三次稿」『宮沢賢治全集7』、ちくま文庫、一九八五年、五五四－五五五頁。

（2） 堀田善衛『時間』、岩波現代文庫、二〇一五年、五〇頁。堀田善衛が紫金山の夕景に打たれて『時間』を書いたことについては、竹内栄美子「東アジアの終わらない戦争――堀田善衛の中国観」（岩崎稔・成田龍一・島村輝編

『アジアの戦争と記憶――二〇世紀の歴史と文学』、勉誠出版、二〇一八年、二七〇－二九三頁）より教示を受けた。

（３）« Le souvenir déterminant », *Les Pouvoirs de la parole*, Gallimard, 1972, p. 112.〔邦訳は本書二一〇頁〕

（４）*Le Mont Analogue*, *op. cit.*, p. 37.〔前掲訳書、三七頁（河出文庫版では「眠っているあいだに人を刺し殺すスパイの話」となっている）〕

（５）*Ibid.*, pp. 37-38.〔前掲訳書、三七－三八頁〕

（６）« Le souvenir déterminant », *Les Pouvoirs de la parole*, *op. cit.*, p. 114.

（７）フランス語では、« Tout porte à croire que... ». André Breton, « Second manifeste du surréalisme », *Œuvres complètes*, tome 1, Gallimard, coll. « Bibliothèque de la Pléiade », 1988, p. 781.

（８）鈴木雅雄「解釈の彼岸――解説に代えて」、ジョルジュ・セバッグ『崇高点』、水声社、二〇一六年、二八四頁。

（９）同。

（10）Gérard de Nerval, *Aurélia*, *Œuvres complètes*, tome 3, Gallimard, coll. « Bibliothèque de la Pléiade », 1993, p. 717.〔ネルヴァル『オーレリア』篠田知和基訳、思潮社、一九九一年、三七頁〕

（11）たとえばテーラーワーダ仏教の伝える瞑想法「ヴィパッサナー」という語は、日本語では「気づき」とも「洞察」とも翻訳されるが、パーリ語のヴィ（分析的に、明確に、直観的に）という接頭辞とパッサナー（見る）という意味の語幹からできている（ラリー・ローゼンバーグ『呼吸による癒し――実践ヴィパッサナー瞑想』井上ウィマラ訳、「訳者あとがき」、春秋社、二〇〇一年、三〇八頁）。

（12）畠山直哉「私の場合」『話す写真――見えないものに向かって』、小学館、二〇一〇年、五九－七九頁。同書の三五頁にも、「文化度ゼロの地点」という表現によって、同じ種類のことが語られている。

（13）市村弘正『「名づけ」の精神史』、平凡社、一九九六年、九－一二頁。

（14）« L'Asphyxie et l'évidence absurde », *L'Évidence absurde*, *op. cit.*, p. 55.

（15）*Ibid.*, p. 56.

（16）井筒俊彦『意識と本質――精神的東洋を求めて』、岩波文庫、二〇一七年、一五頁。

(17) *Le Contre-Ciel*, *op. cit*., p. 212. 一九四二年に書かれたドーマルの詩「メモラーブル（記憶すべきこと）」の結句。タイトルの「メモラーブル」は、スウェーデンボルグが「霊界」での出会いを「メモラビリア」と名付けたことにちなんだもの。より直接的にはドーマルが愛読した『オーレリア』の冒頭にスウェーデンボルグの「メモラビリア」への言及がある。また『オーレリア』の最終部のテクストも「メモラーブル」と名付けられている。

(18) ウィリアム・ジェイムズ『宗教的経験の諸相』（桝田啓三郎訳、岩波書店、一九七〇年）における「神秘主義」の章のうち、とくに一八三－一八五頁の記述を要約したもの。要約に際しては、高橋紳吾『超能力と霊能者』（岩波書店、一九九七年）、三九－四〇頁を参照した。

(19) そうした報告を総括したものとして、ウィリアム・ジェイムズ『宗教的経験の諸相』、前掲書、一九四－二〇五頁を挙げておく。

(20) 山口義久「プロティノスと現代」、プロティノス『エネアデス（抄）』、中公クラシックス、二〇〇七年、九頁。

(21) オルダス・ハクスリー『知覚の扉』河村錠一郎訳、平凡社ライブラリー、一九五四年、一三頁。

(22) ドーマルがサンスクリット語を本格的に学び始めた一九二七年秋頃のアンリ宛の手紙には、初学者らしい喜びをもって「汝それなり」の句が書きつけられている（*Correspondance I*, *op. cit*., p. 211）。

(23) ノヴァーリス『夜の讃歌・サイスの弟子たち』今泉文子訳、岩波文庫、二〇一五年、一〇八頁。翻訳はルネヴィルの仏訳から。

(24) ポオ『ユリイカ』八木敏雄訳、岩波文庫、二〇〇八年、一八六頁。

(25) Lettre de Jean Paulhan à Stephen Jourdain, citée dans Pascal Sigoda, « Jean Paulhan, René Daumal et le Grand Jeu », *Europe*, n° 782-783, juin-juillet 1994, p. 95.

(26) Jean Paulhan, *Le Don des langages*, *Œuvres complètes*, tome 3, Gallimard, coll. « Bibliothèque de la Pléiade », 2011, p. 507.

(27) ポオ『ユリイカ』、前掲書、六二－六三頁。

(28) Antonin Artaud, *Héliogabale ou l'Anarchiste couronné*, Gallimard, coll. « L'Imaginaire », 1979, p. 45.〔アントナン・

アルトー『ヘリオガバルス　または戴冠せるアナーキスト』多田智満子訳、白水社Uブックス、一九八九年、五三頁〕「諸事物の深い統一の感覚をもつことは、とりもなおさずアナーキーの感覚をもつこと」とある。

(29) Simone Weil, « Le Sens de l'univers », *La Pesanteur et la grâce*, 10/18, p. 141.〔シモーヌ・ヴェイユ「宇宙の意味」『重力と恩寵』田辺保訳、一九九五年、ちくま学芸文庫、二二七頁〕

(30) Jean Paulhan, *Le Clair et l'obscur*, *Œuvres complètes*, *op. cit.*, p. 454.

(31) « Recherche de la Nourriture », *L'Évidence absurde*, *op. cit.*, p. 147.

(32) Roger Gilbert-Lecomte, « Avant-propos au premier numéro du Grand jeu », *Les Poètes du Grand Jeu*, *op. cit.*, p. 33. したがって、この引用箇所に先立つ「我々のメンバーのひとりが最近言っていたことだが」という箇所は、「糧を探して」のドーマルを指しているのだと考えられる。

(33) *Le Mont Analogue*, *op. cit.*, p. 59.〔前掲訳書、六三頁〕

(34) « Clavicules d'un Grand Jeu poétique », *Le Contre-Ciel*, *op. cit.*, p. 37.

(35) Lettre à Roger Gilbert-Lecomte, *Lettres à ses amis*, Gallimard, 1958, p. 107.

(36) *Le Mont Analogue*, *op. cit.*, p. 116.〔前掲訳書、一二六－一二七頁〕

(37) 本書二〇四頁および二六一頁註3を参照。

(38) 平井正穂編『イギリス名詩選』、岩波文庫、二〇一〇年、一六一、二八一頁。このワーズワースとハーディの例は、ハクスリーが『知覚の扉』で引いているもの。

(39) 道元の言葉はラリー・ローゼンバーグ『呼吸による癒し――実践ヴィパッサナー瞑想』、前掲書、二三頁の記述より。正確な原典は確認できなかったが、『正法眼蔵』の第四五巻「密語」に次の言葉がみえる。「この時こそ、自己にも親密な時であり、他己にも親密な時である。仏祖にも親密である。異類にも万象にも親密である」（道元『現代文訳 正法眼蔵（三）』石井恭二訳、河出文庫、二〇〇四年、一八六－一八七頁）。

(40) ジェイムズ・ジョイス「スティーヴン・ヒアロー」『ジョイスII　オブライエン』海老根宏訳、筑摩書房、一九九八年、一〇二－一〇三頁。

(41) Michel Leiris, « Alberto Giacometti », *Documents*, n° 4, septembre 1929, réimpression dans *Documents 1*, Jean-Michel Place, 1991, p. 209. レリスは、ジャコメッティの彫刻はまさにそのような「危機」の瞬間を石化したものであると述べている。

(42) ヴァージニア・ウルフ『ダロウェイ夫人』土屋政雄訳、光文社古典新訳文庫、二〇〇七年、二一、二六五頁。ヴァージニア・ウルフ『ダロウェイ夫人』丹治愛訳、集英社文庫、二〇〇七年、二七一頁。

(43) ヴァージニア・ウルフ『灯台へ』鴻巣友季子訳、河出書房新社、二〇〇九年、八二頁。

(44) ヴァージニア・ウルフ「過去のスケッチ」『存在の瞬間』出淵敬子・塚野千晶訳、みすず書房、一九八三年、一〇八‐一一一頁。「あれが統一なのだ」は、原文では « That is the whole »。

(45) 同書、一一〇頁。

(46) 同書、一一一頁。

(47) ウラジミール・ナボコフ「響き」『ナボコフ短篇全集』沼野充義訳、作品社、二〇〇〇年、三八‐三九頁。

(48) Lettre de Flaubert à Louise Colet, 23 décembre 1853, *Correspondance*, Gallimard, coll. « Folio », 1998, p. 271.〔一八五三年十二月二十三日ルイーズ・コレ宛の手紙、『ボヴァリー夫人の手紙』工藤庸子訳、筑摩書房、一九八六年、三〇二頁〕

(49) Marcel Proust, « La Poésie ou les lois mystérieuses », *Contre Sainte-Beuve*, *op. cit.*, p. 420.〔マルセル・プルースト「詩または神秘な法則」保苅瑞穂訳、『プルースト評論選I』、前掲書、四〇二頁〕

(50) ホフマンスタール『チャンドス卿の手紙』檜山哲彦訳、岩波文庫、二〇〇七年、一一六頁。

(51) Georges Bataille, *L'Expérience intérieure*, *Œuvres complètes*, tome 5, Gallimard, coll. « Bibliothèque de la Pleiade », 1973, pp. 130-131.〔ジョルジュ・バタイユ『内的体験』出口裕弘訳、平凡社ライブラリー、二〇〇二年、二五七頁〕

(52) J.M.G. Le Clézio, *L'Extase matérielle*, *op. cit.*, p. 129.〔ル・クレジオ『物質的恍惚』、前掲書、二三三頁〕「色もなく形もない広大な帝国」(p. 179〔三二九頁〕)を謳いあげたこの『物質的恍惚』には、直接的には言明されていないが、幻覚性のチョウセンアサガオ(ダトゥラ)の服用体験が反映している。

（53） Henri Michaux, *Misérable miracle, Œuvres complètes*, tome 2, Gallimard, coll. « Bibliothèque de la Pléiade », 2001, p. 625. 小海永二『アンリ・ミショー評伝』、国文社、三〇四頁に引用あり。ミショーのメスカリン実験については同書第十章を参照。ミショーを一九五四年末にメスカリン実験に引き入れたのはジャン・ポーランであった。ポーランは薬物体験や神秘体験の類似性に関心を寄せており、ドーマルの「根源的な体験」を単独で刊行するように勧めていた。アンドレ・ドーテルは、ミショーとドーマルの薬物体験は、ヴィジョンや感覚こそ似通っているものの、そこから引き出される結論がまったく異なることを指摘し、ミショーと違ってドーマルはあくまでも「現実」の側に留まろうとしていたと述べる（*René Daumal*, « Les Dossiers H », *op. cit.*, p. 27）。確かに、ドーマルの報告は、ミショーの散文のように、言語そのものが錯乱を模倣する逸脱や崩壊を示さない。また、ミショーに影響されて自らも薬物体験をおこなったル・クレジオの『物質的恍惚』のように、抒情的で量感のある奔流となることもない。ドーマルの言葉は、むしろ『知覚の扉』におけるハクスリーの分析的な言葉に近い。ドーマル、ポーラン、ミショー、ル・クレジオが、それぞれの薬物体験をどのように生き、どのように言語化しているのかについては、今後の比較研究が俟たれる。

（54） 湯浅博雄『バタイユ　消尽』、講談社学術文庫、一九九七年、八二頁に引用されたリルケの表現。

（55） 澤岡藩「エピファニーについて――その構造とP・ハントケの場合」『岐阜薬科大学基礎教育系紀要』第十三号、二〇〇一年、三五頁。同論文には、本稿のテーマと共鳴するテクストが数多く引用されている。

（56） こうした〈存在の瞬間〉を、とりわけフランス文学にフォーカスして、系統立てて考察した著作として、近年、塚本昌則『目覚めたままみる夢――20世紀フランス文学序説』（岩波書店、二〇一九年）が刊行された。

（57） « Le Souvenir déterminant », *Les Pouvoirs de la parole*, *op. cit.*, p. 120.〔本書二二〇頁〕

（58） Roger Gilbert-Lecomte, « Les Métamorphoses de la Poésie », *Œuvres complètes*, I, *op. cit.*, p. 288.

（59） « L'Âme primitive », *L'Évidence absurde*, *op. cit.*, p. 169.

（60） レヴィ＝ブリュル『未開社会の思惟』山田吉彦訳、岩波文庫、一九五三年。

（61） Roger Caillois, « Les jeunes gens de Reims », *Europe*, n° 782-783, juin-juillet 1994, p. 120.

（62） Lettre de Daumal à Maurice Henry, 19-20 août 1930, *Correspondance II*, *op. cit.*, p. 130.

（63）　« L'Âme primitive », *L'Évidence absurde*, *op. cit.*, p. 169. 強調は引用者。レヴィ＝ブリュルの「融即」の原理は、民族誌学者たちから多くの批判をうけ、晩年のレヴィ＝ブリュル自身、それを「未開」と「西欧」を峻別する原理とすることについては撤回している（クロード・レヴィ＝ストロース『野生の思考』大橋保夫訳、みすず書房、二〇〇九年、三三六頁、訳註四六－1参照）。

（64）　コリン・ウィルソン『コリン・ウィルソンの「来世体験」』、三笠書房、一九九一年、二二五頁。

（65）　アニータ・ムアジャーニ『喜びから人生を生きる！――臨死体験が教えてくれたこと』奥野節子訳、Kindle版、位置2513/3320。

（66）　シャーリー・マクレーン『アウト・オン・ア・リム』山川紘矢・山川亜希子訳、角川文庫、二〇一七年、一二－一三頁。

（67）　中村晋介「〈スピリチュアル・ブーム〉をどうとらえるか」『福岡県立大学人間社会学部紀要』、第十九号、第二巻、二〇一一年、二四－二六頁。香山リカ『スピリチュアルにハマる人、ハマらない人』、幻冬舎、二〇〇六年、一一四－一一五頁等を参照。

（68）　ラルフ・ウォルドー・エマソン『自己信頼』伊東奈美子訳、海と月社、二〇〇九年、四七頁。

（69）　同書、六〇頁。

第三章　神という語

（1）　Nerval, *Aurélia*, *op. cit.*, p. 741.〔ネルヴァル『オーレリア』、前掲訳書、六六頁〕

（2）　ポオ『ユリイカ』、前掲書、一〇頁。

（3）　スピノザ『エチカ（倫理学）』畠中尚志訳、岩波文庫、二〇〇九年、九七－九八頁。

（4）　« Le Grand jeu. Souvenirs de Joseph Sima », *XXe siècle*, Nouvelle série, n° 26, mai 1966, p. 102.〔谷口亜沙子『ジョゼフ・シマ』、前掲書、八四頁に引用有〕

（5）　Roger Gilbert-Lecomte, « Ce que devrait être la peinture, ce que sera Sima », *Œuvres complètes*, I, *op. cit.*, p. 142.

(6) Roger Vailland, *Écrits intimes*, Gallimard, 1968, p. 32.

(7) « La Révolte et l'ironie », *L'Évidence absurde*, *op. cit.*, p. 140.

(8) « Liberté sans espoir », *L'Évidence absurde*, *op. cit.*, p. 13 ; *Les Poètes du Grand Jeu*, *op. cit.*, p. 53.

(9) « Projet de présentation du Grand Jeu », *Les Poètes du Grand Jeu*, *op. cit.*, p. 27.

(10) *Ibid.*

(11) « La Circulaire du Grand Jeu », *Les Poètes du Grand Jeu*, *op. cit.*, p. 29. 強調は引用者。

(12) Roger Gilbert-Lecomte, « La Force des renoncements », *Les Poètes du Grand Jeu*, *op. cit.*, p. 44.

(13) Roger Gilbert-Lecomte, « Avant-Propos au premier numéro du *Grand Jeu* », *Les Poètes du Grand Jeu*, *op. cit.*, p. 32.

(14) Roger Gilbert-Lecomte, «Révélation-Révolution», *Œuvres complètes*, I, *op. cit.*, p. 93 ; *Le Grand Jeu*, n° 4, automne 1932, p. 7.

(15) ルネ・デュモン『個人主義論考——近代イデオロギーについての人類学的展望』渡辺公三・浅野房一訳、言叢社、一九八三年。とりわけ「第六章　全体主義の病——アドルフ・ヒットラーにおける個人主義と人種差別論」を参照。全体主義とは、「個人主義が深く根を下ろし、支配的である社会で、それを全体としての社会のもとに従属させようとする試みから生まれる」近代社会の病であり、その運動の暴力性はそうした矛盾に根差しているとされる（二二七頁）。

(16) *Procès surréalistes*, textes réunis et présentés par Monique Sebbag, Jean-Michel Place, 2005, p. 87.

(17) « Liberté sans espoir », *L'Évidence absurde, op. cit.*, p. 12.

(18) Alain et Odette Virmaux, « Une revue "ésotérico-métaphysique" ? », *Europe*, n° 782-783, juin-juillet 1994, p. 22.

(19) Maurice Nadeau, *Histoire du surréalisme*, Seuil, coll. « Point », 1964, pp. 107-108.〔モーリス・ナドー『シュールレアリスムの歴史』第三部第三章、稲田三吉・大沢寛三訳、思潮社、一九九五年版、一五九－一六一頁〕

(20) そのような「アンドレ・ブルトンへのオマージュ」のための雑誌は結局刊行されなかった。Lettre de Rolland de Renéville à René Daumal, 17 mars 1930, *Correspondance II*, *op. cit.*, p. 93.

(21) Roger Gilbert-Lecomte, *Œuvres complètes*, I, *op. cit.*, p. 137. 傍点引用者。
(22) *Le Grand Jeu*, n° 2, 1929, printemps, p. 9.
(23) Lettre à Maurice Henry, 19-20 août 1930, *Correspondance II*, *op. cit.*, p.129.
(24) René Daumal et Roger Gilbert-Lecomte, « Mise au point ou casse-dogme », *Les Poètes du Grand Jeu*, *op. cit.*, p. 81 ; *L'Évidence absurde*, *op. cit.*, pp. 150-151, note 1.
(25) 岡倉天心『東洋の理想』、講談社学術文庫、一九八六年、二〇三頁。
(26) Lettre à Gilbert-Lecomte, 21 octobre 1930, *Correspondances II*, *op. cit.*, p. 162.
(27) « Le Non-dualisme de Spinoza », *L'Évidence absurde*, *op. cit.*, p. 81.
(28) *Ibid.*, p. 93.
(29) 谷川俊太郎・内田也哉子対談「長さんについて考えると、最後は魂の話になる」『長新太　こどものくにのあなきすと』、河出書房新社、二〇〇七年、一八頁。
(30) Jean Néaumet, « René Daumal ou la volonté de connaissance », *René Daumal ou le retour à soi*, L'Originel, 1981, p. 191.
(31) « L'Asphyxie et l'évidence absurde », *L'Évidence absurde*, *op. cit.*, p. 56.
(32) ウィトゲンシュタイン『論理哲学論考』野矢茂樹訳、岩波文庫、二〇〇三年、一四七頁。
(33) Lettre de Stéphane Mallarmé à Léo d'Orfer, 27 juin 1884, *Correspondance*, II, 1871-1885, Gallimard, 1965, p. 266.
(34) さらに遡るならば、プラトンが「善」あるいは「一」と呼んだもの、ピュタゴラス派が「一」と呼んだものにまで遡る（水地宗明・山口義久・堀江聡編『新プラトン主義を学ぶひとのために』、世界思想社、二〇一四年、とくに水地宗明「第三章　プロティノス」を参照）。
(35) プロティノス『エネアデス（抄）I』田中美知太郎・水地宗明・田之頭安彦訳、中公クラシックス、二〇〇七年、九四頁。
(36) プロティノス『プロティノス全集第三巻』田中美知太郎監修、「IV－8魂の肉体への降下について」田之頭安彦訳、中央公論社、一九八七年、三二二頁。この合一体験をヌース（一者から流出したもの、知性）との合一ではなく、一者そのものとの合一とみなすべきことについては、岡野利津子『プロティノスの認識論』（知泉書館、二〇〇八年、一六五頁、註18）を参照。

(37) Roger Gilbert-Lecomte, *Œuvres complètes*, I, *op. cit.*, p. 137. 傍点引用者。

(38) 井筒俊彦『神秘哲学』、前掲書、二六八頁。

(39) Roger Gilbert-Lecomte, « L'Horrible révélation... La Seule », *Les Poètes du Grand Jeu*, *op. cit.*, p. 142, note *a*. ヘーゲルの全哲学に神秘主義な感情が認められることについては、ウィリアム・ジェイムズも指摘している（『宗教的経験の諸相』（下）、前掲書、一九六頁）。

(40) 中村元「人類の思想史の流れにおける『華厳経』」『大乗仏典5 華厳経・楞伽経』、東京書籍、二〇一六年（二〇〇三年）、二二九－二五〇頁。西暦一世紀から三世紀には東と西のあいだに密接な交渉があり、たとえばカトリックの儀式の多くは仏教の儀式にその起源がうかがわれる。

(41) 同論文、二二九頁。

(42) 中村元と井筒俊彦によるプロティノスと『華厳経』の類似の指摘をふまえて、プロティノスにおいては究極的原理があくまでも一つ（一者）であるのに対し、サーンキヤにおいてはもうひとつの究極的原理からの転変として世界創造が説かれているとして、両者の違いを考察したものとしては、次の論文を参照。齋藤直樹「古典サーンキヤ世界創造の構図」（『新プラトン主義を学ぶ人のために』、前掲書、三三－四五頁）。

(43) « De l'attitude critique devant la poésie », *L'Évidence absurde*, *op. cit.*, p. 33.

(44) *Le Mont Analogue*, Gallimard, 1952 (première édition), p. 11.〔前掲訳書、一九四頁〕

(45) スラッシュではさまれたふたつの引用は、それぞれの別の日付の書簡によるものであるが、内容的に同じ問題を扱っている。H. J. Maxwell, *Roger Gilbert-Lecomte*, *op. cit.*, pp. 207, 210.

(46) Marc Thivolet, « Le Grand Jeu, Raison et résonnances », *Sima*, *op. cit.*, p. 252

(47) 署名はジルベール＝ルコントとドーマル。« Mise au point ou casse-dogme », *Les Poètes du Grand Jeu*, *op. cit.*, p. 80 ; *L'Évidence absurde*, *op. cit.*, p. 149.

(48) ウィリアム・ジェイムズ『宗教的経験の諸相』(下)、前掲書、二三九頁。

(49) « Le Non-dualisme de Spinoza », *L'Évidence absurde*, *op. cit.*, p. 81.

(50) ヴァイヤンとルコントには、よりダダ的な発想、すなわち、破壊のための破壊を肯定する傾向もあったが、ドーマルは彼らほどダダに夢中にならなかった。それは、ドーマルにとっては、初めから、破壊の先にあるものこそが重要だったからである。« Le Retour de la Stryge », *René Daumal et ses abords immédiats*, *op. cit.*, p. 41.

(51) Roger Gilbert-Lecomte, « Avant-propos au premier numéro du Grand Jeu », *Les Poètes du Grand Jeu*, *op. cit.*, p. 32.

(52) Cité dans Luc Benoist, *L'Ésotérisme*, coll. « Que sais-je ? », PUF, 1965, p. 125.〔リュック・ブノワ『秘儀伝授――エゾテリスムの世界』有田忠郎訳、白水社、一九九五年、一四五頁〕

(53) 中村元『釈尊の生涯』、平凡社ライブラリー、二〇〇三年、二二四―二二五頁、二二六―二二七頁参照。

(54) M・K・ガーンディー『真の独立への道』田中敏雄訳、岩波文庫、二〇一四年、四九頁。

(55) グザヴィエル・ゴーチエ『シュルレアリスムと性』(一九七一年)、三好郁朗訳、平凡社、二〇〇五年、三四一頁。

第四章　四人の師

(1) ヘルマン・ヘッセ『シッダールタ』高橋健二訳、新潮文庫、一九九八年、三四―四二頁。

(2) Roger Caillois, « Les jeunes gens de Reims », *op. cit.*, p. 121.

(3) Roger Gilbert-Lecomte, « *La Crise du monde moderne* de René Guénon », *Œuvres complètes*, I, *op. cit.*, p. 42.

(4) « Encore sur les Livres de René Guénon », *L'Évidence absurde*, *op. cit.*, p. 176.

(5) « Nerval le nyctalope », *L'Évidence absurde*, *op. cit.*, p. 45, note 2.

(6) Antoine Faivre, *L'ésotérisme*, PUF, 1992, coll. « Que sais-je ? », p. 107.〔アントワーヌ・フェーヴル『エゾテリスム思想――西洋隠秘学の系譜』田中義廣訳、白水社、一九九五年、一二九頁〕

(7) *Le Mont Analogue*, *op. cit.*, p. 58.〔前掲訳書、六二頁〕

（8） « Le Non-dualisme de Spinoza », *L'Évidence absurde*, *op. cit.*, p. 95.

（9） ルネ・ゲノン『世界の終末』田中義廣訳、平河出版社、一九八六年、九六頁（「第五章　個人主義」）。

（10） « Raymond Queneau médita la pensée de René Guénon, au point de reconnaître à la fin de sa vie, devant son fils Jean-Marie : j'ai trop lu René Guénon », Michel Lécureur, *Raymond Queneau. Biographie*, Les Belles Lettres, 2002, p. 60.

（11） フランソワーズ・ボナルデルによる表現。Françoise Bonardel, *Antonin Artaud ou la fidélité à l'infini*, Pierre Guillaume de Roux, 2014.

（12） 島薗進『スピリチュアリティの興隆——新霊性文化とその周辺』、岩波書店、二〇〇七年、二一三頁。

（13） Lettre à Geneviève Lief, 16 septembre 1942, *Correspondance III*, *op. cit.*, pp. 316-317.

（14） « Pour approcher l'art poétique hindou », *Les Pouvoirs de la parole*, *op. cit.*, p. 87.

（15） Raphaël Sorin, « Harfaux ou l'horreur de recommencer », *Sima*, *op. cit.*, p. 281.

（16） *Ibid.*, p. 235.

（17） Jacques Masui, « René Daumal et l'Inde », *Cahiers du Sud, il y a dix ans René Daumal*, n° 322, mars 1954, p. 385.

（18） « La Vie de Basile », *Les Pouvoirs de la parole*, *op. cit.*, p. 43.

（19） « Résumé de sa vie », *Chaque fois que l'aube paraît*, Gallimard, 1953, p. 11.

（20） Lettre à Rolland de Renéville, 10 novembre 1931, *Correspondance II*, *op. cit.*, pp. 232-233.

（21） *Le Contre-Ciel*, *op. cit.*, p. 211. ジェイムズ・ムアの『グルジェフ伝』（平河出版社、二〇〇二年、四四五頁）は、この「男」をグルジェフとみているが、ドーマルが自伝的な記述においてこうした書き方をするときは、一貫してザルツマンを指している。ただし『類推の山』の「ソゴル師」のモデルについては、ザルツマンをベースとしながら、何パーセントかはグルジェフも入っている（僧院の話など）。

（22） Lettre de Daumal à Léon Pierre-Quint, juin 1934, René Daumal & Léon Pierre-Quint, *Correspondance 1927-1942*, Ypsilon, 2014, p. 193.

（23） こうした傾向をもっとも典型的に示す例として次のものを挙げておく。Marc-Edouard Nabe, « Je préfère

Lecomte », *René Daumal*, « Les Dossiers H », *op. cit.*, pp. 214-215.

（24）　『反＝天空』の序文や、『大いなる酒宴』の「第一章」など、ドーマル自身のテクストにも〈大いなる賭け〉時代の自分を批判的にとらえる発言は多い。一九三七年五月一日付のポーラン宛の書簡では「間違い」という表現が使用されている。*Correspondance III*, *op. cit.*, p. 97.

（25）　Roger Lipsey, « Monsieur Daumal et Monsieur Gurdjieff », *René Daumal ou le perpétuel incandescent*, dir. Basarab Nicolescu et Jean-Philippe Tonnac, Le Bois d'Orion, 2008, pp. 153-160.

（26）　Michel Camus, « Le Grand tournant de 1930 », *René Daumal*, « Les Dossiers H », *op. cit.*, p. 221.

（27）　この論文集の執筆陣は（各分野の研究者であると同時に）、パリのグルジェフ・インスティチュートの会員でもあることを次の書評が指摘しているが、それが誰と誰のことをさすのか等の具体的な裏付けをとることはできなかった。Roberto Gac, « René Daumal et l'enseignement de Gurdjieff », *Sens Public* (Web revue), 3 février 2016, (http://www.sens-public.org/article1176.html?lang=fr)

（28）　*Le Mont Analogue*, *op. cit.*, p. 27.〔前掲訳書、二六頁〕

（29）　*René Daumal ou le perpétuel incandescent*, *op. cit.*, pp. 246, 248, 252, 256.

（30）　Patrick Modiano, *Des inconnues*, Gallimard, coll. « Folio », 2005, p. 154.

（31）　« Rencontre avec Patrick Modiano – Sans famille », entretien accordé à Jérôme Garcin, *Le Nouvel Observateur*, n° 2030, semaine du 2 octobre 2003. ただし、ドーマルに結核の症状があらわれるのは、ザルツマンに出会った九年後である。だが、確かに、結核によって早世したキャサリン・マンスフィールドや、癌を病んでいたジョルジェット・ルブランなど、グルジェフの弟子たちには、病に苦しんでいた知識人が多い。

（32）　Patrick Modiano, *Accident nocturne*, Gallimard, coll. « Folio », 2005, p. 55.

（33）　『反＝天空』のようなドーマルの初期の詩は、詩というよりは哲学的テクストに近く、ジャン・マンブリーノには「耐え難い」とすら形容されている。Propos de Jean Manbrino, *René Daumal*, « Les Dossiers H », *op. cit.*, p. 39.

（34）　Lettre à Germaine et Jean Paulhan, 16 août 1934, *Correspondance III*, *op. cit.*, p. 42.

(35) 以下の「ムーヴメンツ」に関する記述では、主にK・R・スピース『グルジェフ・ワーク――生涯と思想』(武邑光裕訳、平河出版社、一九八二年)、一九一頁以下を参照・要約した。

(36) « L'Asphyxie et l'évidence absurde », *L'Évidence absurde*, *op. cit.*, pp. 51-52. このドーマルの理論は、一九五三年に幻覚剤メスカリンによる薬物実験をおこない、のちにやはり神秘主義に深い関心を寄せることになったオルダス・ハクスリーの発想とほぼ同じものである。ハクスリーは、ニューエイジ運動の先駆けともなった著作『知覚の扉』(一九五四)で、C・D・ブロード博士の論を引きながら、およそ次のようなことを述べている。人間の脳は、どんな瞬間にも、その身に起こったことをすべて記憶し、宇宙で生じる一切のことを知覚する能力がある。だが、そのように一切を知覚することは人間の生存には不要であり、不利ですらある。そのため、脳には一種の減量バルブがついており、生存に必要かつ有利な情報のみを選択的に知覚している。メスカリンのような薬物は、その脳の減量バルブの働きを減ずる機能があり、その結果、脳にはいつもならば排除しているはずの莫大な量の情報が一気に流れ込む。そのため、超感覚的なヴィジョンが見えたり、通常の時空間の感覚が変容したり、「もの自体」の裸形性とその意味が光輝に包まれて見えるようになる。さらに、生物体としての生存が最優先事項でなくなるため、自我が消滅し、すべてがすべてのうちにあり、すべてが同時に個々のものでもある、という「漠とした認識」が生まれるのだという(オルダス・ハクスリー『知覚の扉』、前掲書、二四―三二頁)。

(37) René Daumal & Léon Pierre-Quint, *Correspondance 1927-1942*, *op. cit.*, p. 193.

(38) *Ibid.*, p. 198.

(39) « Jaques-Dalcroze, éducateur », *L'Évidence absurde*, *op. cit.*, pp. 270-275.

(40) 黒柳徹子『窓際のトットちゃん　新組版』、講談社文庫、二〇一五年、一三六―一三八頁。

(41) ジェイムズ・ムア『グルジェフ伝――神話の解剖』浅井雅志訳、平河出版社、二〇〇二年、四一六頁。

(42) « Liberté sans espoir », *L'Évidence absurde*, *op. cit.*, p. 12.

(43) たとえばヴィパッサナー瞑想の目的は、集中力やリラックスではなく智慧そのものを得ることにある点をバンテ・H・グナラタナ『マインドフルネス――気づきの瞑想』(出村佳子訳、サンガ、二〇一二年)は指摘している。

（44）　トップアスリートや宇宙飛行士の挑戦を支えるものと、ひとびとが日々の生活のなかで幸福を感じる瞬間とを「生きのびる」という同じひとつの用語で捉え、人類を種として、生命体として認識する視線は、毛利衛『宇宙から学ぶ――ユニバソロジのすすめ』（岩波書店、二〇一一年）から示唆を受けた。
（45）　P・D・ウスペンスキー『奇蹟を求めて』浅井雅志訳、平河出版社、一九八一年、四三二－四三三頁。同内容の記述は、一二九－一三〇頁にも。
（46）　ウィリアム・ジェイムズ『宗教的経験の諸相』、前掲書、二四四頁。
（47）　Roger Gilbert-Lecomte, « L'Horrible révélation... la seule », *Les Poètes du Grand Jeu*, *op. cit.*, p. 139.
（48）　Phil Powrie, *René Daumal, Éude d'une obsession*, Droz, 1990 を念頭に置いている。
（49）　ジェイムズ・ムア『グルジェフ伝』、前掲書、三六三頁。
（50）　René Daumal & Léon Pierre-Quint, *Correspondance 1927-1942*, *op. cit.*, p. 228.
（51）　« À propos de nouvelles religions et au revoir ! », *La Bête Noire*, n° 4, 1er juillet 1935, republié dans *René Daumal*, « Les Dossiers H », *op. cit.*, pp. 337-338.
（52）　Rapporté par Roger Lypsey, « Monsieur Daumal et Monsieur Gurdjieff », *René Daumal ou le perpétuel incandescent*, *op. cit.*, p. 160.

第五章　『反＝天空』から『聖戦』へ

（1）　國分俊宏『ミシェル・ファルドゥーリス＝ラグランジュ　神話の声、非人称の声』、水声社、二〇一七年、三八頁。ファルドゥーリス＝ラグランジュもまた「一の教説」の徒であるような詩人であった。
（2）　穂村弘『手紙魔まみ、夏の引っ越し（ウサギ連れ）』、小学館、二〇〇一年、巻末句。
（3）　Roger Gilbert-Lecomte & René Daumal, *Correspondance 1924-1933*, *op. cit.*, p. 332.
（4）　現在普及しているガリマール〈ポエジー〉叢書の『反＝天空』は、まず一九三六年の最終版の『反＝天空』におさめられた十九篇をそのまま掲載し、続いて『反＝天空（最初の状態）』という（かなりわかりにくい）総題のもとに、収録されなかった詩篇群のみを掲載している。

（5） 新旧版の比較については次の研究を参照。Phil Powrie, *René Daumal, Étude d'une obsession*, *op. cit.*, pp. 69-79.

（6） Lettre peut-être non envoyée, 23 juin 1936, *Correspondance III*, *op. cit.*, p. 84.

（7） René Daumal & Léon Pierre-Quint, *Correspondance 1927-1942*, *op. cit.*, p. 197.

（8） 原題は、Clavicules d'un grand jeu poétique。ふつうのフランス語の感覚では、なぜclavicules、すなわち「鎖骨」なのか、首をかしげたくなるが、これは、ルネサンス期のヨーロッパで広く流布していた魔術書『ソロモンの鍵 Clavicules de Salomon』から来ている。だが、仮にそのことを知らなくても、第一の断章に「これらのclaviculesになんらかの真実性があるのだとしても」とあることから、claviculesが以下に続く断章群を指すという見当はつけられる。また、第二十八番目の断章に「以上が、可逆的な神秘の始まりと終わりに不可欠な三重の鍵clefである」と言われていることから、ここでのclaviculesがclavis「鍵」の語根に「小さな」の意味をもつ指小辞-culeがつけられたもので、そこに「小さな鍵」というような意味を聞きなすべきであることは推測できる。この詩を構成するひとつひとつの断章が、詩の生成への道を開く「小さな鍵」であるのだ。

（9） *Documents 1*, Jean-Michel Place, 1991, p. 170. この「すべてがすべてでありうる」ということを極端に推し進めると、「互いの中に」というシュルレアリスムの言語遊戯になる。ただし最終的にそこで夢見られているものが一元論的な「融合」であるかどうかは検討が必要だろう。

（10） Arthur Rimbaud, *Œuvres complètes*, Gallimard, coll. « Bibliothèque de la Pléiade », 1972, p. 249.

（11） *Ibid.*, p. 250.

（12） たとえば、シャンカラ『ウパデーシャ・サーハスリー』の第十二章第十六―十七節など（岩波文庫、二〇一二年、四九―五〇頁）。

（13） *Le Mont Analogue*, *op. cit.*, p. 170.〔前掲訳書、一八三頁〕

（14） 井筒俊彦『意識と本質』、前掲書、三九七―三九八頁。

（15） Entretien avec Jacques Henric, « Joseph Sima et le *grand jeu* des couleurs », *Les Lettres Françaises*, n° 1257, 13 novembre 1968, p. 21.

（16） Frantisek Smejkal, *Sima*, Paris, Cercle d'art et Le Point Cardinal, 1992, p. 286.〔谷口亜沙子『ジョゼフ・シマ』、前掲書、一六三－一六四頁に引用〕

（17） « Nerval le nyctalope », *L'Évidence absurde*, *op. cit.*, p. 43.

（18） Gérard de Nerval, *Aurélia*, *op. cit.*, p. 709.〔前掲訳書、二八頁〕

（19） オルダス・ハクスリー『知覚の扉』、前掲書、一九－二〇頁。

（20） フランク・ウィルチェック『物質のすべては光――現代物理学が明かす、力と質量の起原』吉田三知世訳、早川書房、二〇一二年。原題の「存在のライトネス」には、存在の耐えられるようになった「軽さ」という意味と、存在の「光性」という意味がかけられている（同書、二三－二四頁）。

（21） 『Newton』、「光の量子論――光の正体は〈粒〉なのか、〈波〉なのか?」」、二〇一七年二月号、二四－五九頁。量子力学は確率の「計算」によって光の性質の二重性を説明することに成功したが、それは、すなわち光子がなぜ、どのようにして、いつ、どこを通っているのかという問いそのものからは「後退」することによってであった（R・P・ファインマン『光と物質の不思議な理論』釜江常好・大貫昌子訳、岩波書店、二〇〇七年とくに「3　電子とその相互作用」を参照）。

（22） « La Révolte et l'ironie », *L'Évidence absurde*, *op. cit.*, p. 134.

（23） 井筒俊彦「事事無碍・理理無碍」『井筒俊彦全集　第九巻』、慶應義塾大学出版会、二〇一五年、九－一〇頁。該当箇所は、プロティノス『エネアデス』V－8。

（24） *Le Mont Analogue*, *op. cit.*, p. 124.〔前掲書、一三五頁〕

（25） Lettre à Émile Dermenghem, 29 décembre 1940, *Correspondance III*, *op. cit.*, p. 207.

（26） Émile Dermenghem, « René Daumal était plus et mieux qu'un ami... », *René Daumal ou le perpétuel incandescent*, *op. cit.*, p. 199. デルマンゲムのほか、フランスの現代作家フレデリック・トリスタンが「イスラムの本当の戦争」というタイトルでドーマルの「聖戦」を取り上げたラジオ番組がある。*La vraie guerre de l'Islam*, « Agora », France Culture, 8 janvier 1981.

(27) Lettres à Raymond Christoflour, 2 juin 1940 et à Max-Pol Fouchet, 2 novembre 1940, *Correspondance III*, *op. cit.*, p. 193, 205.

(28) Lettre de Max-Pol Fouchet à Daumal, 20 octobre 1940, *René Daumal*, « Les Dossiers H », *op. cit.*, p. 204.

(29) 『バガヴァッド・ギーター』上村勝彦訳、岩波文庫、二〇〇八年、六二－七〇頁。六章五節およびその註を参照。

(30) 一九四〇年十二月二十三日および一九四一年二月二十五日付のフシェの書簡に「傑作と評されています」「こんなにも良い反響があったテクストはこれまでにありませんでした」とある。*René Daumal*, « Les Dossiers H », *op. cit.*, pp. 205, 206.

(31) Lettre à Jean Paulhan, 19 août 1936, *Correspondance III*, *op. cit.*, p. 86.

(32) Lettre à Germaine et Jean Paulhan, 4 juin 1940, *ibid.*, p. 198.

(33) François Vignale, *La Revue* Fontaine, *Poésie, Résistance, Engagement, Alger 1938-Paris 1947*, Presses Universitaires de Rennes, 2012, pp. 13, 84-85. 同書は『フォンテーヌ誌』をめぐる包括的な研究書でありながら、「戦時下における詩の役割」についての示唆に富む論考でもある。

(34) Xavier Accart, *Guénon ou le renversement des clartés*, *op. cit.*, p. 617.

(35) *Ibid.*, p. 84.

(36) 二十世紀のフランス文学とゲノンの関係を徹底的に洗い出し、一種の壮大な「裏文学史」をえがいたグザヴィエ・アッカールによる『ゲノンまたは明晰さの転覆』は、ナチス占領下のフランス知識人のあいだでゲノンの受容が乱反射のように広まっており、そのキーパーソンとなったのが『フォンテーヌ』誌のルネ・ドーマルであったことを詳細に跡付けている。有名なところでは、この時期にシモーヌ・ヴェイユがゲノンや鈴木大拙を読み、『バガヴァッド・ギーター』に感銘を受けたのは、アンリ四世校で同窓だったドーマルと再会し、その影響を受けたことによる。Xavier Accart, *Guénon ou le renversement des clartés*, *op. cit.*, p. 1222. Sur Daumal voir notamment Livre III, pp. 595-625. シモーヌ・ペトルマン『詳伝シモーヌ・ペトルマン』田辺保訳、勁草書房、一九七八年も参照。

終章　詩

（1）　中島敦「悟浄出世」『ちくま日本文学全集　中島敦』、筑摩書房、一九九二年、三九二頁。

（2）　澁澤龍彥『高岡親王航海記』、文春文庫、一九九〇年、二一一頁。

（3）　ちょうどその頃に、書簡の「ナタニエル」の署名がデヴァナーガリー文字で書かれていたり、サンスクリット語の基本単語のリストを作成していた痕跡がみられる。時期の特定については次のふたつの論考を参考にした。Roger Marcaurelle, « René Daumal et le sanskrit », *René Daumal et ses abords immédiats*, *op. cit.*, p. 78 ; Christian Le Mellec, « René Daumal, poète indien », *Vent immobile*, Le Bois d'Orion, 2012, p. 89.

（4）　一九三〇年刊行のルイ・ルヌーによる代表的なサンスクリットの文法書については、ドーマルがその存在を知らなかったとみなす意見と、知らなかったことはありえないとする推測にわかれている。Roland Lardinois, « René Daumal », *Dictionnaire des orientalistes de langue française*, éd. François Pouillon, Iismm-Karthala, 2012, p. 274 ; Charles de Lamberterie, « La Grammaire sanskrite de René Daumal », *René Daumal*, « Les Dossiers H », *op. cit.*, pp. 171-173.

（5）　« Pour approcher l'art poétique hindou », *Les Pouvoirs de la parole*, *op. cit.*, p. 85.

（6）　*Ibid.*, p. 173.

（7）　Cité dans Xavier Accart, *Guénon ou le renversement des clartés*, *op. cit.*, p. 615.

（8）　« Pour approcher l'art poétique hindou », *Les Pouvoirs de la parole*, *op. cit.*, p. 83.

（9）　*Ibid.*, p. 84.

（10）　翻訳はドーマルによるもの。« Les Pouvoirs de la Parole dans la poétique hindoue », *Les Pouvoirs de la parole*, *op. cit.*, p. 50 ; « Pour approcher l'art poétique hindou », *ibid.*, p. 91 ; « Quelques textes sanskrits sur la poésie », *Le Contre-Ciel*, *op. cit.*, p. 233.

（11）　« Pour approcher l'art poétique hindou », *Les Pouvoirs de la parole*, *op. cit.*, p. 93.

(12) « Quelques textes sanskrits sur la poésie », *Le Contre-Ciel*, *op. cit.*, p. 233.

(13) « Pour approcher l'art poétique hindou », *Les Pouvoirs de la parole*, *op. cit.*, p. 92.

(14) « Les Pouvoirs de la parole dans la poétique hindoue », *Les Pouvoirs de la parole*, *op. cit.*, p. 54.

(15) « Quelques textes sanskrits sur la poésie », *Le Contre-ciel*, *op. cit.*, p. 235.

(16) *Ibid.*, p. 234.

(17) ヴィクトル・セガレン『〈エグゾティスム〉に関する試論／羈旅』木下誠訳、現代企画室、一九九五年、一三八、一六八－一六九頁。

(18) 以上ごく大雑把に要約したセガレンの美学の理解は、『〈エグゾティスム〉に関する試論』（前掲書）の訳者木下誠による巻末論考を大いに参考にしている。セガレンが『羈旅』において報告している「〈現実のもの〉と〈想像のもの〉がつり合う地点あるいは瞬間」のひとつひとつは、まさに「詩＝味わい」の具体的な報告例であろう。

(19) *Le Mont Analogue*, *op. cit.*, pp. 18-19.〔前掲訳書、一六－一七頁〕

(20) *Ibid.*, pp. 168-169.〔前掲訳書、四九頁。この一節は「初版」では第一章末尾に、「決定版」では「覚書」の中にある〕

(21) Luc Moullet, « Le Mont Analogue et The Holy Montain d'Alexandre Jodorowski », *René Daumal*, « Les Dossiers H », *op. cit.*, pp. 240-241.

(22) 植田実「聖なる山への導き――ホドロフスキーとルネ・ドーマル」、前掲論文、一〇〇頁。

(23) *Le Mont Analogue*, *op. cit.*, p. 122-123.〔前掲訳書、一三三－一三四頁〕

(24) 境界的な存在への関心は〈大いなる賭け〉でも共有されていた。たとえばジョゼフ・シマの画面に現れる「放浪性植物マーベル」はこれにあたる。長く細い茎のような形態をしたこの植物は、微細な根によってかろうじて地面に直立しているが、葉の繊維に蓄積した水素によって、しばしば大地から離脱する。大気中に集団で自由遊泳をおこなうこともある（『ジョゼフ・シマ』、前掲書、一一〇頁）。

(25) *Ibid.*, p. 128.〔前掲訳書、一三九頁〕

(26) « Quelques poètes français du XXVe siècle », *Les Pouvoirs de la parole, op. cit.*, pp. 98-99, note 1 et p. 101, note 2.
(27) *Le Mont Analogue, op. cit.*, pp. 30-33.〔前掲訳書、三〇―三三頁〕
(28) 中井久夫「私のユング風景」『「伝える」ことと「伝わる」こと』、ちくま学芸文庫、二〇一二年、三五八―三六二頁)。
(29) Joë Bousquet, *René Daumal*, Éditions Unes, 1996, p. 28.
(30) *Le Mont Analogue, op. cit.*, p. 66.〔前掲訳書、七〇―七一頁〕
(31) « Projet de présentation du Grand Jeu », *Les Poètes du Grand Jeu, op. cit.*, p. 27.
(32) *Le Mont Analogue, op. cit.*, p. 116.〔前掲訳書、一二六頁〕
(33) « Les Pouvoirs de la parole dans la poétique hindoue », *Les Pouvoirs de la parole, op. cit.*, p. 71.
(34) ガストン・バシュラール「詩的瞬間と形而上学的瞬間」『瞬間の直観』掛下栄一郎訳、紀伊国屋書店、一九九九年、一二五頁、一三三頁。
(35) *Le Mont Analogue, op. cit.*, pp. 99-105.〔前掲訳書、一〇六―一一五頁〕以下、この寓話については註を省略する。二〇一四年に、風濤社より、巖谷國士訳・建石修志挿画で、この話中話のみ単独出版されている。
(36) 河出文庫版では、この箇所 « Ho et Mo n'ont plus à se distinguer » が「ホーとモーはもう区別されてはならない」と訳されており、寓話全体がとれなくなっている。それでは、老キセの「もうひとつの疑い」の意味も、次の「けれども」の逆接も宙に浮いてしまう。仮に se distinguer を「優越を示す／抜きんでる」ではなく、「区別される」の意でとるにしても、n'ont plus à は「禁止」ではなく「必要性の消滅（もはや〜するには及ばない）」である。
(37) *Tu t'es toujours trompé*, Mercure de France, 1970, pp. 21, 22.
(38) « Poésie noire et poésie blanche », *Les Pouvoirs de la parole, op. cit.*, p. 107.
(39) *Le Mont Analogue*, Gallimard, 1952 (première édition), p. 18.〔前掲訳書、二〇四頁〕
(40) 長田弘『一人称で語る権利』、平凡社ライブラリー、一九九八年、一九八頁。
(41) *Le Mont Analogue, op. cit.*, p. 174.〔前掲訳書、二〇九頁〕

(42) この詩は、手紙の宛名人であったドーマルの妻ヴェラによって、一九五二年の『類推の山』(初版)の「後記」の末尾に引用されている。だが、一九八一年以降「決定版」として普及しているガリマール〈イマジネール〉叢書では、ヴェラの手になる「後記」やロラン・ド・ルネヴィルによる「序文」が削除され、この詩も読めなくなっている。河出文庫版の『類推の山』は、初版を底本としているため、日本語では今もこの詩を読むことができる(一七七-一七八頁)。ただし、最後の on vit が vivre(生きる)ではなく、なぜか voir(見る)の活用(単純過去?)のように訳されているため、一行目への送り返しの効果が消えてしまっている。
(43) Jean Biès, *René Daumal*, Seghers, coll. « Poètes d'aujourd'hui », 1967, p. 86.
(44) 『ちくま日本文学全集　中島敦』、前掲書、三九三頁。
(45) *Le Mont Analogue*, *op. cit.*, pp. 19.〔前掲訳書、一七頁〕
(46) *Ibid.*, pp. 66-67.〔前掲訳書、七一-七二頁〕
(47) *Ibid.*, p. 162.〔前掲訳書、一八一頁〕
(48) Jacques Masui, « René Daumal et l'Inde », *Cahiers du Sud*, *il y a dix ans René Daumal*, n° 322, mars 1954, p. 382.

付録

(1) « Le Non-Dualisme de Spinoza », *L'Évidence absurde*, *op. cit.*, p. 94.
(2) « Recherche de la nourriture », *L'Évidence absurde*, *op. cit.*, pp. 147-148.
(3) 「葬列」は「死」との結びつきから、それほど無償の例とは見えないという指摘がありうるかもしれない。おそらくこのドーマルの「葬列」の例は、ネルヴァルの『オーレリア』において、語り手が偶然行き会った「見知らぬ死者の葬列」にそのまま参列し、我もなく滂沱したという一節の遠い反映である。
(4) « Chronique de la vie sexuelle — six cas de pollution sans attouchement », *Le Grand Jeu*, n° 2, printemps 1929, pp. 69-72. この「性生活のクロニクル」には、テクストには個人の署名がなく、これまで一度も論文や研究書で取り上げられているのを見たことがない。だが、ここで語られている「愛撫を経由しないオーガズム」をめぐる六つの小話には「物理的な要因なしに、物理的な効果が生じる」という、ドーマルに特徴的なテーマが変奏されている（ミダス王の神話、皮膚視覚、体外離脱等）。また、このNの物語に見られるような「過剰な気真面目さ」と「エスカレーションによる笑い」がドーマルの常套手段でもあったことから、このクロニクルあるいはこの一節がドーマルの手になることが推察される。

（5）　« L'Envers de la tête », *Les Pouvoirs de la parole*, *op. cit.*, pp. 80-81.

（6）　« Le Souvenir déterminant », *Les Pouvoirs de la parole*, *op. cit.*, pp. 112-120. このテクストは、一九四一年に、ジャン・ポーランとマルセル・ルコントが企画した『決定的な思い出』という複数の作家によるアンソロジーのために執筆されたものである（Jacques Masui. « René Daumal et l'Inde », *Cahiers du Sud*, *il y a dix ans René Daumal*, n° 322, mars 1954, p. 381; *Correspondance III*, *op. cit.*, p. 304）。だがアンソロジーが刊行されないまま、ドーマルが他界。そこでポーランが、すでに書き終えられていたドーマルの原稿を『プレイヤード手帖』第一号（一九四六）（*Cahiers de la Pleiade*, n° 1, 1946, pp. 166-173）に「根源的な体験 Une expérience fondamentale」というタイトルで掲載したものが初出である。ドーマルのエッセイ集『曙光がさすたびに』（一九五三）および『言葉の力』（一九七二）にこのテクストが再録された際には、もとのアンソロジーの総タイトル「決定的な思い出」に変更された。また、この時ポーランはドーマルに「根源的な体験」を単独で出版するように勧めていたが（ポーラン宛の手紙、一九四三年六月二十七日）、ドーマルは断っている。単独出版をすると、テクストが「文学的な」ものとみなされやすくなるが、自分の「証言」はむしろ、あまたの証言のひとつとして、「科学的な調査への貢献」として読まれたいと願ったためである。

（7）　expérience は根源的な「体験」とも「実験」とも訳せる語であり、タイトルでは「体験」と訳したが、本文中では文脈で訳しわけた。

（8）　青い髭をもつ恐ろしい男「青髭」の七番目の妻は、青髭が旅にでているあいだに「決して開けてはいけない」小部屋の鍵を開けて中を見てしまう。そこには、青髭がそれまでに妻とした六人の女性がみな死体となって壁に掛けられており、七人目の妻は自分を待っている運命を悟って慄然とする。ドーマルは「小部屋」ではなく「洋服ダンス」と言っているが、これはもとが民間伝承で、細部にヴァリアントがあるため。

(9) ウィリアム・ジェイムズ(一八四二‐一九一〇)は、プラグマティズムを代表するアメリカの哲学者。とりわけ『宗教的経験の諸相』「第十六・十七講 神秘主義」には、ドーマルの証言に類似する多くの証言が読まれる。とくに、亜酸化窒素の麻酔によって「根源的な体験」と同じものを見たと語るドーマルは、次のジェイムズの記述に深く賛同したことであろう。「数年前、私自身もこの亜酸化窒素による中毒をこの観点から観察して、その観察を印刷して報告した。そのとき私の心には自然に一つの結論が生まれたが、この結論が真理であるという私の印象はそれ以来ゆるがずにいる。それは、私たちが合理的意識と呼んでいる意識、つまり私たちの正常な、目覚めているときの意識というものは、意識の一特殊型にすぎないのであって、この意識のまわりをぐるっととりまき、きわめて薄い膜でそれと隔てられ、それとはまったく違った潜在的ないろいろな形態の意識がある、という結論である。私たちはこのような形態の意識が存在することに気づかずに生涯を送ることもあろう。しかし必要な刺激を与えると、一瞬にしてそういう形態の意識がまったく完全な姿で現れてくる。それは恐らくどこかにその適用と適応の場をもつ明確な型の心的状態なのである。この普通とは別の形の意識をまったく無視するような宇宙全体の説明は、終局的なものでありえない。問題は、そのような意識形態をどうして観察するかである。──というのは、それは正常意識とは全然つながりがないからである。けれども、そのような意識は、はっきりした形を備えることはできなくても、人間の態度を決定することができるし、また、その位置を固定することはできなくても、ある領域を開拓することができる」(『宗教的経験の諸相』、前掲書、一九四‐一九五頁)。

(10) オスカル・ミロシュ『ストルジュへの書簡』には、時間、空間、物質をめぐる形而上的な考察およびミロシュに訪れた二度の幻視体験が語られている。とりわけ二度目の幻視体験には、ドーマルの体験と重なる部分が多い。

(11) 「中心が至るところにあり、円周がどこにもないような円」をさす。初出は、十二世紀の偽ヘルメス文書『二十四人の哲学者の書』か。二十四通りの「神」の定義のうち二番目のものがこれ。ただし、この発想の起原そのものは、古代ギリシアのアリストテレスにまで遡るともされる。ジャン・ド・マン、マルグリット・ド・ナヴァール、マイスター・エックハルト、ニコラウス・クザーヌス、ジョルダーノ・ブルーノ等々、数多くの詩人や哲学者が引用またはは参照をしている。パスカルの『パンセ』では、円ではなく球体。

（12）　『バガヴァッド・ギーター』第十一章で、クリシュナ（ヴィシュヌ神）は宇宙の本源的真理として、戦士アルジュナの前に恐るべき姿で顕現する。「始まり無く　中間無く　終わり無く／無限の力と無数の腕を持ち太陽と月はあなたの両眼／口からは光輝く火炎を吐き／あなたの光輝《ひかり》で全宇宙は燃えあがっている／あなたは唯一《ひとり》身で　天と地の間の一切の空間にあまねく充満している／その不可思議の極み　その恐るべき相《すがた》を見て／三界ことごとく畏懼震撼している」（『神の詩　バガヴァッド・ギーター』田中嫺玉訳、TAO LAB BOOKS、二〇一六年、一八一頁）

（13）　『旧約聖書』「エゼキエル書」。エゼキエルは、四つの顔と四つの翼をもつ生き物に引かれ、琥珀金のように輝き、火と稲妻を放つ四つの車輪の乗り物が大空をかけるのを見る。エゼキエルの幻視としては、このほかに、間取り、方角、柱や壁の厚さ、各所のすべての寸法が逐一報告された、イスラエルの神殿のきわめて詳細な描写がある。

（14）　パトモスの聖ヨハネは『ヨハネの黙示録』の著者。『ヨハネによる福音書』を記したイエスの十二使徒ヨハネとは別人。光り輝く天の玉座の描写、玉座の中央と周りにいる四つの生き物等は「エゼキエル書」の記述に類似する。

（15）　『チベットの死者の書』によれば、死者は次に生まれかわるまでに、全存在物の根底にある「根源の光明」の顕現に導かれる。「外への息が途絶えると、虚空のように赫々として空である存在本来のすがた（法性）が現れるであろう。明々白々として空であって、中央と辺端《はし》の区別がない、赤裸々で無垢の明知が顕現するであろう」「光の中から、存在本来の姿そのものが起こす轟音が大きな雷音となり、千の雷が一斉に鳴り響くばかりにごろごろと響きわたるであろう。これもまた汝自身の存在本来の姿そのものの音なのであるから、これを恐れてはならない」等（『原典訳　チベットの死者の書』川崎信定訳、ちくま学芸文庫、二〇一五年、一九－二〇、三四頁）。『チベットの死者の書（バルド・トドゥル）』は、一九六〇年代のニューエイジ・ムーヴメンツの典拠ともなった書。一九二七年にエヴァンス・ヴェンツによって英訳され、仏訳は一九三三年。ドーマルはこれをいちはやく読んで翌三四年に書評を書いている。

（16）　大乗仏教の経典。とくに禅宗に大きな影響を与えた。ドーマルがどの一節を念頭においていたのかはわからないが、夜叉王であるラーヴァナが大勢の仲間と共に「花でつくられた宮殿」に乗り込み、摩羅耶山の頂にある楞伽大城にいる仏のもとに参るという描写には「エゼキエル書」を連想させるところがある。

（17）　インドの聖典『バガヴァッド・ギーター』の戦いにおいて、親族を殺さなくてはならなくなった戦士アルジュナが、クリシュナ神に呼びかける問い。「殺しなさい」と答えているのは、クリシュナの声。

（18）　『新約聖書』二十二章十五－十六節。ユダヤ教の宗派であるパリサイ派とヘロデ派がイエスにたずねた「カエサルに税金を払うべきだろうか」という問い。イエスが「払いなさい」と言えば、神ではなくローマにかしずくことになり、パリサイ派に告発される（「パリサイ派」という語は、現在では信仰にあついふりをする「偽善者」という意味がある）。だが、「払ってはならない」と言えば、ローマへの反逆者としてヘロデ派（親ローマ）に告発される。つまり二派は結託してイエスを罠にかけようとしていた。ところがイエスは、一枚の金貨を示し、そこに刻印された横顔が誰のものかをたずねた。ふたりは「カエサルのものだ」と答えた。イエスは「それでは、カエサルのものはカエサルに、神のものは神に返しなさい」と答えた。二派は退散していった。さまざまな解釈が可能な説話だが、ドーマルは、一定の政治的・文化的な状況（「カエサルの世界」）の外で生きることはできないが、どのように自らの良心や信仰を保つかは、自分自身で決めることができる、という物語として引いているように読める。

略年譜

1908

三月十六日にフランス、アルデンヌ地方のブルジクールに生まれる。

1911

六月、アルデンヌ地方のヴィル＝モランに引っ越し。

1914-1917

第一次大戦。アラス、サルセル、コレーズ、パリ、ロスニ、アンジェと引っ越しを繰り返す。

1918

十月、ラングルのコレージュ第六学年に登録。

1919

シャルルヴィルのリセ・シャンズィーで第五学年に登録。第三学年第二学期まで過ごす。

1922

三月、ランスのシャン・ド・マルス通り五番地に越す。リセ・デ・ボンザンファンに転校。九月、第二学年のクラスで、ロジェ・(ジルベール＝)ルコント、ロジェ・ヴァイヤン、ロベール・メーラと出会う。

1923

リセの第一学年。

1924

リセの最終学年。哲学教師はマルセル・デア。この頃に「サンプリスト兄弟」結成。四塩化炭素やベンジンを使用して失神と窒息の実験を繰り返し、のちに「根源的な体験」として語られる彼岸体験を得る。

1925

「サンプリスト兄弟」たちとの濃密な文学的・思索的交流。生命にかかわるような危険な遊びを共に繰り返す。五月、ピエール・ミネが「サンプリスト兄弟」に入る。七月、バカロレアの哲学コースに合格。パリのアンリ四世校に登録。哲学教師はアラン。同級生にはシモーヌ・ヴェイユもいた。ルネ・モブランと網膜外視覚の実験を繰り返す。この頃、自殺をはかるが、家族との絆、とりわけ弟ジャックへの責任を感じて思いとどまる。

1926

モーリス・アンリ、アルチュール・アルフォが仲間に加わる。レオン・ピエール＝カンとの出会い。

1927

雑誌の刊行を見据えた〈大いなる賭け〉の結成。試験前日の事故のために高等師範学校の入学試験を受けず、パリ大学の聴講生となる。ジョゼフ・シマとの出会い。ソルボンヌ大学で哲学の学士。幻視家の物語『ミュグル』執筆。秋、サンスクリット語を学び始める。十一月、ヴェラ・ミラノヴァに出会う。アンドレ・ロラン・ド・ルネヴィルとの出会い。

1928

三月、『大いなる賭け』第一号の準備。ドーマルがひとりで校正をおこなう。六月、『大いなる賭け』第一号刊行。秋、ピエール・オダールとアンドレ・ドゥロン、モニ・ド・ブリが〈大いなる賭け〉に参入。様々な薬物で実験をおこない、阿片中毒になりかかる。シュルレアリスムと〈大いなる賭け〉が合同して、ベルギーの雑誌『赤と黒』のサド特集号を刊行する企画が持ち上がるが、実現には至らなかった。

1929

阿片中毒から自力で脱却。歯が抜け始める。三月十一日「シャトー街の会合」で〈大いなる賭け〉が糾弾される。五月、『大いなる賭け』第二号刊行。ジルベール＝ルコントの解毒治療のために奮闘。六月、〈大いなる賭け〉の第一回展覧会が開催。『シュルレアリスム革命』第十二号に「第二次シュルレアリスム宣言」が刊行され、ブルトンからドーマルへの合流の呼びかけがなされる。

1930

一月、ヴァイヤンのグループからの脱退。アラゴンがドーマル、ロラン・ド・ルネヴィル、ジルベール＝ルコントに「アンドレ・ブルトンへのオマージュ」に寄稿するように頼み、三人はこれを拒否。十月、『大いなる賭け』第三号刊行。「アンドレ・ブルトンへの公開書簡」が発表される。ドーマルとアレクサンドル・ザルツマンとの決定的な出会い。ヴェラと共にパリに居を定める。「大いなる詩の賭けのための小鍵集」執筆。『大いなる賭け』第四号が版下まで完成。

1931

『反＝天空』の詩の抜粋が『コメルス』誌に掲載される。六月、哲学の学士号を取得。九月、ドーマルとヴェラがパリのドンバル通り七番地に引っ越し、薬物中毒を深めるジルベール＝ルコントとの同居を開始。

1932

『大いなる賭け』第四号の刊行が経済的事情から頓挫する。一月「アラゴン事件」が飛び火し、「ルネヴィル事件」となる。六月、ポーランが「反＝シュルレアリスム・グループ」を立ち上げることを模索し、アルトー、ルネヴィル、ドーマルをシャトネの自宅に呼ぶ。十一月、〈大いなる賭け〉が解体。十一月末から三月初めまで、ウダイ・シャンカル舞踏団の広報担当員として渡米。『大いなる酒宴』の執筆に着手。

1933

ボストン、シカゴ、フィラデルフィア、ニューヨークを回り、大恐慌の打撃を目撃。三月に帰国。四月、ナンシーで兵役につくが、近視のため補助要員となりパリに送還される。七月、頻脈のために動員解除となる。ヴェラがアメリカから帰国し、パリでの困窮生活が始まる。

1934

五月、ザルツマンの死。ザルツマン夫人からグルジェフの教えを受けるために、ヴェラと共にエヴィアンに赴く。『新フランス評論』に定期的に寄稿。「スピノザの非＝二元論」の刊行。十月、ザルツマン夫人のもとで、ジュネーヴに居をかまえる。

1935

サンスクリットの翻訳テクストの出版（「詩の本質的な性質」、「バーラタ、演劇の起源」）。『ムジュール』誌に寄稿。『反＝天空』がジャック・ドゥーセ賞を受ける。『哲学研究』誌に、「哲学的言語の限界」が発表される。

1936

五月、パリ近郊に帰還。セーヴルのザルツマン夫人の学院に通う。『キエ百科事典』への執筆協力。『反＝天空』の出版。再び詩を書き始める（「詩人の最後の言葉」）。

1937

『大いなる酒宴』脱稿。

1938

『大いなる酒宴』発表。「ヒンドゥーの詩学における言葉の力」発表。フィリップ・ラヴァスティーヌの家でリュック・ディエトリッヒに会う。

1939

四月、ガリマール社より『大いなる酒宴』刊行。パリで無職となる。「現代における蒙昧主義」と題された本の計画を立てる。六月、結核が判明し、療養のため、アルプス地方のペルヴーへ。夏、『類推の山』の執筆開始。

1940

シャトネへ。健康状態が快復せず、金銭的・物質的貧困にみまわれる。「聖戦」の執筆。六月、ナチスの侵攻を逃れて、ヴェラと共にパリを発つ。ガヴァルニで夏を過ごし、マルセイユへ。『フォンテーヌ』誌に「聖戦」を発表。十二月五日、ヴェラと結婚。

1941

アルプス地方のアロッシュへ。ペルヴーで夏を過ごす。病状が続く。貧困を脱するために、鈴木大拙の禅についての本を英語から翻訳する。『カイエ・デュ・スュッド』誌のインド特集号に協力。『リグ・ヴェーダ』『ウパニシャッド』『バガヴァッド・ギーター』の抄訳。『フォンテーヌ』誌の編集委員となる。

1942

アロッシュとペルヴーを行き来する。「黒い詩と白い詩」「詩に関するサンスクリットの文献」「メモラーブル」等、後期の重要な作品が書かれる。

1943

アロッシュ。四月、「決定的な思い出」執筆。十月、パリに戻る。病状が激しく悪化。高熱で寝たきりの生活。十二月三十一日、ジルベール＝ルコントの死。

1944

一月、小康状態で『類推の山』の執筆を再開。ディエトリッヒ、ランザ、ラヴァスティーヌと雑誌を作る計画を立てる。二月、気管支炎をこじらせる。『類推の山』を未完に残し、五月二十一日、パリにて死去。

1946

ポーランが『カイエ・ド・ラ・プレイヤード』に「決定的な思い出」を「根源的な体験」と題して掲載。

1952

未完に終わった『類推の山』の死後刊行。

書誌

＊　以下の主要な書誌の作成にあたっては、ドーマルの著作に関する最も詳細で包括的な書誌である *René Daumal*, « Les Dossiers H », L'Âge d'homme, 1993, pp. 347-392（B-2）を参考とし、一九九三年以降のものと日本語の文献を補足した。

A　ドーマルのテクスト

A－1　著作・書簡（代表的なもの）

Le Contre-Ciel, Université de Paris, 1936 ; Gallimard, coll. « Poésie », 1990.

La Grande Beuverie, Gallimard, 1938 ; coll. « L'Imaginaire », 1986.〔『大いなる酒宴』谷口亜沙子訳、風濤社、二〇一三年〕

La Guerre sainte, Fontaine, coll. « Analecta », Alger, 1940.

Le Mont Analogue, Gallimard, coll. « Blanche », 1952 ; coll. « L'Imaginaire » (version définitive), 1981.〔『類推の山』巖谷國士訳、白水社、一九七八年／河出文庫、一九九六年〕

Chaque fois que l'Aube paraît. Essais et notes I (1926-1934), Gallimard, 1953.

Poésie noire, poésie blanche, Gallimard, 1954.

Bharata, l'origine du théâtre. La Poésie et la Musique en Inde, Gallimard, 1970.

Tu t'es toujours trompé, Mercure de France, 1970.
L'Évidence absurde, Essais et notes I (1926-1934), Gallimard, 1972.
Les Pouvoirs de la parole, Essais et notes II (1935-1943), Gallimard, 1972.
Mugle, Fata Morgana, 1978.
Correspondance I (1915-1928), Gallimard, 1992.
Correspondance II (1929-1932), Gallimard, 1993.
Correspondance III (1933-1944), Gallimard, 1996.
Lettres de René Daumal à Artür Harfaux. Je ne parle jamais pour ne rien dire, Le Nyctalope, 1994.
Fragments inédits 1931-1933, première étape vers la Grande Beuverie, Éditions éoliennes, 1996.
Chroniques cinématographiques, Au Signe de la Licorne, 2004.
Correspondance avec Les Cahiers du Sud, Au signe de la Licorne, 2008.
(Se Dégager du scorpion imposé), poésie et notes inédites, 1924-1928, Éditions éoliennes, 2014.
René Daumal et Léon Pierre-Quint, *Correspondance 1927-1942*, Ypsilon, 2014.
Roger Gilbert-Lecomte & René Daumal, *Correspondance 1924-1933*, Ypsilon, 2015.

A－2　邦訳のあるテクスト

「昼盲症者ネルヴァル――夢幻宇宙の深層」小浜俊郎訳、『思潮6　G・ド・ネルヴァルと神秘主義』、一九七二年、一四九－二〇五頁。

「決定的な思い出」篠田知和基訳・解説、『シュルレアリスムの思想　シュルレアリスム読本3』、思潮社、一九八一年、一一八－一二五頁。

「『ナジャ』について」有田忠郎訳、『ユリイカ　総特集ダダ・シュルレアリスム』、一九八一年五月臨時増刊号、青土社、二八六－二九九頁。

「アンドレ・ブルトンへの公開状」有田忠郎訳、『ユリイカ　総特集ダダ・シュルレアリスム』、一九八一年五月臨時増刊号、青土社、二九二－二九九頁。

『空虚人と苦薔薇の物語』巖谷國士訳・建石修志画、風濤社、二〇一四年。

B　ドーマルについての論考

B－1　単行本

Michel Random, *Les Puissances du dedans, Luc Dietrich, Lanza del Vasto, René Daumal, Gurdjieff,* Denoël, 1966.
Jean Biès, *René Daumal*, Seghers, coll. « Poètes d'aujourd'hui », 1967.
Phil Powrie, *René Daumal*, *Étude d'une obsession*, Droz, 1990.
Kathleen Ferrik Rosenblatt, *René Daumal*, *au-delà de l'horizon*, José Corti, 1992.
Michel Camus, *L'Enjeu du Grand Jeu*, Mont Analogue, Aiglemont, 1994.
Joë Bousquet, *René Daumal*, Éditions Unes, 1996.
Jean-Philippe de Tonnac, *René Daumal, l'archange*, Grasset, 1998.
Kathleen Ferrik Rosenblatt, *René Daumal, the Life and Work of a Mystic Guide*, State University of New York Press, 1999.
Caroline Fourgeaud-Laville, *René Daumal*, *l'Inde en jeu*, Éditions du Cygne, 2003.
Roger Marcaurelle, *René Daumal*, *vers l'éveil définitif*, L'Harmattan, 2004.
Tetyana Ogarkova, *Une autre avant-garde*, *La Métaphysique, le retour à la tradition et la recherche religieuse dans l'œuvre de René Daumal et de Daniil Harms*, Peter Lang, 2010.
René Heyer, *Écritures de la conversion*, *René Daumal, Maxime Alexandre, Roland Sublon, Jean Bastaire*, Presses Universitaires de Strasbourg, 2011.
Christian Le Mellec, *Vent immobile*, Le Bois d'Orion, 2012.

B－2　論文集・展覧会カタログ

René Daumal ou le retour à soi, textes inédits et études, L'Originel, 1981.

Catalogue de l'Exposition René Daumal, conçue par Pascal Sigoda et Annie Bissarette au Lycée de Chanzy, avril-mai 1984.

René Daumal, « Les Dossiers H », dir. Pascal Sigoda, L'Âge d'homme, 1993.

René Daumal et ses abords immédiats, dir. Pascal Sigoda, Mont analogue, 1994.

René Daumal ou le perpétuel incandescent, dir. Basarab Nicolescu et Jean-Philippe de Tonnac, Le Bois d'Orion, 2008.

René Daumal et l'enseignement de Gurdjieff, dir. Basarab Nicolescu, Le Bois d'Orion, 2015.

B－3　雑誌の特集号・新聞の特集記事

Cahiers du Sud, il y a dix ans René Daumal, n° 322, mars 1954.

Hermès, René Daumal, n° 5, 1967.

La Grive, n° 135-136, juillet-décembre 1967.

Le Monde, n° 7232, 13 avril 1968.

L'Originel, n° 7, décembre 1978 - janvier 1979.

Cahiers Daumal, n° 1-n° 8, Éditions éoliennes, 1987-1996.

La Grappe, la Voie Daumal, n° 50-51, printemps 2001.

B－4　論文・書評等（B－3に含まれるものは除く）

Jean Guérin (Jean Paulhan), « Le Grand Jeu », *NRF*, 1er septembre 1929, pp. 433-435.

Roger Gilbert-Lecomte, « René Daumal », in *Anthologie des Philosophes français contemporains*, Éditions du Sagittaire, 1931, pp. 519-522.

Denis de Rougemont, compte rendu de *Les Limites du langage philosophique et les savoirs traditionnels* de René Daumal, *NRF*, n° 264, septembre 1935, pp. 460-462.

André Rolland de Renéville, compte rendu de *Le Contre-Ciel* de René Daumal, *NRF*, n° 282, mars 1937, pp. 448-450.

André Rolland de Renéville, compte rendu de *La Grande Beuverie*, *NRF*, n° 309, juin 1939, pp. 1049-1052.

Raymond Christoflour, « Le Mouvement des idées. Antimodernes », *Mercure de France*, n° 987, 1er août 1939, pp. 657-659.

Georges-Emmanuel Clancier, compte rendu de « La Guerre Sainte », *Fontaine*, Alger, n° 13, mars 1941, p. 280.

Max-Pol Fouchet, « Hommage à René Daumal », *Fontaine*, Alger, n° 52, mai 1946, p. 779.

Henri Hell, « Sur René Daumal », *Fontaine*, Alger, n° 52, mai 1946, pp. 780-787.

Jean Paulhan, « La Guerre Sainte », *NRF*, n° 13, 1er janvier 1954, pp. 168-169.

Véra Daumal, « À propos de Gurdjieff et de René Daumal », *NRF*, n° 22, 1er octobre 1954, pp. 720-721.

Jacques Lepage, « Un poète de la connaissance », *Esprit*, n° 5, mai 1961, pp. 1011-1017.

Roger Nimier, « René Daumal », *Journées de lectures*, Gallimard, 1965, pp. 111-119.

Joseph Sima, « Le Grand Jeu. Souvenirs de J. Sima », *XXe siècle*, n° 26, 1966, pp. 101-104.

Claude Mauriac, « René Daumal, du surréalisme métaphysique à la conquête de l'absolu », *Le Figaro*, n° 7462, 26 août 1968, p. 9.

Sarrane Alexandrian, « Le Grand Jeu », *Le Surréalisme et le rêve*, Gallimard, 1975, pp. 471-475.

Maurice Bruézière, « En marge du surréalisme : Joë Bousquet, René Daumal », *Histoire descriptive de la littérature contemporaine*, tome 2, Berger-Levrault, 1976, pp. 38-40.

Anonyme, « René Daumal », *Les Écrivains du XXe siècle, un musée imaginaire de la littérature mondiale*, Retz, 1979, pp. 207-210.

H. J. Maxwell, « Présentation » du catalogue de l'Exposition présentée par la Maison de la Culture du Havre au Musée des Beaux-Arts André Malraux 19 janvier-29 février 1980, Jean-Michel Place, pp. 23-29, 85-86.

Viviane Couillard, « La Violence dans le Grand Jeu », *Eidôlon, Cahiers du laboratoire pluridisciplinaire de recherches sur l'imagination littéraire*, Université de Bordeaux III, n° 22, octobre 1982, pp. 131-137.

Arnould de Liedekerke, « La belle époque de l'Opium », *La Différence*, 1984, pp. 12, 37, 182-183, 212-214.
Didier Alexandre, « Frontières de René Daumal », *Courrier du Centre International d'Études Poétiques*, n° 175, septembre/octobre 1987, pp. 21-33.
André Miguel, « Révolte, négation et abnégation chez René Daumal », *Courrier du Centre International d'Études Poétiques*, n° 175, septembre/octobre 1987, pp. 35-45.
Pascal Boué, « Le narrateur et ses doubles dans *La Grande Beuverie* ou l'impossible maîtrise de l'être », *Littératures*, n° 18, Presse Universitaire du Mirail, 1988, pp. 124-137.
Thomas R. Vosteen, « L'inconnu Daumal et le Grand Jeu », *Œuvres & Critiques : Revue internationale d'Étude de la réception critique des œuvres littéraires de langue française*, n° 18 (1-2), Jean-Michel Place, 1993, pp. 127-132.
Jean-Philippe de Tonnac, « L'Orient comme patrie », *Magazine Littéraire*, n° 318, février 1994, pp. 46-49.
Michel Camus, « Paradigme de la transpoésie », *Transversales Science/Culture*, n° 44, mars-avril, 1997 ; réédité sur le site internet « CIRET ».

C 〈大いなる賭け〉関連文献

C－1　復刻版、アンソロジー

Le Grand Jeu, n° 1-n° 4, Jean-Michel Place, 1977.
Les Poètes du Grand Jeu, Gallimard, coll. « Poésie », 2003.

C－2 〈大いなる賭け〉のメンバーまたは周辺人物による著作（ドーマルに関する記述を含むもの）

André Rolland de Renéville, *Univers de la Parole*, Gallimard, 1944.
Roger Vailland, *Le Surréalisme contre la révolution*, Éditions Sociales, 1948.

Georges Ribemont-Dessaigne, *Déjà jadis ou du mouvement dada à l'espace abstrait*, Julliard, 1958 ; 10/18, 1973.
Roger Vailland, *Écrits intimes*, Gallimard, 1968.
Max-Pol Fouchet, *Un jour, je m'en souviens*, *Mémoire parlée*, Mercure de France, 1968.
Roger Gilbert-Lecomte, *Correspondance*, Gallimard, 1971.
Pierre Minet, *La Défaite*, *confession*, Jacques Antoine, 1973.
Roger Gilbert-Lecomte, *Œuvres complètes*, Gallimard, 1974.
Monny de Boully, *Au-delà de la mémoire*, Samuel Tastet Éditeur, 1991.

C－3　カタログ、雑誌特集、論文集等

L'Herne, n° 10, « Le Grand Jeu », 1968.
Michel Random, *Le Grand Jeu*, 2 tomes, Denoël, 1970 ; nouvelle édition augmentée, *Le Grand Jeu, Les Enfants de Rimbaud le Voyant*, Le Grand Souffle, 2003.
Alain et Odette Virmaux, *Roger Gilbert-Lecomte et Le Grand Jeu*, Belfond, 1981.
Alain et Odette Virmaux, *La Constellation Surréaliste*, La Manufacture, 1987.
Sima, Musée d'Art moderne de la ville de Paris, 1992.
Europe, n° 782-783, juin-juillet 1994.
H. J. Maxwell, *Roger Gilbert-Lecomte*, Éditions Accarias L'Originel, 1995.
Grand Jeu et surréalisme, Reims Paris Prague, Musée des beaux-arts de la Ville de Reims, 18 décembre 2003-29 mars 2004.
Le Grand Jeu en Mouvement, dir. Olivier Penot-Laccasagne et Emmanuel Rubio, L'Âge d'homme, 2006.

D　ラジオ番組

Un grand jeu, France culture, 5 juillet 1967.

La Recherche d'une certitude : portrait de René Daumal, « Soirée de Paris », France Culture, 3 et 10 mars 1968.
Sur les traces de René Daumal, « Tribune des critiques », France Culture, 15 mai 1968.
René Daumal et le Grand Jeu, « Tribune des critiques », France Culture, 9 octobre 1968.
Portrait de René Daumal : Versant du Mont Analogue, France Culture, 26 juillet 1969.
René Daumal, « Arcane 70 », France culture, 19 mars 1970.
La vraie guerre sainte de l'Islam, « Agora », France Culture, 1 août 1981.
René Daumal : la traversée des apparences, « Une vie, une œuvre », France Culture, 10 décembre 1992.
Le Grand Jeu et le Surréalisme à Reims et les Situationnistes à St-Étienne, « Peinture fraîche », France Culture, 28 janvier 2004.
Nouveaux Regards sur Le Grand Jeu, « Surpris par la nuit », France Culture, 23 janvier 2004.
Reconnaissances à René Daumal, « Surpris par la nuit », France Culture, 11 avril 2008.

E　日本国内の研究、訳書等

ローラン・ド・ルネヴィル『詩的体験』大島博光訳、文明社、一九四三年。

ロラン・ド・ルネヴィル『見者ランボー』有田忠郎訳、国分社、一九七一年。

小浜俊郎「ルネ・ドーマル序説」『教養論叢』第三六号、慶応義塾大学法学部法学研究会、一九七二年、一－二〇頁。

小浜俊郎「ルネ・ドーマルと〈大いなる賭〉」『現代詩手帖　シュルレアリスムの現在（特集）』思潮社、一九七三年、六四－七三頁。

ロラン・ド・ルネヴィル『詩的体験』中川信吾訳、国文社、一九七四年。

有田忠郎「「第二宣言」の余白に——ルネ・ドーマルとブルトン」『ユリイカ　ダダ・シュルレアリスム（特集）』一九八一年五月臨時増刊号、三〇〇－三一七頁。

篠田知和基「ドーマルとネルヴァル」『シュルレアリスム読本3　シュルレアリスムの思想』、思潮社、一九八一年、一二五－一三〇頁植田実「聖なる山への導き――ホドロフスキーとルネ・ドーマル」『夜想24　特集　プライヴェート・フィルム』、一九八八年、九八－一〇五頁（植田実『真夜中の庭――絵本空間論』、住まいの図書館出版局、一九八九年、六五－七七頁に再録）。

田淵晉也『「シュルレアリスム運動体」系の成立と理論』、勁草書房、一九九四年。

中村義一「ジョセフ・シマと〈大いなる賭〉の教訓」、『宝塚造形芸術大学紀要』第八号、一九九四年、六七－八三頁。

中村義一「ジョセフ・シマの沈黙」『美學・藝術學』第十号、同志社大学、一九九四年、一四－三四頁。

澁澤龍彦「小説のシュルレアリスム」『洞窟の偶像』、河出文庫、一九九八年、二六四－二六五頁。

金子美都子「『ル・パンプル（葡萄の枝）』誌とルネ・モーブラン――戦禍の街ランス一九二〇年代の日本詩歌受容と「ル・グラン・ジュウ」の胎動（上）」『比較文學研究』第八九号、すずさわ書店、二〇〇七年、一〇二－一一七頁。

金子美都子「『ル・パンプル（葡萄の枝）』誌とルネ・モーブラン――戦禍の街ランス一九二〇年代の日本詩歌受容と「ル・グラン・ジュウ」の胎動（下）」『比較文學研究』第九二号、すずさわ書店、二〇〇八年、六五－八一頁。

谷昌親『ロジェ・ジルベール＝ルコント　虚無に吹く風』水声社、二〇一〇年。

谷口亜沙子『ジョゼフ・シマ　無音の光』水声社、二〇一〇年。

立花英裕「『谷昌親という名のメリーゴーランド：『ロジェ・ジルベール＝ルコント　虚無へ誘う風』（谷昌親著、水声社、二〇一〇年）を読んで」『人文論集』第四九巻、早稲田大学法学会、七一－七七頁、二〇一一年。

谷口亜沙子「訳者解説」『大いなる酒宴』、風濤社、二〇一三年。

谷口亜沙子「本当の聖戦《ジハード》――ルネ・ドーマルの今日性について」『ユリイカ　総特集ダダ・シュルレアリスムの21世紀』、二〇一六年、二二二－二三二頁。

「完璧な不完全さ」——「あとがき」にかえて

ルネ・ドーマルの書簡の一節で好きなものはいくつもあるけれど、この本を書きながら繰り返し思い出していたのは、『詩的体験』を書きあぐねていたロラン・ド・ルネヴィルへの言葉だった。

それは、書き始めてしまったのであれば、なるべく早く書き終えてしまったほうがいい、というごくシンプルな助言である。書き終わる頃になって、たとえ最初のほうが気に入らなくなっていたとしても、とにかく締めるべきものはいったん締めたほうがいい。できるだけきちんと締めて、次に始めるときに、また別のやりかたをすればいい。

「たぶん、どんな作品でも、その作品に特有の不完全さにおいて、それは完成させるべきものなんだ。そこに不完全さがあるからこそ、読者の誰かにとって、その作品が役にたつのであって、もっと完璧な作品だったら、それはまるきりそのひとを動かさないかもしれない。不完全さそのものを完璧に仕上げるべきなんだ。〔……〕君も言うように、言葉の最高の形態は沈黙だね。けれど、なんであれ、最初の語が発されたら、その均衡はやぶられてしまう。けれど、その不均衡をずうっと引っ張っていって、それがひとつの円を描き出すところまでもっていくんだ。ちょうど、その中でとびきりのスープをつくることができる、古い、厚手の鍋のふちをなぞるようにしてね」（一九三五年三月初旬ルネヴィル宛書簡）。

締め切りを前にして（いやむしろ締め切りをはるか後にして）この言葉を幾度も思い出すことになった。実際には、スープに似たなにかをつくろうとしているうちに、火を弱くするのを忘れてどんどん煮詰まっていってしまい、まだ生煮えのものもあるというのに、最後は鍋ごと焦がしてしまったような気がしてならないが、ドーマルはこんなごった煮でも許してくれるだろうか。

書いてゆくうちに、つくづくと思い知ったのは、ドーマルの全貌について語るためには、自分には知的な力量が圧倒的に不足している、という冷徹な事実だった。まず、哲学の素養が足りない。誰か自分ではないひとに代わりに書いてもらえないだろうか、と幾度も思った。古代哲学に始まる西欧思想全般に通じていて、インド哲学を中心とする東洋思想にもあかるく、井筒俊彦や中村元や鈴木大拙を読み込んでいて、サンスクリット語とアラビア語とヘブライ語ができて、なぜかグルジェフの修行法も実践したことがある……というような誰かに代わりに書いてもらうことができたのならば、どんなによかっただろう。たとえば井筒俊彦がまだ生きていれば、ドーマルの『言葉の力』と『類推の山』を持参して、こういうフランスの詩人がいましたので、どうかひとつお願いします、と頭をさげて、ついでにドーマルにも井筒俊彦の『神秘哲学』を読んでもらい、「形而上学は形而上的体験の後に来るべきものである」というテーマについて二人で対談してもらっては、などと埒もなく夢想した。

要は、ドーマルのいう「鍋のふち」をなぞっていったら、思ったよりもずっと鍋のサイズが大きくて向こう側まで手が届かなくなり、その伸びきった姿勢のままで、この鍋はどうやら「無限」らしいと気がついたような具合だった。だが、それでもその鍋は、ともかくもこのわたしが、無限ではない期限のうちに、どうにかするしかない鍋であった。

もしも誰にも怒られたくないというだけであったならば、もっと事実的な情報を並べた、安全で有用な評伝を綴るという道もあったのかもしれない（もっとも、そのような道を行くことも決してたやすいことではなく、とりわけわたしのようなうっかりものには、そのような道こそがもっとも困難な道となるだろう）。けれども、それではやはり、なにかがどうしても進まないような気がした。

そんなときに、西脇順三郎による「二十世紀文学批評の準備」の一節に出会った。「しかし私の考えは、正式な哲学者の見解から見れば、誤りの猿にすぎないと思われるだろう。けれども一つの順序として、馬鹿を露出しなければならない」とあった。わたしはひどく心を打たれて、茫然と立ち上がってしまった。

だから、この本のなかには、たくさんの「誤りの猿」がいます。けれども、ともかくもまず、ひとりの東洋人が、ルネ・ドーマルという詩人との格闘を続けるなかで、わかったことや、わからなかったことをひとつの順序として、残しておかなければならなかった。そして、もしも、それが「誰か」の役に立つのであれば、わたしはその「誰か」が「シュルレアリスム」や「グルジェフ」に関心のあるひとだけではなく、言葉や詩に関心のあるすべてのひと、あるいはただ生きるということの不思議さに関心のあるひとであってほしいと思った。

だから、この本のなかには名前が出てこないけれど、ああ、ドーマルがこういうことを考えていたのならば、こんなひとも同じことを言っていますよ、あんなひとも似たようなことを言っていますよ、ということが、なるべくたくさんのひとの頭のなかで、なるべくさまざまに起こるように、この小著は書かれている。似ているけれど、微妙に違いますね、とか、こんなにもなにもかも同じ袋に入れてしまったら駄目ですよ、とか、そういう批判であってももちろんかまわない。けれど、もしもこの本を読むことによって、誰かのなかでなにかが進んだり、なにかがほどけたりすることが少しでもあるのならば、たぶんドーマルもそのことを一番喜んだのではないかと思う。

そんなわけで「完璧な不完全さ」にはまるで達することのできなかった本書ではあるけれど、この本を刊行するまでには、多くの方々のお世話になりました。すべての方のお名前をあげることはできませんが、以下の方々には記して感謝いたします。

まず、「生きられた詩」ということを、わたしの生涯のテーマとして発見する機会をつくってくださった、ミシェル・レリスの翻訳者で、早稲田大学名誉教授の千葉文夫先生。ジャンルを問わずにひろく本を読み、考えて、結び付けることの楽しさを、わたしは誰よりも千葉先生に教わりました。

そして〈シュルレアリスムの25時〉シリーズの創始者で、第一期の『ジョゼフ・シマ　無音の光』に続いて、このドーマルの巻をまかせてくださった鈴木雅雄氏。わたしがドーマルと出会うことができたのは、鈴木先生が提案してくださったドーマルの『大いなる酒宴』の翻訳の仕事によってでした。

その『大いなる酒宴』の担当編集者だった鈴木冬根さんを初めとして、『大いなる酒宴』の刊行後に、ドーマルに対する熱い思いや好意的な感想を言葉にしてくださったすべての皆さん。身近な方も、お顔を存じあげない方もいらっしゃいますが、すべてを放棄して逃げ出したくなったときに、踏みとどまるための力をいただきました。

また、『ユリイカ』増刊号特集「ダダ・シュルレアリスムの二一世紀——ダダ百周年／アンドレ・ブルトン生誕一二〇年：没後五〇年」に収録された「ルネ・ドーマルの聖戦」を改変の上で本書に再録することを快くお認めくださった青土社の西舘一郎氏。

そして、ルネ・モブランと俳句に関する資料を教示してくださった信州大学教授の渋谷豊さん。そんなこともあったっけ、というほど遠い昔の話になりますが、やっとお礼を申しあげることができます。

そして、いつでも忍耐強く支えてくださった水声社のひとりめの担当編集者の神社美江さん。神社さんに続いて、ふたりめの担当編集者になってくださった広瀬覚さん。半泣きの状態で提出した崩壊した原稿を前に、廣瀬さんは流れと構成に関する適格な助言をくださり、もう一度書き直しのチャンスを与えてくださいました。感謝にたえません。

それから、生まれたばかりのこどもの世話を引き受けに、遠い道のりを幾度もやってきてくれた義父母と母、そして中島万紀子さん。最後に、わたしが仕事机に向かうことができるようにと、いつもたくさんの自分の時間を失ってくれる夫のジョスラン。それから、単純《サンプル》で、ありのままであるとはどういうことであるのかを、毎日、全身で教えてくれた娘のミレナにも感謝を捧げます。

この本の不完全さが、読者の誰かの役に立つことがありますように。

二〇一八年八月二十九日

谷口亜沙子

著者について――

谷口亜沙子（たにぐちあさこ）　一九七七年、神奈川県生まれ。早稲田大学大学院文学研究科博士後期課程単位取得退学。パリ第七大学文学博士号取得。現在、明治大学准教授。専攻、二十世紀フランス文学。主な著書に、『ジョゼフ・シマ　無音の光』（水声社、二〇一〇）、主な訳書に、ルネ・ドーマル『大いなる酒宴』（風濤社、二〇一三）、ギュスターヴ・フローベール『三つの物語』（光文社、二〇一八）などがある。

装幀——宗利淳一

ルネ・ドーマル　根源的な体験

二〇一九年七月二〇日第一版第一刷印刷　二〇一九年七月三〇日第一版第一刷発行

著者――谷口亜沙子

発行者――鈴木宏

発行所――株式会社水声社

東京都文京区小石川二―七―五　郵便番号一一二―〇〇〇二

電話〇三―三八一八―六〇四〇　ＦＡＸ〇三―三八一八―二四三七

［編集部］横浜市港北区新吉田東一―七七―一七　郵便番号二二三―〇〇五八

電話〇四五―七一七―五三五六　ＦＡＸ〇四五―七一七―五三五七

郵便振替〇〇一八〇―四―六五四一〇〇

URL : http://www.suiseisha.net

印刷・製本――精興社

ISBN978-4-8010-0306-4

シュルレアリスムの25時

フルーリ・ジョゼフ・クレパン　長谷川晶子　三〇〇〇円
ジョゼフ・シマ　谷口亜沙子　三二〇〇円
クロード・カーアン　永井敦子　二五〇〇円
マクシム・アレクサンドル　鈴木雅雄　二八〇〇円
ルネ・クルヴェル　鈴木大悟　三〇〇〇円
カレル・タイゲ　阿部賢一　三五〇〇円
ヴィクトル・ブローネル　齊藤哲也　三五〇〇円
ロジェ・ジルベール＝ルコント　谷昌親　三五〇〇円
ヴォルフガング・パーレン　齊藤哲也　三五〇〇円
ルネ・ドーマル　谷口亜沙子　三二〇〇円
ジュール・モヌロ　永井敦子　近刊

ミシェル・ファルドゥーリス＝ラグランジュ　國分俊宏　三〇〇〇円
ミシェル・カルージュ　新島進　近刊
ゲラシム・ルカ　鈴木雅雄　二五〇〇円
ジョルジュ・エナン　中田健太郎　三〇〇〇円
ジゼル・プラシノス　鈴木雅雄　三五〇〇円
クロード・タルノー　鈴木雅雄　近刊
ジャン＝ピエール・デュプレー　星埜守之　二五〇〇円
ジャン＝クロード・シルベルマン　齊藤哲也　三二〇〇円
エルヴェ・テレマック　中田健太郎　近刊

［四六判上製、価格はすべて税別］